ICTUS

O PRISIONEIRO SEM NOME

MARCELO MARÇAL

ICTUS

O PRISIONEIRO SEM NOME

EDITORA Labrador

Coordenação editorial
Pamela Oliveira

Projeto gráfico e diagramação
Amanda Chagas

Capa
Renata Vidal

Assistência editorial
Larissa Robbi Ribeiro

Revisão
Maurício Katayama
Ananda Kaanda Alves Linhares

Imagens de capa
Stefano Pollio / Unsplash (figura humana); Adrian Dascal / Unsplash (efeito de luz); Rawpixel (vírus)

Dados Internacionais de Catalogação na Publicação (CIP)
Angélica Ilacqua CRB-8/7057

Marçal, Marcelo
ICTUS : o prisioneiro sem nome / Marcelo Marçal. — São Paulo : Labrador, 2021.
256 p.

ISBN 978-65-5625-150-9

1. Ficção brasileira 2. Distopias 3. Pandemia I. Título

21-2178 CDD B869

Índice para catálogo sistemático:
1. Ficção brasileira

EDITORA
Labrador

Editora Labrador
Diretor editorial: Daniel Pinsky
Rua Dr. José Elias, 520
Alto da Lapa — São Paulo/SP
CEP 05083-030
Telefone: +55 (11) 3641-7446
contato@editoralabrador.com.br
www.editoralabrador.com.br
facebook.com/editoralabrador
instagram.com/editoralabrador

Ao apoio de minha esposa e
meus dois filhos e à grande ajuda
prestada por minha mãe e
meu irmão Paulo.

Eram 7h. De fora do apartamento de Márcio, ouvia-se uma movimentação desastrada. Coisas caíam, portas batiam, enquanto ele resmungava o tempo todo. Aos poucos, o tom de voz se elevou, ganhando ares de raiva. O vizinho de frente abriu timidamente sua porta para entender se algo diferente acontecia, quando, de repente, a outra porta também se abriu. Os dois vizinhos se entreolharam. Márcio se desculpou.

— Perdi a hora de novo...

Recebeu como resposta um aceno leve de cabeça em sinal de reprovação.

— Tudo bem.

Nos últimos meses, Márcio tinha dificuldade em cumprir com seus horários. Sua vida se dividia entre o escritório de advocacia, seu doutorado e preparativos para um casamento ainda sem data definida. Com rapidez, seguiu pelo corredor até o elevador, ouvindo o grito de uma menininha chamando pela mãe, vindo de dentro do apartamento de seu vizinho ao lado. No caminho, tentava colocar a camisa para dentro da calça com uma das mãos, enquanto equilibrava sua pasta com a outra. Mal começava o dia e já transpirava como se estivesse saindo de uma academia. Detestava essa situação. *Amanhã acordo mais cedo*, prometeu a si mesmo.

Enfim o elevador chegou. Dentro, um homem caricato chamava atenção. Era muito magro, do tipo de magreza que encurva as pessoas. Sobrava camisa, sobrava calça e, para completar, cobria a evidente careca com a lateral do cabelo, que deixara crescer com esse propósito. Márcio apertou os lábios para não rir, mas o homem notou, fitando-o com um olhar aguçado, em busca de qualquer reação. Adiantou o passo para entrar quando um alarme estridente tocou. O homem levantou o braço em um rápido movimento, bloqueando sua passagem.

— Sinto muito, amigo, mas regras são regras.

Ele roubou da face de Márcio o sorriso de escárnio, somando a ele um olhar de vingança.

— Tudo bem — respondeu. — É a terceira vez este mês...

O elevador fechou a porta e se foi. Tudo parecia conspirar contra ele naquele dia. Pensou em pegar o de serviço e lembrou das outras duas recentes ocasiões em que fora obrigado a fazê-lo. Foram vários minutos de espera e alguns elevadores lotados. Teria que encarar a escada de vinte e um andares do edifício, mas estava fora de forma. Havia deixado a academia há algum tempo, sempre com a desculpa de não ter disponibilidade, mas, na verdade, não gostava de ir até lá. Lembrava-se de sua imagem no espelho, fazendo caretas, revelando pernas finas e brancas que pareciam não sustentar o resto do corpo, ao lado de físicos perfeitos e bronzeados. Olhou para o chão, passou a mão sobre a nuca já suada e começou a descer os degraus, apoiando-se no corrimão, tentando fazer o menor esforço possível.

Chegou sem fôlego à lanchonete da esquina. Àquela altura, já nem se importava mais se chegaria atrasado ao trabalho. Era amigo do dono, Miguel, um boliviano com nariz achatado e lábios grossos, que havia trabalhado a vida toda em uma tecelagem clandestina, até juntar dinheiro para montar o local. Ele sabia que Márcio tinha problemas frequentes com seu *scanner*, então relaxou sua entrada. Sentou-se à mesma mesa de sempre, posicionada junto a um vidro jateado com a marca da lanchonete, através do qual se distraía observando o movimento da rua. Quando se mudou para o bairro, logo começou a frequentar o local, a princípio, pela proximidade de sua casa, depois, com o tempo, Miguel e ele se tornaram amigos. Olhou para o ambiente frio e sem cor e tentou se recordar por que havia elegido aquele estabelecimento tão frio para frequentar todas as manhãs.

Ficava entretido ao observar as pessoas que passavam apressadas pela calçada e, ocasionalmente, olhava para uma televisão, que sempre sintonizava, sem som, um canal de notícias com as legendas que corriam sem parar pela parte inferior da tela. Os únicos barulhos que emanavam do lugar eram o bater de panelas e pratos vindos da cozinha e do arrastar das cadeiras desconfortáveis com pernas de ferro e sem feltros que, vez ou outra, lhe roubavam a atenção. O dono se aproximou com seu pedido.

— Bom dia, Márcio, sozinho hoje? — Perguntou Miguel, depositando sobre a mesa um prato com uma torrada e uma omelete de queijo e presunto, acompanhado por pequenos bules de café e leite. A forte luz branca dava um aspecto insosso ao prato, o que não lhe fazia justiça. O dono sabia do que Márcio gostava e procurava agradá-lo, levando seu pedido sem que ele precisasse fazê-lo. Muitas vezes, acrescentava alguma coisa por conta da casa.

— Bom dia, Miguel. Adriana está com a manhã livre hoje. Resolveu dormir até um pouco mais tarde — respondeu Márcio, que então apontou para a televisão sem som. — Outra manifestação?

— Esse senador... O Alípio está fazendo um barulho enorme contra o novo Hope, está organizando manifestações em vários lugares. Hoje tem que tomar cuidado para andar por aí...

— Verdade — respondeu Márcio, dando pequenos goles em seu café.

— Vou te deixar em paz — disse Miguel, sorrindo. — Se precisar de alguma coisa, me chama.

Márcio não tinha pressa para tomar seu café e passava o dedo sobre as notícias em seu *tablet* sem prestar muita atenção a elas. Organizava as coisas em sua cabeça ao mesmo tempo que comia.

A semana passava com enorme rapidez. Mal sabia em que dia estava. Sabia que tinha até a quarta-feira da semana seguinte para a apresentação da sua tese de doutorado. Era como se sua vida se dividisse entre o antes e o depois desse momento. Acreditava que tudo seria diferente. Teria melhores clientes, poderia ser convidado para ser sócio do escritório, teria mais tempo para preparar seus próximos passos e seria, por fim, reconhecido por suas qualidades.

Imaginava a banca de sua análise de tese a cada dez minutos e se fazia de avaliador a avaliado, perguntando e respondendo em voz baixa de maneira alternada. Tentava analisar todas as opções. Havia estudado cada membro titular, buscando prever as possibilidades. Quem seria mais duro, quem gostava dele; tinha, no entanto, uma sensação de que tudo daria certo.

Todas as privações de sua vida até aquele momento seriam recompensadas. As viagens que deixou de fazer, os amigos que ele havia afastado sem querer; tudo seria resgatado. Tinha a certeza de ter o tempo a seu favor.

Dr. Carlos, o sócio majoritário do escritório, disse a Márcio que ele estava liberado do trabalho e que deveria focar em seu doutorado. Mesmo assim, Márcio, sem dizer nada a ele, havia retornado às suas atividades normais naquela semana, pois tinha um caso importante que queria adiantar. Carlos era um advogado vaidoso. Tinha por volta de seus setenta e poucos anos e vestia somente ternos de grife, combinando gravatas com os lenços que usava em seus bolsos. Era magro e tinha os cabelos grisalhos cuidadosamente distribuídos por obra dos salões frequentados com regularidade. Era perceptível o tom paternalista que o homem tinha com ele. O fato de ser um grande amigo de seu pai fazia de Márcio uma espécie de filho, ainda que ele não quisesse isso. Queria crescer por seus méritos, mas, sem perceber, se aproveitava da condição privilegiada em alguns momentos.

Voltou a espiar a televisão, que já mostrava cenas de manifestações que se iniciavam em todo o país. Eram cada vez mais numerosas. Raro era o dia em que não precisava alterar seu itinerário, tentando se esquivar delas. Todas as manifestações tinham o mesmo motivo: a exclusão sanitária.

Esse problema se iniciou após a Segunda Pandemia. No início da Primeira Pandemia, houve o isolamento, as mortes, o enorme impacto negativo sobre a economia, mas o mundo inteiro esperava pela vacina, como se dela viesse a salvação da humanidade. As pessoas seriam vacinadas e, no mesmo dia, fariam uma festa sinalizando a volta à vida. Viajariam sem problemas, abandonariam todo o isolamento e voltariam às suas vidas normais, como se tivessem apertado o botão de *pause* e, depois, de novo, o *play*. De fato, isso ocorreu durante o primeiro ano. A pandemia parecia estar sob controle; aos poucos, o mundo foi voltando ao normal, as vacinas pareciam controlar o problema, mas os casos voltaram algum tempo depois, pois o vírus havia sofrido mutações.

A pandemia virou endemia, e o tão falado "novo normal" acabou por se tornar a realidade. As pessoas perceberam que aquela, agora, era a vida delas. Algumas transgrediram e muitas morreram por causa disso. Nessas situações, sempre existe o "caso-modelo", aquele a que todos se referem para imaginar onde podem chegar se as coisas forem feitas da mesma maneira. Casos que servem de alerta. Não foi diferente desta vez.

O Sudão, país africano, contrariando todas as recomendações mundiais de cuidados e controles, através de seus governantes, liberou a população para a vida normal após a vacinação. Mesmo após forte evidência da mutação viral, eles mantiveram a liberação. Após algum tempo, a mortalidade disparou.

O país foi isolado do restante do mundo, que assistia às repercussões como se eles fossem o "boi de piranha". E, de fato, foram. Os próprios governantes se contaminaram. Ninguém escapou. A população enfurecida tomou o governo e pediu ajuda mundial. Os canais de notícia mostravam as imagens de pessoas morrendo e o sofrimento dia após dia, até elas se tornarem exaustivas. A mídia chamou o fato de "extermínio do Sudão", atribuindo toda a responsabilidade aos seus governantes.

De lá para cá, aconteceram enormes progressos na área de pesquisas. O diagnóstico da presença do vírus foi ampliado para detectar qualquer semelhança viral, identificando inclusive as mutações. Foi um grande avanço. As vacinas ainda eram desenvolvidas ano a ano, mas, como surgiam mutações, elas controlavam muitos casos, mas não conseguiam erradicar as endemias que se instalaram nos países.

Após algum tempo, surgiu a SafeLife, a maior instituição do mundo na atualidade, à frente de empresas de tecnologia, comércio e bancos. A SafeLife desenvolveu o Hope, em homenagem ao seu inventor, Martin Hope: um sensor instalado no braço, que detecta a presença do vírus em tempo real, como um *scanner*. Bastava aproximá-lo dos aparelhos de leitura e ele sinalizava a presença ou não do vírus com 99,9% de segurança. Foi equivalente à pílula anticoncepcional dos anos 60. Representava a liberdade.

A tecnologia por trás do dispositivo era impressionante. No início, desenvolveram uma forma de mapear os vírus, criando marcadores que se conectavam a receptores na superfície deles, uma espécie de nanobiossensor viral. Depois, esses biossensores eram detectados por equipamentos que agiam como microrressonâncias. O passo seguinte foi transformar esses dados em coordenadas tridimensionais, formando uma imagem 3D do vírus que, em seguida, era transformada em uma cadeia numérica, com tecnologia semelhante à utilizada para identificação facial.

O vírus era então catalogado e incluído em um banco de dados. Ao final, a identificação viral seguia o mesmo modelo dos antivírus de computador. Ele era identificado pela primeira vez, catalogado e incluído na central de dados, que era toda a base de pesquisa dos leitores do Hope espalhados pelo mundo. Se a cura para os vírus que surgiam ainda não existia, contar com esse tipo de tecnologia oferecia a todos a tão esperada segurança que desejavam para voltar às suas vidas normais.

Não tardou para os governos regulamentarem seu uso. Haveria muita resistência para torná-lo obrigatório, então encontraram uma alternativa: liberaram para que todos os estabelecimentos determinassem se o uso do Hope em seus interiores era obrigatório ou não, tornando-os oásis sanitários. Havia um único porém: o de também oferecer testes manuais como opção ao seu uso. Assim, restaurantes, shoppings, teatros, cinemas, vários edifícios, aeroportos e uma infinidade de outros estabelecimentos adotaram o Hope como mandatório para o acesso a eles, sempre em nome da segurança coletiva.

Para ter acesso ao Hope, o indivíduo contratava seu uso por uma mensalidade, que garantia a manutenção do aparelho quantas vezes fosse necessário. Dessa forma, a SafeLife viu suas ações multiplicarem aos milhões. Alguns governos, após um tempo, perceberam o enorme poder que haviam conferido à empresa e tentaram recuar, mas foram engolidos por *lobbies* e mil outras ações, incluindo atentados nunca esclarecidos.

A SafeLife era agora a dona do mundo. Boa parte da população não tinha como pagar pelo Hope; então, para entrar nos locais, eram obrigados a custear testes feitos na hora com picadas, como os testes de glicemia. Os governos argumentavam que esses testes estavam disponíveis de forma a não impor o uso do Hope, mas o fato é que eles foram rareando e hoje em dia são encontrados em poucos locais.

O Hope segregou a população em dois grupos: um que podia pagar por ele, e outro que não podia. Leis foram criadas para cada vez mais excluir o segundo grupo. Tornaram-se os escravos do mundo novo: sem direitos, sem possibilidades, sem esperanças, sem o Hope.

Os *excluídos sanitários*, como foi chamado o grupo que não tinha acesso ao dispositivo ou que não desejava utilizá-lo, se organizaram e eram os responsáveis pelas frequentes manifestações que aconteciam. Eles não reivindicavam a liberação para todos; eram contra seu uso. Pediam por maiores investimentos em pesquisas para a cura ou em uma vacina mais eficiente, pois acreditavam que elas teriam cessado por interesses da SafeLife.

Em alguns países, surgiram grupos de resistência atuando como bandos de guerrilha. Às vezes, parecia que o mundo havia se tornado uma panela de pressão prestes a explodir e que a tampa era a própria SafeLife.

Márcio saiu da lanchonete já sem se preocupar com o atraso. Diria no escritório ter tido problema de novo com seu Hope. Já era motivo de chacota por conta disso.

Sabia que havia uma assistência técnica da SafeLife a duas quadras dali e se dirigiu até lá. Entrou na loja sem paciência por todos os problemas que vinha tendo.

— Bom dia, posso ajudar? — Cumprimentou uma atendente morena, com os cabelos presos e vestida como aeromoça.

— É a terceira vez este mês que meu Hope dá erro. Achei que o propósito dele fosse facilitar a vida em vez de complicar. Hoje, mais uma vez, vou chegar atrasado ao trabalho.

— Peço mil desculpas pelo inconveniente, senhor. Algumas pessoas têm pequenos distúrbios...

— De coagulação — completou. — Já ouvi isso muitas vezes, mas deve haver algo para esses casos, não deve? Uma tecnologia cara como esta!

— Trocaremos agora o seu Hope, senhor, e passarei seu caso para o suporte ao cliente. Acompanhe-me, por favor.

Seguiu a funcionária pelo corredor. Na parede, vídeos com imagens de pessoas sorrindo e famílias perfeitas. Ah, se a vida fosse uma propaganda... *Por que será que alguém sempre veste branco nesses vídeos?*, pensou. No corredor, vários pequenos consultórios, bem decorados e aconchegantes. Até a cor parecia estar de acordo: tons leves, mas coloridos. Tudo estudado para agradar.

— Pode aguardar nesta sala — disse ela, apontando para o lado.

A sala parecia se conectar ao corredor. Os vídeos nela exibidos se complementavam com fotos e painéis na parede. O ambiente trazia leveza, paz. Márcio lembrou de seu escritório, o qual detestava, com tons de madeira escura. Parecia velho, pesado. Enquanto ele passeava os olhos pelo ambiente, entrou um homem. Vestia avental branco com uma gravata ajustada com cuidado. A calça e os sapatos eram sociais, e ele passava um ar de requinte.

— Vai ser rápido — disse.

O homem pediu para que Márcio retirasse a camisa. Tocou de leve o sensor com defeito, posicionado como um pequeno *pin* no deltoide. Apontou sobre ele uma pistola e a disparou. O sensor foi retirado sem dor. A mesma pistola realizou a assepsia e, após outro disparo, introduziu o novo sensor.

— Espero que este dure mais que o outro — comentou Márcio.

— Você frequenta academia? — Perguntou o homem, sem revelar qualquer expressão em seu rosto, como um robô.

— Estou parado há algum tempo. — *Eu não tenho o físico de quem faz academia*, pensou.

— Então tente massagear durante o banho a área ao redor do dispositivo, sem tocá-lo. Muitas vezes, isso ajuda.

Márcio agradeceu a dica, levantou-se e saiu apressado.

A loja ficava a algumas quadras do escritório. Márcio percebeu que a rua estava tranquila naquela região e seguiu caminhando mais aliviado. Fazia calor e usar terno incomodava. Tirou o paletó, carregando-o em uma das mãos, enquanto na outra segurava sua pasta. Caminhava próximo das entradas dos edifícios e das lojas, onde vez ou outra se refrescava com o frio das climatizações de seus interiores vindo das aberturas das portas.

A região se modernizava com rapidez. Os edifícios se dividiam entre escritórios e apartamentos residenciais, muitas vezes no mesmo espaço, para aproximar cada vez mais as pessoas de seus trabalhos, já que os deslocamentos maiores se tornavam impraticáveis por causa do trânsito.

Ao longe, já avistava o edifício do trabalho. Havia sido mais rápido do que ele imaginara, talvez pelo fato de ter andado algum tempo sem nem notar. A rua estava movimentada. Aquela região da cidade era considerada área verde, lembrando as categorias usadas como controle de segurança durante a pandemia e que venceram o tempo.

As pessoas caminhavam sossegadas, como se nada tivesse acontecido. Em alguns pontos, pequenos túneis foram instalados nas calçadas, obrigando a passagem por dentro deles; eram túneis de leitura do Hope. Se houvesse algum problema, ou se alguém adentrasse os túneis sem o sensor, um alarme estridente seria disparado e luzes piscariam no interior sem parar.

Era comum encontrar fiscais sanitários logo após esses túneis. Eles abordavam qualquer um que apresentasse problema. Se o contratempo identificado fosse uma contaminação, levavam a pessoa aos centros de triagem para realização de exames e imposição de quarentenas. Não adiantava dar a volta por eles, tentando desviar. Os fiscais assistiam a tudo e obrigavam a pessoa a voltar. Era difícil não perceber a injustiça que acontecia ali; dessa forma, impediam que as pessoas sem o sensor caminhassem pela área. Por outro lado, nas conversas entre amigos, era senso comum o apoio a essas medidas por parte de pessoas de maiores posses. Era assim que elas se sentiam seguras.

De repente, alguém puxou seu braço. Olhou para trás e viu um homem franzino, com barba por fazer e roupas sujas, parecendo um sem-teto, que falava sem parar. Demorou para voltar a si.

— Tenho o SafeLife hackeado — disse o homem, apressado, enquanto olhava ao redor com desconfiança.

— O quê? — Perguntou Márcio.

— O Hope, tenho ele hackeado. Você só paga uma vez e pode usar. É superseguro.

Só faltava isso agora. *Ser preso por uso do Hope contrabandeado,* pensou. Como seria possível usar o Hope hackeado? Será que ninguém descobriria?

— Não, obrigado, amigo.

O sujeito se afastou tão rápido como surgiu, se misturando na multidão.

Márcio chegou ao edifício de seu trabalho. Havia uma entrada imponente com um mezanino de lojas e restaurantes luxuosos e uma fonte de água ao centro arrodeada por plantas tropicais coloridas, dispostas em um projeto assinado por uma das maiores paisagistas da cidade. O escritório tomava quatro andares inteiros do edifício. Márcio trabalhava no setor criminal, que ficava no penúltimo andar, onde também ficava a sala de Carlos.

Pegou um dos muitos elevadores que levavam até a recepção de cada andar. Atravessou um corredor de mármore branco, passando por uma pesada porta de vidro que fez um vácuo ao ser aberta, liberando um ar gelado de dentro com cheiro de móveis novos. Caminhou pelo ambiente aberto com várias estações de trabalho sem divisórias, ouvindo o barulho de teclados e pessoas falando em seus celulares.

Alguns pequenos escritórios com paredes de vidro ficavam dispostos em um dos lados do salão e acomodavam os advogados juniores. Do lado oposto, ficavam alguns escritórios maiores e mais confortáveis, todos com grandes janelas externas que acomodavam os advogados plenos.

Márcio era um advogado pleno. Ainda era muito novo para isso, o que despertava suspeitas de proteção e ciúmes por parte de alguns colegas. O advogado pleno mais novo depois dele era dez anos mais velho. A desconfiança era ainda maior porque Márcio havia sido indicado por Carlos para assumir uma causa movida por um grande sindicato contra o uso do Hope e que havia ganhado notoriedade na mídia.

Cumprimentou baixinho Karen, sua secretária, tentando não chamar a atenção dos outros para seu atraso.

— Dr. Márcio, chegou um envelope pelo mensageiro. Deixei sobre a sua mesa — informou Karen.

Ele entrou na sala, depositando a pasta sobre a mesa, bem ao lado de uma foto dele com seus pais em sua formatura da faculdade, de alguns anos antes. Sobre a mesa, havia um envelope pardo. *Quem entrega um envelope assim hoje em dia?*, pensou. Não havia identificação de remetente. Conferiu seu nome, para ter certeza de que era para ele mesmo. Era fino e leve. *Deve ser uma carta*, pensou. Abriu. Como imaginou, continha uma carta, que dizia:

Dr. Márcio,

O senhor me foi indicado por um grande amigo e gostaria muito de contratar seus serviços. O caso que tenho para abordar é sigiloso, motivo pelo qual desejo que nosso encontro seja fora de seu escritório. Pensei em um coworking *que visitei na avenida Faria Lima e que me parece bastante adequado; lá teremos privacidade. A título de honorários, me antecipei transferindo um valor para sua conta, pois entendo que devo cobrir essas despesas iniciais, mas poderei complementar, caso necessário. Não resido em São Paulo, mas estarei aí na quinta-feira da semana que vem, então, se possível, gostaria de encontrá-lo. Estando de acordo, diga à sua secretária data, horário e local. Mais tarde, entrarei em contato com ela para colher essas informações.*

Pelo seu tempo, agradeço.

Walter Lima

No envelope, também, havia um comprovante de depósito com um valor muito acima dos honorários habituais para uma consulta.

Checou sua conta bancária para verificar se o depósito havia sido feito. Abriu o aplicativo no celular e lá estava o valor depositado. Olhou por algum tempo sem reagir, imaginando o que poderia ser. Muitos de seus casos eram de clientes envolvidos com crimes contra o sistema financeiro, vários deles corporativos. Evitavam exposição a todo custo; evitavam até mesmo procurar advogados em seus escritórios com receio de serem descobertos pela imprensa. Situações como aquela não eram tão raras assim. Sua defesa de doutorado era na quarta-feira, então teria condições de atendê-lo. Chamou Karen.

— Karen, ligará um cliente chamado Walter Lima. Confirme reunião na próxima quinta-feira, dia 15, às 17h no *coworking* da avenida Faria Lima e me avise tão logo ele telefone.

— Pode deixar, Dr. Márcio.

2 — SÃO PAULO, 14 DE ABRIL DE 2027

Por que você está aqui? O que eu posso fazer para ajudar? (Gritos de dor, sofrimento). Ecos de uma prisão escura... Ao longe, ouvia baixinho seu nome.

— Márcio, Márcio.

Despertou assustado em um pulo.

— Você está sonhando, Márcio, já passou. Está tudo bem agora — disse Adriana, colocando a cabeça dele sobre seu colo e massageando com delicadeza sua nuca para acalmá-lo. — Precisamos fazer alguma coisa, amor. Estou preocupada com esses pesadelos.

As pontas de seus cabelos morenos tocavam sua face enquanto ela o acariciava. Ele observava seus grandes olhos azuis, arregalados, sem saber ao certo o que dizer. Ela então passou a fazer movimentos leves e circulares com seus dedos finos sobre sua têmpora, até que ele fechou os olhos, aliviado.

— É o mesmo sonho? — Perguntou ela.

— Sonho que estou em um local rodeado de sofrimento, gente gritando. Sinto a dor que eles sentem. Não posso fazer nada. Fico ali, impotente, observando...

— Tenho um colega que conhece um ótimo psiquiatra. Acho que deveríamos procurá-lo. O peso que você está carregando é muito grande, amor.

Há alguns meses, Márcio havia perdido seu pai, Lúcio, para o câncer. Acompanhou a doença dele por todo o tempo. Fez o que pôde para aliviar seu sofrimento. Seu pai era um grande advogado em São Paulo, havia feito toda sua carreira como professor na mesma faculdade em que Márcio se formou. A ligação entre ambos era enorme. Sua perda foi ainda maior porque alguns anos antes, sua mãe, Mirian, uma psicóloga e também acadêmica, como Lúcio, teve complicações em uma cirurgia gástrica e também não resistiu. O trauma causado em Márcio foi enorme. Ele não tinha mais família em São Paulo. Sentia-se só. Sua única família era Adriana, que, desde sua adolescência, morava com os pais no mesmo condomínio de luxo que ele, em um bairro nobre afastado de São Paulo. Conheceram-se muito cedo e namoraram por muitos anos até decidirem que morariam juntos. Alugaram um apartamento próximo ao emprego de ambos. Já haviam definido que se casariam, e ainda tentaram agilizar a união antes da morte de Lúcio, mas a doença acabou adiando todos os planos.

Márcio tinha a sua defesa de tese de doutorado logo pela manhã. Precisava estar descansado. Voltou a dormir.

Foi chamado, era sua vez. Entrou no anfiteatro quase escuro, iluminado por uma meia-luz que mal permitia identificar os membros da banca sentados no alto, como deuses do Olimpo. As telas de catedráticos nas paredes laterais contavam histórias de homens que passaram pelo mesmo momento que ele passaria em breve.

Márcio estava preparado e isso reforçava sua confiança para enfrentar a banca. Não sairia de lá derrotado. Seu objetivo era outro agora. Não queria somente ser aprovado, queria que sua apresentação fosse memorável e que os titulares da banca falassem dela em suas conversas reservadas. Queria ser como seu pai, uma lenda no meio jurídico.

O local cheirava a mofo, como se ficasse fechado o tempo todo. As fileiras de poltronas finamente talhadas em madeira de lei e com seu couro de cor vinho bastante conservado remetiam aos tempos de glória da universidade. À medida que caminhava, ouvia seus passos abafados por um tapete vermelho e, por um momento, imaginou ter voltado no tempo.

Lamentou não estar vestido de maneira mais formal. Foi orientado a vestir roupas confortáveis, então renunciou ao seu terno no dia. Em vez disso, vestia uma calça de sarja e camisa sem gravata.

— Bom dia, Márcio, enfim chegou o dia? — Reconheceu logo tratar-se da Dra. Vera, sempre gentil.

— Sim, doutora, finalmente! — Respondeu Márcio, não querendo citar seu nome para não parecer íntimo, o que de fato era. Vera frequentava sua casa desde sempre. Era quase da família.

— Vamos começar, ok? — Disse ela, dando sequência à avaliação.

As perguntas seguiram por duas horas. À medida que percebiam seu preparo, aumentavam a complexidade dos temas, chegando muito próximo de onde ele desejava. Márcio queria mais, queria que fosse perfeito. Ao final, foi saudado por todos. Nesse momento, já eram todos colegas de doutorado.

Chegou em casa no final da tarde, a tempo de se arrumar para sair. Adriana já esperava por ele. Deu-lhe um abraço.

— Sabia que você iria arrasar, doutor Márcio.

Um colega do escritório havia sugerido ir a uma *party house* itinerante que já era famosa na cidade. Combinaram encontrar com todos na entrada. Desceram para pegar um táxi e se dirigiram à festa. Chegando lá as filas já estavam enormes.

Ao descerem do carro, Márcio foi cumprimentado pelo seu grupo, sendo parabenizado pela conquista.

André, seu melhor amigo, vestia uma camiseta do Hulk, estando ainda mais engraçado que o habitual. Ele sempre usava óculos pretos pesados de armação redonda, com lentes grossas, revelando pequenos olhos por trás de sua miopia, com o que ele parecia não se importar. Deixava seus cabelos encaracolados crescerem e não se preocupava em cuidar deles, além de sempre estar com a barba por fazer, o que lhe conferia uma aparência de *nerd* moderno, como ele se autodenominava. Quando percebia que as pessoas achavam graça, mais ele fazia por onde. Falava rápido sem parar e sempre gesticulava, era espirituoso e o primeiro a brincar consigo mesmo sobre o seu jeito. Isso fazia dele uma pessoa muito carismática. Não existia festa sem o André. Mas, por trás daquele jeitão, era uma pessoa muito inteligente e leal.

Márcio e ele eram diferentes em muitos aspectos, e talvez esse fosse o maior motivo de eles serem tão amigos. André se aproximou de Márcio e disse em seu ouvido que, naquela noite, ele era convidado e que já haviam reservado tudo. Seguiram então em direção à entrada e foram passando um a um, sob o olhar de inveja do pessoal da fila que aguardava.

A festa se estendeu até a madrugada. No final, Márcio e Adriana saíram de lá sem saber como. A comemoração havia sido como eles imaginaram; a bebedeira não. Nunca fazia parte do plano passar mal e acordar com ressaca. Márcio sempre soube ser fraco para bebida, o que o fazia evitar excessos, mas naquela noite perdeu o controle e, àquela altura, nada adiantaria senão esperar.

Márcio caminha por entre corredores escuros. Ouvindo gritos de dor. Sente a presença de alguém.

Abriu os olhos assustados. Ainda era de madrugada. Sentiu um aperto no peito enquanto percebia a presença de outra pessoa como se ainda estivesse em seu pesadelo. Olhou para o lado, para o rosto sereno de Adriana, que dormia. Ficou aliviado e deitou-se de novo.

O dia entrava pela janela à medida que Márcio fugia dos raios de sol, que aos poucos invadiam a cama onde ele dormia. Foi se encolhendo até não ter mais para onde. O celular não parava de apitar, notificando recados e compromissos. Somente naquele momento ele percebeu. Pensou ter dormido demais. Virou de lado para conferiu as horas. Eram 14h. Não sentiu remorso por acordar tarde. Havia feito por onde e merecia isso. Já estava se sentindo melhor, então se levantou e foi tomar um banho para finalizar sua recuperação. Ainda sentia o efeito da bebida da comemoração na noite anterior pela sua defesa de doutorado. Havia sido um sucesso.

Saiu um pouco melhor do banho, enquanto Adriana ainda aproveitava para dormir um pouco mais. Notou o celular vibrar sobre a cômoda, revelando algum compromisso:

Reunião Walter Lima, coworking *avenida Faria Lima. 17h.*

Havia esquecido por completo. Às pressas, pegou seu terno e o levou para a sala a fim de não acordar Adriana com o barulho. Ainda teria tempo, mas detestava ter que fazer as coisas daquela forma. *Como poderia ter esquecido?*, pensou. O barulho acabou por despertá-la.

— Você tem algum compromisso hoje? Achei que tinha deixado o dia livre — comentou ela.

— Não sei como pude esquecer! Marquei uma primeira consulta com um cliente às 17h. Mas vai dar tempo — respondeu ele, afobado, tentando vestir-se e comer alguma coisa ao mesmo tempo.

— Vem cá, deixa eu te ajudar — disse Adriana, arrumando seu terno com carinho. — Fica tranquilo, você anda está adiantado. Come alguma coisa direito, Márcio. Você vai acabar passando mal.

O táxi parou em frente ao *coworking*. Márcio desceu do carro e seguiu até a recepção. Havia agendado o uso a partir das 16h. Teria tempo de se acomodar e checar se estava tudo certo para receber o cliente.

Ansioso, chegou dez minutos antes e foi liberado para subir. Deixou avisado que aguardava por Walter Lima, mas teve receio de esse não ser seu verdadeiro nome e de ele não ter como comprovar identidade, então disse que poderia vir outra pessoa em seu lugar, mas que não sabia ao certo quem poderia ser.

Havia escolhido uma sala reservada, onde ambos poderiam conversar sem serem incomodados. O espaço era bem decorado, com tons futuristas e bastante funcional. Já o conhecia de outras oportunidades. Abriu seu *laptop*, como que antevendo que precisaria fazer anotações. Olhava para o relógio do celular a cada minuto, sem nem tentar controlar o nervosismo. Mesmo parecendo que, na pior das hipóteses, seria somente mais um caso, algo dentro dele dizia que era muito mais do que isso, e ele não entendia por que, o que o deixava ainda mais confuso com relação aos seus sentimentos.

O interfone da sala tocou, assustando Márcio, que pegou o aparelho na hora.

— Dr. Márcio, seu cliente chegou.

Ele pediu para que o homem subisse. Ao desligar, ficou surpreso pela forma como ele fora anunciado. Não informaram seu nome. *Deve ter encontrado alguma razão para não ter informado,* pensou. Márcio então posicionou sua cadeira de forma a poder observar pela parede de vidro as pessoas se aproximando; tentava adivinhar quem seria.

Um senhor caminhava na direção de sua sala, beirando os setenta e poucos anos. Era alto, moreno, como quem vivia em local de sol, e tinha porte atlético, o que era raro para a idade que demonstrava ter. Seus cabelos eram brancos e fartos, e sua fisionomia remetia a alguma descendência nórdica. Vestia um paletó sem gravata, uma calça de sarja e sapatos sem cadarços que lhe conferiam ares joviais. Cruzaram olhares. *Só pode ser ele*, pensou. O senhor se aproximou ainda mais e abriu a porta, após espiar pelo vidro e sinalizar se poderia entrar.

— Dr. Márcio? — Perguntou.

Márcio se levantou da cadeira e foi recebê-lo na porta.

— Sim, claro, pode entrar. Sente-se, por favor. Sr. Walter, correto?

Seria o fim do mistério, pensou.

— Na verdade, não, como você já deve imaginar — respondeu, confirmando suas expectativas. — Meu nome é Ulrich Marques Vieira. Não existem muitos nomes iguais ao meu. Para ser franco, acho que é o único, motivo pelo qual lhe passei um diferente.

— Algum motivo especial para ter ocultado seu nome, Sr. Ulrich? — questionou Márcio.

— Em tese, eu não deveria estar aqui. Sou militar, general médico. O assunto que tenho para lhe passar pode conflitar, em algum momento, com a Justiça Militar, motivo pelo qual mantenho sigilo.

— Entendo — respondeu Márcio. O fato de Ulrich (agora sabia seu verdadeiro nome) ter dito que poderia existir algum conflito com a Justiça Militar em nada o assustava. O que havia surpreendido Márcio era o fato de ele ser um general médico, algo bastante distante do que havia imaginado. Isso, com certeza, dava outros ares ao caso e despertava sua curiosidade.

— Para ser sincero, Sr. Ulrich, fiquei bastante surpreso pela forma pouco convencional como fui abordado. O senhor me procurou por meio de alguma indicação?

— Na verdade, Dr. Márcio, eu já te conhecia após o processo que você e seu escritório moveram contra a SafeLife. Houve grande manifestação na mídia, e sua condução foi exemplar. Mas o maior motivo de minha procura foi a indicação de um grande amigo, que pediu anonimato.

— Obrigado. Na verdade, todo o mérito daquele caso foi do escritório. Meu papel foi secundário, mas agradeço. O auxílio ao qual o senhor se refere é para o senhor mesmo? — Perguntou Márcio.

— Não diretamente — respondeu Ulrich, se mexendo na cadeira e deixando transparecer seu desconforto. — O senhor pode trabalhar de forma independente? Digo, sem estar vinculado ao seu escritório? Esta é uma das minhas exigências — perguntou, demonstrando preocupação.

Aquela requisição intrigou Márcio. Qual seria a razão? Pelo escritório, teria melhores condições e estrutura para atendê-lo.

— Sim, Sr. Ulrich. Não sou sócio do escritório onde trabalho e meu contrato me permite trabalhar de forma independente, no entanto, estou em um caso que está tomando todo o meu tempo e não tenho condições de poder assumir outro compromisso. Não consigo entender a razão de não poder atender junto ao escritório. Se for o fato de eles estarem recusando novos clientes, tenho acesso aos sócios e, a depender do que se trata, podemos abrir uma exceção. Teríamos maior estrutura e melhores condições para conduzir o caso, qualquer que seja sua natureza.

— Entendo, mas pretendemos que seja o mais pessoal possível, por causa da amplitude e suas prováveis repercussões. — Márcio entendeu que não deveria insistir; essa escolha caberia a Ulrich, que prosseguiu. — Pois bem, ainda não revelarei todas as informações, mas lhe darei elementos suficientes para entender o caso e o que pretendo. Se, depois disso, o senhor desejar prosseguir, prosseguiremos. O auxílio a que me refiro é para um rapaz que está preso em uma unidade militar — o homem fez uma pausa, buscando a forma mais fácil de se expressar. — Ele foi acusado de um crime hediondo e foi julgado e sentenciado a trinta anos de reclusão. Está em uma unidade militar, porque ele era militar, e o crime que cometeu foi contra um capitão do Exército. Em tese, não deveria ter sido julgado pela Justiça Militar, porque ele já não estava mais na ativa quando o crime foi praticado. Esse caso nunca foi para a Justiça Comum e sequer existiu fora das paredes do quartel onde ele se encontra.

— O senhor sabe que não posso advogar na Justiça Militar, não sabe? — Perguntou Márcio, imaginando que Ulrich já havia analisado isso antes. Parecia meio óbvio.

— Sim, claro, estou ciente disso. E é por isso que precisamos de sua ajuda. Como militar, não posso me expor. Todo meu envolvimento deverá ser mantido em sigilo. Não sou advogado, mas me parece muito claro que o julgamento por um tribunal militar foi irregular e precisamos reverter isso. Precisamos que esse processo seja anulado.

— Você disse que ele cometeu um crime hediondo. Poderia ser mais específico?

— Ele assassinou um capitão do Exército, mediante tortura.

Aquela informação chocou Márcio. Ele era um advogado criminalista, mas homicídio não era sua área de atuação, ainda que tivesse atuado em alguns casos como advogado auxiliar. Nunca, porém, havia participado de nada com aquelas características, ainda mais um crime tão bárbaro.

Como costumavam fazer os advogados, mesmo que aquelas informações já fossem suficientes para que ele declinasse da defesa, sempre mostrava interesse, imaginando qual colega poderia indicar. Márcio já tinha até alguém em mente.

— Sr. Ulrich, crimes dessa natureza não são minha especialidade, mas posso indicar um grande advogado que poderá assessorá-lo.

— Já definimos que não queremos outro advogado, senão o senhor.

Márcio não entendia o motivo daquela insistência. Ele não era o mais qualificado e, além disso, não queria se envolver com crimes daquela natureza. Ainda existia outro agravante: o processo havia sido julgado pela Justiça Militar e, a despeito de haver irregularidades, o envolvimento implicaria enfrentar os militares, e ele não tinha a menor intenção de fazer isso.

— Eu compreendo e agradeço a lembrança do meu nome. O fato de saber que o senhor é tão exigente em suas escolhas me deixa lisonjeado, mas, como disse, não posso aceitar esse caso. Gostaria, no entanto, de tranquilizá-lo quanto ao sigilo destas informações, como pareceu ser sua preocupação. Embora não tenhamos nenhum contrato de prestação de serviço formalizado, poderemos redigir um documento de confidencialidade para garantir a segurança do que conversamos aqui — disse Márcio, fechando o *laptop* e dando sinais de que haviam finalizado, quando Ulrich se antecipou à sua iminente saída.

— Dr. Márcio, compreendo sua reação. Já definimos que não desejamos outro advogado, mas peço, por favor, que você não feche a porta. Pense com calma, analise... Aguardarei sua decisão sem pressa.

Ambos se levantaram, e Ulrich deu um forte aperto de mão, saindo em seguida, deixando Márcio ali, pensando em tudo que tinha acontecido.

Os últimos vinte e oito dias haviam sido de intensa movimentação no escritório de Márcio. Sem que ninguém esperasse, correu a notícia de que o escritório fora contratado pela TecSearch, uma poderosa empresa com sede em mais de cinquenta países. A empresa era a responsável pelos testes manuais aplicados em substituição ao Hope. Apesar da obrigatoriedade desses testes, eles vinham sendo abandonados por manobras ilegais praticadas pela SafeLife, que queria acabar com a concorrente. A notícia que corria era que o escritório representaria a América Latina.

— Bom dia, Dr. Márcio — disse Karen, logo que ele chegou pela manhã —, deixei um memorando sobre a sua mesa. O senhor foi escalado para a reunião de manhã para a apresentação da TecSearch.

— TecSearch? Como assim, Karen? Você tem certeza? — Perguntou Márcio. Pela enorme importância dada ao assunto, somente os advogados seniores e os sócios do escritório haviam sido convocados.

— Sim, Dr. Carlos ligou agora há pouco pedindo para lembrá-lo assim que o doutor chegasse.

Entrou em sua sala, sentou-se e passou a olhar para o memorando, sem entender a razão de ter sido chamado. Sentiu o pulso disparar enquanto era invadido por uma sensação de insegurança, temendo ser jogado na cova com os leões. Checou a hora; era melhor se apressar para tentar chegar antes dos outros e passar despercebido.

Dr. Carlos batia o lápis na mesa, repetidas vezes, demonstrando certo nervosismo. Márcio, que o conhecia bem, estranhou, afinal de contas, ele parecia tão controlado. Outras pessoas passaram a notar as batidas, e uma delas procurou mudar o foco de atenção para aliviar um pouco a tensão.

— Você se lembra de seu primeiro grande cliente, Carlos? — Perguntou.

Carlos parou de bater o lápis enquanto esboçava um sorriso.

— Como esqueceria? Até hoje, quando nos encontramos, ele me diz que foi enganado — o advogado riu —, mas que não se arrependeu — riu ainda mais forte.

Gostava tanto dessa história que a contava sempre que podia. Todos a conheciam. Era quase uma lenda no meio jurídico. Ganhou grandes desafetos por causa dela, mas achava que tinha valido a pena.

O grande cliente do qual falava era um industrial de São Paulo que tinha uma grande causa nas mãos. Na época, vários escritórios disputavam entre si quem iria pegá-la. Carlos queria muito defendê-lo, mas, apesar de ter grande qualidade técnica, ainda não possuía lastro para uma causa daquele tamanho, fazendo com que ele estudasse a fundo o caso. Então Carlos foi procurar o cliente em seu escritório, mas mentiu sobre onde trabalhava. O cliente, imaginando ser um grande escritório, o recebeu, ouviu dele toda a análise do caso em detalhes e gostou. No final, descobriu que Carlos não era quem dizia ser e ficou furioso. Carlos teve coragem e presença de espírito para convencê-lo a seguir com ele. Ofereceu inclusive não cobrar honorários se perdesse. E não perdeu.

O homem se tornou seu amigo e trouxe muitas outras causas para ele, além de outros industriais como clientes, e esse foi o início do sucesso de Carlos. Os sócios de alguns dos escritórios que concorriam com ele tentaram de tudo para tirá-lo do páreo e se tornaram inimigos, sendo assim até hoje.

A história de Carlos serviu para amenizar o clima. Todos estavam muito tensos aguardando os clientes chegarem, então ele consultou seu celular e informou:

— Chegaram.

Passou os olhos pelo ambiente, dando uma última conferida se tudo estava em ordem, quando avistou o grupo se aproximando. Os homens vestiam ternos impecáveis, e as mulheres *tailleurs*. Seguiram direto para a sala de reunião, conduzidos por uma das secretárias do escritório. Ela então parou na entrada da sala e apresentou os grupos.

— Dr. Carlos, sócio-presidente, Sra. Giulia Garofalo — anunciou a secretária.

— Olá, Carlos, como está? — Perguntou Giulia, estendendo sua mão.

Giulia era a CEO da América Latina da TecSearch. Não tinha mais do que cinquenta anos. Exibia a postura ereta das mulheres empoderadas. Usava os cabelos curtos e óculos que moldavam seu rosto com perfeição. Lançava um olhar penetrante, como se pudesse ler a alma das pessoas com quem conversava.

— Esta é minha equipe — apresentou, apontando para os demais membros do grupo, que foi apresentando um a um. Ao seu lado, sua secretária trazia um bloco de anotações apoiado sobre uma prancheta. A semelhança física entre ambas era notável, deixando clara a admiração da funcionária pela chefe.

Márcio optou por sentar-se bem ao final da longa mesa e procurava esconder seu rosto atrás dos demais participantes da reunião, para não chamar atenção para si.

Carlos então abriu a reunião, acomodando a todos, tendo o cuidado de manter Giulia próxima a ele. Antes que pudesse iniciar as apresentações, Giulia cortou sua fala, pegando para si a palavra e revelando um perfil autoritário.

— Agradeço, Carlos, por ter nos recebido aqui hoje. Acredito que todos aqui saibam o motivo de termos contratado esse escritório para nos representar na América Latina. Vocês têm o exato perfil que precisamos para enfrentar a SafeLife. Estamos sendo atacados com frequência por essa empresa, através de *lobbies* e ações ilegais, intencionando acabar com a nossa companhia. Nosso faturamento vem despencando ao longo desses anos, porque os testes não têm sido mais exigidos em nenhum local. Sequer têm sido oferecidos como opção ao uso do Hope, apesar de sua exigência legal. Nossa intenção é combater essa prática.

Márcio olhava assustado para todos. Sentados à sua frente, dois homens destoavam por completo do resto do grupo e olhavam para ele todo o tempo, deixando-o constrangido. Um deles, Márcio percebeu ser espanhol. Notou pelo forte sotaque durante as apresentações.

Tinha pouco mais de cinquenta anos, possuía cabelos grisalhos e usava cavanhaque. Vestia-se casualmente e mantinha os braços cruzados, revelando tatuagens tribais. O outro, sentado ao seu lado, tinha a mesma idade, era menor e mais forte. Também mantinha a cara fechada, o que causava arrepios em Márcio.

A reunião seguiu de forma surreal. Carlos ficou ali, encolhido, absorvido por Giulia. *Difícil de acreditar*, pensou Márcio. Os outros participantes mantinham silêncio enquanto a secretária de Giulia anotava tudo com detalhes. Finalizada a reunião, que havia se revelado um monólogo. Carlos se manifestou pela primeira vez.

— Agradeço muito, Giulia, a escolha por nosso escritório. Acredito que suas explicações tenham sido mais do que suficientes para todos. Eu pedirei agora para que toda a equipe do escritório deixe a sala. Peço que o pessoal da TecSearch permaneça conosco, e você também, Márcio — disse Carlos, olhando para o final da mesa onde Márcio se escondia. Todos olharam para ele na mesma hora, sem entender o que se passava. Ele ruborizou de imediato, e imaginou tratar-se de outra pessoa, então, meio que por instinto, desviou seu olhar para as cadeiras ao lado da sua, procurando por outro possível Márcio no local.

— Você mesmo, Márcio — disse Carlos, agora apontando para ele. Márcio assentiu com a cabeça após engolir a seco, sentindo a pulsação bater na garganta.

Os advogados foram deixando o local, fixando os olhares nele, que, percebendo, manteve a cabeça baixa, tentando evitá-los. Ao final, Giulia voltou a assumir a reunião.

— Por favor, Márcio, peço para que você se sente aqui ao nosso lado — disse ela, forçando uma fala calma, demonstrando simpatia.

Ele se levantou e se sentou ao lado de Carlos, que, por baixo da mesa, deu dois leves tapas em sua perna em sinal de confiança.

— Márcio, acho que você percebeu que sou bastante objetiva — continuou Giulia, olhando nos olhos dele. Ele concordou respondendo baixinho, evitando encará-la.

— De onde você conhece o general Ulrich Marques Vieira? — Disparou ela.

A pergunta pegou Márcio de surpresa. Ele então olhou assustado para Carlos, como que a buscar por alguma orientação.

— Não precisa ficar preocupado, Márcio. Você não fez nada errado. Pode dizer tudo que sabe, estamos entre amigos aqui — disse Carlos, tentando acalmá-lo.

— Na verdade, eu fui procurado pelo general. Ele queria me contratar para assumir um caso de homicídio entre militares, mas não era minha área de atuação, então não aceitei o caso. Me encontrei com ele somente em uma oportunidade.

— Você saberia dizer o motivo de ele ter te escolhido para assumir esse caso? — Perguntou Giulia, se esforçando cada vez mais para manter um tom de tranquilidade.

— Ele me disse que já tinha ouvido falar de mim por causa do processo movido por nosso escritório contra a SafeLife, que estava sob minha responsabilidade, mas confidenciou que o real motivo da procura se deu por indicação de um grande amigo, que preferiu manter em sigilo.

— E você sabe o motivo da insistência de ele recusar outro advogado para defender esse caso? — voltou a perguntar Giulia.

— Não tenho a menor ideia. Inclusive, foi um dos questionamentos que fiz a ele no dia. Disse que a condução pelo escritório teria melhor suporte. Não entendi a insistência. Mas qual a razão disso tudo? Aconteceu alguma coisa? Fiz algo que não devia? — Perguntou, assustado.

— Você não fez nada errado — tranquilizou Giulia —, mas vamos precisar muito de sua ajuda. — Então ela olhou para Carlos, como que a pedir que ele continuasse.

— É verdade, Márcio — complementou Carlos. — O caso do general Ulrich nos interessa muito. Nós desejamos assumi-lo e precisamos de você para isso.

— Vocês não podem abordar o general e oferecer isso a ele? — Perguntou Márcio.

— Nós já tentamos — respondeu Giulia. — Ele se recusa a passar o caso para outro advogado, senão você.

— Mas por que tanto interesse nesse caso? — Perguntou Márcio. — Um homicídio entre militares... Por que a TecSearch está tão interessada?

Pela primeira vez Giulia ficou sem ação. Ajeitou-se na cadeira, buscando encontrar alguma maneira para explicar.

— Não posso te passar muitas informações, Márcio, mesmo porque nós não sabemos. O que sabemos é que esse caso está sendo disputado pela SafeLife. Se eles estão atrás, é porque é muito importante — respondeu Giulia.

Carlos complementou.

— O general Ulrich se encontrou com Ethan Gainz aqui em São Paulo.

— Ethan Gainz? — Exclamou Márcio, surpreso. Ethan era o CEO internacional da SafeLife. O homem mais poderoso do planeta naquele momento. Tinha a fama de conseguir tudo que desejava e não media esforços nem práticas questionáveis para isso. Havia sido apontado como mandante de vários crimes contra pessoas que discordavam de seus posicionamentos.

— Sim. Desde que soubemos desse encontro, colocamos nosso pessoal para seguir o general Ulrich e fomos surpreendidos quando ele se encontrou com você — esclareceu Carlos.

— Precisamos que você aceite esse caso, Márcio. Carlos me garantiu que o escritório ficará mobilizado para ajudá-lo, mas a operação deverá ser sigilosa. Em hipótese alguma, a SafeLife poderá suspeitar que você está nele. Não até as coisas avançarem mais. Seu papel será descobrir a razão de tanto interesse por parte deles.

— A partir de agora, Márcio, quero que você mude seu escritório para junto dos seniores para ficarmos mais próximos. Combinei com a Giulia que os contatos com o general deverão ser mantidos fora do escritório, da mesma forma que você fez até agora. Isso despistará a SafeLife.

Márcio, apesar de apreensivo e sem conseguir entender como havia sido envolvido daquela forma, aceitou seguir em frente.

— Entre em contato com o general o mais rápido o possível e agende um novo encontro com ele — disse Giulia.

Após finalizarem alguns detalhes, ela se levantou para ir embora. Aquela impressão inicial que Márcio havia guardado dela, de ser tão dura, parecia ter se diluído durante a conversa que tiveram. Ele agora enxergava uma outra Giulia, mais acessível, com menos defesas. As poucas pessoas da TecSearch que haviam permanecido na reunião foram deixando o local após se despedir de Carlos e Márcio. Quando o espanhol se aproximou, Márcio sentiu um frio na espinha. Ele então estendeu sua mão para cumprimentá-lo, deslizando um cartão para as mãos de Márcio sem que ninguém notasse. Todos se foram. Márcio levou o cartão ao bolso sem deixar-se notar. Ao chegar ao seu escritório, retirou o cartão do bolso:

> *Me encontre amanhã no restaurante espanhol da galeria San Martin às 10h. Lorenzo.*

Estamos sendo testados, Márcio. Não podemos desistir (gritos de dor ao fundo).

Mas o que vocês esperam de mim? Por que estou aqui?

Um vulto caminha na direção de Márcio. Ele não consegue ver o rosto. Aproxima-se mais e mais...

Márcio despertou assustado. Estava todo molhado de suor. Por sorte, Adriana ainda dormia. Sentou-se na cama com os pés para fora, comprimindo seus olhos com as palmas das mãos enquanto apoiava os cotovelos sobre as pernas. Respirou lenta e profundamente, tentando se reestabelecer do novo pesadelo. Já mais calmo, caminhou em silêncio no escuro da madrugada até a sala. Parou em frente às grandes janelas de vidro de seu apartamento e, distraído, passou a olhar através das janelas de outras residências. Algumas pessoas ainda se encontravam acordadas em suas salas. Ele notou pela claridade azulada das televisões, que mudava de intensidade a todo momento. Ao final da rua, um grande painel de luz projetava notícias e propagandas.

O novo Hope está chegando. A liberdade que todos desejam.

Voltou para seu quarto e, procurando não fazer barulho, pegou uma nova camiseta para trocar. Observou Adriana, que dormia tranquila. Deitou-se, tentando não despertá-la, e voltou a dormir.

Acordou pela manhã com um beijo de Adriana. Ela já estava pronta para ir embora. Sentiu o aroma de seu perfume e o gosto de menta em sua boca.

— Amor, já estou pronta. Você quer descansar mais um pouco?

— Não... Espere por mim. Tomo um banho rápido e me arrumo para tomar café com você no Miguel.

— Estarei na sala — disse ela, sorrindo para ele.

Márcio apressou-se; vestiu-se sem demora e os dois seguiram para a lanchonete do amigo.

— Bom dia, casal — disse Miguel, animado.

Márcio e Adriana sentaram-se à mesa de sempre enquanto Miguel preparava o pedido deles.

— Você teve pesadelo de novo, não teve? — Perguntou Adriana.

Márcio acenou de leve a cabeça. Ela então passou sua mão por sobre a mesa e segurou a dele com carinho.

— Isso vai passar — disse ele.

— Achei você um pouco tenso ontem. Aconteceu alguma coisa no escritório?

— Algumas mudanças estão acontecendo ali. A TecSearch contratou o escritório para representá-los na América Latina. Está todo mundo tenso.

— Nossa, a TecSearch? Cliente grande, hein?

— Pensei a mesma coisa. Pensei em outra coisa também: será que não daria para você trabalhar com eles?

Adriana era veterinária, mas trabalhava na área de pesquisas. Tinha um projeto de utilizar o Hope em animais, da mesma forma como faziam com os humanos. A estrutura toda já existia, não precisaria de muitas adaptações para funcionar. Chegou a procurar a SafeLife para oferecer a ideia e foi humilhada por todos de lá. Disseram que não havia o menor interesse na área veterinária. Desde então, resolveu montar uma empresa com duas amigas pesquisadoras, e estavam buscando alguém para oferecer o negócio.

— Não havia pensado nisso. Pode ser uma boa. Vou pensar a respeito — disse ela, sorrindo com brilho nos olhos.

Miguel chegou com o pedido, que foi colocando sobre a mesa.

— Alguma novidade, Miguel? — Perguntou Márcio.

— Já pegaram o senador...

— O senador Alípio? Como assim? — Perguntou Márcio, espantado.

— Não é surpresa, né, Márcio? Mexeu com a SafeLife... Por uma estranha coincidência, encontraram uma quantidade enorme de cocaína com ele. Depois, acharam armas e dinheiro na casa do sujeito. Estão noticiando em toda parte. Disseram que ele é laranja do crime organizado. Já está em cana.

Adriana olhou para Márcio sem precisar dizer nada. Ela, mais do que ninguém, sabia o que era a SafeLife. Miguel se afastou para atender outra mesa.

— Marquei uma saída com o André hoje à noite. Acho que estamos todos precisando relaxar. O que você acha?

— É disso que estou precisando, amor. Obrigado. Preciso pensar em outras coisas — disse Márcio.

Finalizaram o café juntos e seguiram cada um para seu trabalho. Combinaram de se encontrar à noite. Márcio não quis comentar nada com Adriana sobre os últimos acontecimentos. Ela estava muito preocupada com ele nos últimos dias, e ele achou que isso só serviria para deixá-la ainda mais tensa. Olhou para o celular e percebeu que já estava na hora do estranho encontro com Lorenzo. A galeria San Martin ficava próxima dali. Era um lugar que costumava ser evitado pelos moradores locais. Diziam que não existia nenhum tipo de fiscalização na galeria e que vários negócios suspeitos aconteciam por lá.

Márcio chegou antes do horário combinado. Ao entrar na galeria, andou pelo corredor mal iluminado, por entre lojas de contrabandos e boutiques piratas. No final, destoando do resto, havia o restaurante espanhol especializado em *tapas* que Lorenzo havia indicado.

Ao entrar, avistava-se à direita um longo balcão com iluminação vermelha, onde ficavam dois grupos de cinco cadeiras altas de madeira. A iluminação refletia nos assentos, dando a impressão de também serem vermelhos. Acima do balcão, apoiada em uma viga de madeira de demolição, uma fileira de presuntos de Parma, seguida por outra de copos. As mesas também eram de madeira, para quatro pessoas, e o formato alongado do restaurante limitava o número a poucas delas. A parede contrária ao balcão era pintada com tinta lousa preta, dando a impressão de quadro-negro, com várias anotações do cardápio em giz colorido e desenhos e frases em espanhol.

O local era bastante acolhedor. Estava vazio, *deve ser por causa do horário*, pensou. Márcio, então, foi recebido por Lorenzo, que parecia ser o proprietário do local.

— Bom dia, Márcio, agradeço a você por ter vindo. — Sentado em uma das mesas estava o outro homem da reunião da TecSearch, que encarava Márcio sem parar. — Esse é Luciano, um grande amigo — disse Lorenzo, puxando uma cadeira para que Márcio se juntasse a eles. — Fique à vontade. Trarei algumas *tapas* por conta da casa.

Márcio agradeceu a hospitalidade. Pouco tempo depois, o espanhol retornou com as *tapas* prometidas. Lorenzo tinha um temperamento expansivo. Em pouco tempo, já estavam conversando sobre várias coisas. Márcio sentiu-se à vontade ao lado dele.

— Vocês dois trabalham para a TecSearch? Para ser sincero, vocês destoavam um pouco do resto do grupo. — Luciano e Lorenzo se entreolharam e riram do comentário de Márcio. — Me desculpe — disse Márcio. — Não pretendia ofender.

— Não, Márcio, não ofendeu. Achamos o comentário engraçado. Não trabalhamos diretamente para a TecSearch, porém, estamos todos conectados. É um pouco confuso tentar te explicar isso agora, mas você está entre amigos, acredite — esclareceu Lorenzo. Luciano, mais sério, observava, até que inclinou o corpo sobre a mesa, apoiado pelos cotovelos.

— Dr. Márcio, gosto de ser direto, então vou logo ao ponto — disse ele. — O motivo desta conversa se deve ao processo que você e seu escritório moveram contra o uso do Hope. Esse processo despertou o interesse de algumas pessoas. Está claro que você não concorda com algumas coisas que vêm se passando conosco. Me refiro à SafeLife.

— Luciano, como você sabe, aquele processo foi movido por interesses de uma classe, o que não significa que esse seja meu posicionamento. Sou advogado e esse é o meu papel...

— Respeito sua posição, mas como você reagiria se descobrisse que vivemos uma grande mentira, que as coisas que nos são informadas todos os dias não correspondem à realidade? Será que você não mudaria sua opinião? — Questionou Luciano, com um tom enigmático.

— Como assim? — Retrucou Márcio.

— Existem muitos segredos por trás do Hope. Ele foi projetado para ser um *scanner* viral, mas vem sendo utilizado com outros propósitos.

Essa abordagem de Luciano não era nova. Logo que o Hope foi lançado, alguns grupos questionaram seu uso, dizendo que invadia a vida das pessoas através de coletas de informações não autorizadas sobre elas. Alegavam que o aparelho era como um cavalo de troia, fazendo crer que era seguro e confiável, mas carregava dentro dele dispositivos de espionagem. A SafeLife, à época, submeteu o Hope para análise de todos os seus componentes, na intenção de provar que tudo não passava de especulação. Algumas empresas foram contratadas em diversos países com essa finalidade e nada encontraram. Desde então, esse assunto foi abandonado pela mídia e pelas pessoas.

— Luciano, cada um tem sua opinião, mas essa abordagem sobre a segurança do Hope, a meu ver, já foi esgotada. Se esse é o assunto que você gostaria de tratar comigo, desculpe, mas não poderei ajudar.

Ao perceber a resistência de Márcio, Luciano apontou para Lorenzo, sentado em frente a ele, apoiando os braços cruzados sobre a mesa. Ele se levantou, pegou um *laptop* atrás do balcão e o colocou sobre a mesa, virando a tela para Márcio. Nela, se via um mapa da cidade de São Paulo, focado no local onde estavam, com um ponto piscando no centro, sem parar, mostrando uma numeração ao seu lado.

— Esse aqui no mapa é você, Márcio — disse Lorenzo.

Márcio olhou para o monitor e coçou a cabeça.

— Como assim sou eu?

— O Lorenzo está em um site hackeado que dá acesso a algumas funções do Hope. Entramos com seus dados e localizamos onde você está agora. Essas informações vêm do Hope que você está usando — esclareceu Luciano.

Márcio parou por um momento, sem conseguir perceber o que tudo aquilo significava.

— Vocês estão me dizendo que o Hope informa à SafeLife onde estou agora? Por que perderiam tempo em incluir um sistema de localização? Os celulares que usamos já não fazem isso há muito tempo?

— Na verdade, Dr. Márcio, ele faz muito mais que isso — respondeu Luciano. — Conseguimos acessar algumas funções do Hope, como localização e alguns parâmetros clínicos como temperatura corporal e bioquímica, mas ele tem capacidade até mesmo para sequenciar o DNA de cada usuário. A SafeLife garantiu que ele não tinha essa capacidade, que era apenas um *scanner* viral. Submeteram o Hope para ser analisado em busca de componentes que pudessem comprometê-lo e nada encontraram. As pessoas buscaram por informações no local errado. O problema não está no Hope; ele nada mais é que um sensor. O problema são os diversos dispositivos utilizados para sua leitura e que nunca foram analisados.

— E como vocês têm todas essas informações? — Perguntou Márcio, surpreso.

Luciano olhou para Lorenzo, deixando claro que sabiam de muita coisa.

— Não podemos detalhar nada agora, porém peço para que você acredite no que estamos te falando — completou Luciano, enquanto Lorenzo observava, calado.

— Entendo — disse Márcio. — Mas, se vocês sabem que a SafeLife está espionando seus usuários, por que vocês não a obrigam a expor toda a estrutura relacionada ao Hope, revelando na mídia tudo o que me relataram aqui?

— Eles são muito poderosos. Além disso, têm todo o judiciário nas mãos. Nada aconteceria. Nosso objetivo aqui é te mostrar com quem estamos lidando e, em seguida, gostaríamos de te apresentar a algumas pessoas, apenas para conversar, para que elas possam te conhecer também. São pessoas do bem, preocupadas com as respectivas famílias e com o rumo que as coisas estão tomando.

Márcio pensou não ser uma boa ideia aprofundar-se naquele assunto, mas queria saber qual era a real dimensão daquilo tudo.

— Vou pensar, Luciano. Até amanhã te darei uma resposta.

Então, finalizaram o encontro trocando amenidades e apreciando as *tapas* que Lorenzo havia preparado.

Luciano tinha razão. Com o surgimento da SafeLife, ocorreram diversas mudanças nas legislações, e seu *modus operandi* em vários países era o enfraquecimento do judiciário, já que, no início, sofreram grande resistência nesse setor.

A maneira que encontraram foi promover, através de *lobbies*, o enfraquecimento dos tribunais federais. Para isso, adotaram medidas distintas em cada país, a depender de suas leis. No Brasil, conseguiram que o Congresso Nacional aprovasse um projeto de lei que repassava aos estados a competência para legislar sobre matéria penal e processual. O próprio modelo americano era assim. Os estados da federação tinham suas próprias leis, que, muitas vezes, eram diferentes de um para outro. Era mais fácil controlar forças regionais menores do que uma nação inteira. Então, os estados passaram a legislar.

A influência e o poder sobre o judiciário e o legislativo era tanta que a SafeLife foi além. Após consolidar essa "regionalização" em muitos países, a empresa passou a apoiar que os legisladores estaduais aprovassem a pena de morte. Eles jamais conseguiriam isso se não tivessem fragmentado o Estado, pois as resistências seriam severas. A ideia era usar as revoltas que aconteciam em várias partes do mundo como justificativa para aprová-la. Infiltraram manifestantes nessas revoltas com o único propósito de incitar a violência e cometer crimes, incluindo homicídios.

O plano era iniciar as aprovações pelos estados pouco populosos, de menor expressão política, intencionando aos poucos migrar para todos os restantes. Tinham o problema e a solução; para eles, a pena de morte serviria para intimidar e eliminar seus inimigos. No Brasil, ela já havia sido aprovada em quatro estados, mas sua aceitação pela população era tímida, motivo pelo qual ainda não havia sido aplicada nenhuma vez.

Márcio chegou em seu apartamento após avisar à Adriana que estava a caminho. Sentia que precisava sair para relaxar e tentar esquecer toda a loucura dos últimos dias. Terminava de se arrumar quando ela entrou. Adriana correu em direção a ele e deu-lhe um forte abraço seguido por um beijo, retirando os pés do chão. Então ficou ali, sorrindo e olhando para ele.

— Cuidou dos cachorrinhos? — Perguntou ele, em tom de brincadeira, como sempre faziam entre si.

— E você, cuidou dos cachorrões? — Respondeu ela, sorrindo, referindo-se aos clientes dele. — Me arrumo rapidinho e saímos. Combine com o André.

Márcio pegou o celular enquanto Adriana se arrumava. Mandou a mensagem para André.

Fala, André, qual é a boa?

Com André, sentia-se à vontade para conversar sem as formalidades que sua profissão exigia. Na mesma hora, o amigo respondeu.

Bora Bora? 22h, ok? Espero vocês lá.

Bora Bora era um bar em São Paulo, pensado em detalhes, como se fosse uma praia. As mesas ficavam ao ar livre sobre uma areia branca. De um lado, o bar era cercado de coqueiros, e garçons transitavam à vontade de bermuda e camiseta, e, do outro, toda a extensão era cercada de painéis compostos por telas de vídeo de altíssima resolução, que a cada dia projetavam uma praia diferente com uma riqueza de detalhes que surpreendia.

Até simuladores de aroma de mar existiam no ambiente. Era um local fantástico para ir durante o dia, e, à noite, passava a exata sensação de se estar em um bar em frente à praia em uma noite de lua cheia. O barulho das ondas indo e vindo sob uma suave brisa marítima fazia daquele lugar um dos preferidos, ainda mais entre os jovens. Às vezes, promoviam luaus, que com frequência exigiam reservas com antecedência.

Para André, a proximidade do bar com seu local de trabalho fazia dele sua segunda casa. Ele era um "midialista", uma profissão relativamente nova. Com a evolução dos meios digitais e com o advento do papel eletrônico, os poucos veículos de comunicação que ainda imprimiam seus conteúdos em papel de celulose foram pressionados a não mais fazê-lo, em decorrência da preservação do meio ambiente e por um claro desinteresse dos usuários, que viram na versão eletrônica um substituto à altura. Era também mais barato e ecologicamente correto.

As mídias eletrônicas se multiplicaram e se tornaram mais complexas, exigindo formação profissional para entender todo o processo. André se especializou em mídia de notícias, mas existiam os midialistas sociais, os financeiros, os de esportes, de marketing; enfim, existia uma série deles. Para Márcio, estar ali com André naquela noite seria uma ótima oportunidade para fugir um pouco da sua pesada rotina.

Márcio e Adriana chegaram de táxi, já sabendo que André estaria lá. Entraram e se dirigiram à mesa do amigo.

— Fala, André, beleza?

— Faaala, Marcião. Já adiantei uma batida pra vocês. Adri, você tá gata demais. Como você fica com uma cara feio desses? Não entendo — brincou ele, dando um abraço em ambos no exato momento em que o garçom trazia as bebidas. Márcio levantou um dos copos.

— Um brinde!

— Ao seu doutorado! — Exclamou André.

— Porra, André, você tá de sacanagem comigo — disse Márcio, brincando. — Cara, aquela noite cheguei em casa e não lembrava nem meu nome. — André riu lembrando das cenas. Adriana sorriu e concordou com a cabeça. — É sério, cara, fiquei mal.

— Beleza, então vamos brindar à minha promoção! — Sugeriu André, levantando seu copo de novo.

— Como assim? Me conta isso! — Disse Márcio, esperando pelos detalhes.

— É, cara... Andrezinho tá destruindo. Tá olhando para o mais novo redator-chefe da cidade — disse ele, apontando com as duas mãos para si.

— Caralho! Redator-chefe! O que você deu pra essa galera beber? — Zombou Márcio, colocando a mão sobre a boca, escondendo um bonito sorriso.

André, brincando, fez cara de indignação.

— Como assim? Sem mim, aquilo lá não funciona.

Quando brincava, André afinava mais a voz, o que o tornava ainda mais engraçado. Não era possível imaginar uma figura como a dele comandando uma equipe, mas seu jeito desleixado escondia um profissional muito competente. Fora de seu local de trabalho, ele não parecia ser a mesma pessoa.

No ano anterior, havia assinado uma matéria sobre os excluídos sanitários que havia lhe conferido um prêmio de Midialista Revelação do Ano. Sua promoção era mais que esperada.

— Sério, André, que notícia, cara. Você está voando! Parabéns! — Disse Adriana. Márcio deu um tapa na mão do amigo.

— Você merece, André! Estou feliz por você.

— Estou superfeliz, cara. Tenho que aproveitar essa oportunidade. E vocês, como estão as coisas?

Adriana olhou para Márcio.

— O Márcio ainda tem pesadelos. Já falei com ele, mas ele se recusa a procurar ajuda. Fico super-preocupada, André, não sei mais o que fazer...

— Sério, Marcião? Precisa se cuidar, cara. Deixa a Adri te ajudar.

— Eu sei, André — disse Márcio, cabisbaixo. — Se não passar, vou procurar ajuda sim, mas acho que esse momento meio louco que nós estamos passando está ajudando com essas crises. Você sabe bem do que estou falando, não sabe?

— Verdade, cara. Sei bem. Estou envolvido até o talo e também ando com medo o tempo todo. Viram o senador hoje?

— O que foi aquilo, André? — Perguntou Adriana. — Que loucura, cara.

André olhou para os lados para ver se ninguém ouvia.

— O buraco é mais embaixo, gente. Estou no meio de uma matéria sobre o novo Hope. É assustador o que estamos descobrindo.

— Nossa, André, você tem que tomar cuidado — disse Márcio, preocupado. — O que vocês estão investigando?

— Conseguimos infiltrar um midialista na SafeLife. Ele foi contratado como um funcionário. Ninguém desconfia de nada. Esse novo Hope é um tremendo de um cavalo de troia. Espionagem pura. Vão abandonar os leitores do Hope porque eles não serão mais necessários. Seremos monitorados onde estivermos. Se eles conseguirem implantar o novo Hope, a SafeLife vai ter todos nas mãos. Será o fim.

— E você pretende publicar essa matéria? Não tem medo do que eles possam te fazer, André? — Perguntou Adriana.

— Então, Adri, esse é meu trabalho. Não tenho como fugir disso...

— André, você sabe que é meu único irmão — disse Márcio, preocupado. — Não vai fazer nenhuma loucura, cara.

André apertou os lábios e franziu a testa, como que a demonstrar a falta de opções.

— Estou tentando me cuidar — disse, aflito.

No dia anterior, após refletir muito, Márcio resolveu aceitar o convite de Luciano. Disse à Adriana que encontraria um amigo. Sentia-se mal por ter que mentir para ela, mas temia por sua segurança. Ela aproveitou o dia para visitar seus pais no condomínio em que moravam fora de São Paulo. Luciano chegou em um carro acompanhado por um amigo. Márcio já aguardava por ele na porta de seu prédio. Feitas as apresentações, antes de sair, Luciano colocou uma braçadeira em Márcio, cobrindo o local onde ficava seu Hope e dizendo que aquilo bloquearia o sinal.

Em seguida, saíram do bairro onde estavam e foram em direção a uma cidade na região. Seguiam para um local que Márcio desconhecia por completo, mais longe do que imaginara. Evitaram abordar o assunto durante o percurso. O amigo de Luciano permanecia calado o tempo todo, enquanto ele se limitava a dirigir, até quebrar o silêncio ao informar que estavam próximos e que, ao chegar, poderiam então conversar com maior tranquilidade. Reduziu a velocidade em uma rua deserta que era assustadora, parando o carro em frente a uma casa antiga que parecia abandonada. Na vizinhança, só se viam outras pequenas residências como aquela.

Os três desceram do carro e foram recebidos por um homem, que veio de dentro e aguardava a chegada deles. Logo na entrada, havia uma sala quase vazia, com alguns móveis velhos sem uso. A casa estava mesmo abandonada. Então o homem que os recebeu indicou o caminho, atravessando a porta da cozinha, que dava acesso a um enorme quintal, depois do qual havia outra casa com melhor aspecto e mais moderna. Algumas pessoas aguardavam do lado de fora, conversando. Márcio foi então levado para quem deveria ser o líder ali. Luciano fez as apresentações.

— Victor, esse é Márcio, a pessoa da qual lhe falei.

Victor deveria ter por volta dos cinquenta e poucos anos. Era dessas pessoas que aparentavam ter mais idade de que de fato têm. Pessoas cuja vida não devia ter sido tão fácil. Apesar de seu aspecto rude, ainda mais pronunciado por rugas profundas no rosto, abriu um sorriso carinhoso e estendeu a mão a Márcio para cumprimentá-lo.

— Bem-vindo, Márcio. Luciano ficou muito impressionado com você. Fez muitos elogios. É um prazer tê-lo aqui conosco.

Fez um sinal para entrarem. Lá dentro, havia uma sala de reunião para doze pessoas, equipada com vídeo para apresentações. Ficava claro que a casa da frente era uma fachada. As pessoas que aguardavam do lado de fora entraram e se acomodaram após breves apresentações, das quais Márcio já não se recordava mais. Victor sentou-se na ponta da mesa, a conduzir a reunião.

— Acredito que você esteja curioso a respeito do que encontrou neste lugar. Todos que estão aqui têm algo em comum. São contra o que representa o Hope e, com ele, a SafeLife na vida das pessoas. Nosso interesse é desmascará-los, mostrar quem são de verdade. Você pode reparar que ninguém nesta sala usa o Hope, e isso não é à toa. Acho que você já teve algumas demonstrações do real perigo que ele representa.

— Sim, tive algumas demonstrações que me deixaram bastante intrigado. Mas gostaria de entender um pouco melhor sobre o papel de vocês nisso tudo...

— Fazemos parte de uma grande organização, que conta com milhares de membros distribuídos por vários países. O que você vê aqui é a ponta do *iceberg*. Somos apoiados por diversos governos, grandes empresas e pessoas que foram bastante poderosas, mas que perderam o poder e desejam voltar a tê-lo. Existem muitos interessados em combater a SafeLife.

— Que organização é essa? — perguntou Márcio.

— Nossa organização se chama Salus. Você não encontrará nenhuma referência sobre ela porque nos mantemos em anonimato.

— Existe uma relação dessa organização com a TecSearch? — Perguntou Márcio, curioso.

— A Giulia é uma de nossas líderes. Mas ela não pode se expor. Ninguém sabe disso. Ela age nos bastidores.

— Victor, por que estou aqui, afinal de contas? — Perguntou Márcio, sem entender a razão daquilo tudo. O homem inclinou seu corpo sobre a mesa apoiado em seus braços cruzados e fixou o olhar em Márcio:

— Você, nesse momento, não tem a compreensão da gravidade do que está acontecendo, filho — respondeu Victor. — O fato de um cliente te procurar e esse cliente estar em contato com o Ethan Gainz tem proporções inimagináveis. A contratação de seu escritório pela TecSearch tem quase nada a ver com o ataque que eles vêm sofrendo da SafeLife; isso é importante, sem dúvida, mas o principal motivo foi você. Precisamos saber qual é o interesse do Ethan pelo general Ulrich. Resolvemos te colocar a par de tudo porque o seu escritório não terá essas informações. Precisamos que você esteja alinhado conosco, inclusive para sua segurança. Nossa corporação estará inteira a sua disposição para o que for preciso.

As palavras de Victor assustaram Márcio ainda mais. Ele percebeu que estava mergulhando em um ambiente desconhecido. Temia pela sua segurança e, em especial, pela segurança de Adriana.

Finalizada a reunião, Márcio foi levado de volta a seu apartamento por Luciano, que demonstrou estar bem mais à vontade. Colocou-se à disposição do advogado, reforçando que Lorenzo também poderia ajudar no que fosse preciso. Adriana ainda estava no condomínio com os pais. Márcio aproveitou o momento para mandar uma mensagem para Ulrich, agendando um encontro com ele.

Boa tarde, Ulrich. Preciso te encontrar.

A reposta veio em seguida.

Depois de amanhã, estarei em São Paulo. Me encontre no mesmo local de antes, às 11h.

Como fizera da última vez que se encontraram, Márcio chegou antes ao *coworking*. Aguardou por Ulrich em condição bem diferente do primeiro encontro que tiveram. O peso que haviam depositado sobre seus ombros era enorme.

Ulrich despontou no corredor enquanto Márcio observava sua aproximação.

— Olá, Márcio. Como você está? — Perguntou ao entrar na sala.

— Tudo bem, general. Obrigado por vir.

— Me desculpe pela agenda apertada — disse. — Amanhã cedo já retorno para Mato Grosso.

— Você mora em Mato Grosso? Em qual cidade? — Perguntou Márcio, já colocando em prática sua intenção de obter mais informações sobre ele.

— Minha base fica em Cáceres. Tive algumas coisas para resolver em São Paulo, mas já estou retornando. Imagino que você tenha agendado esse encontro porque reconsiderou assumir o caso.

A resposta parecia óbvia. A pressão para aceitar o caso era enorme, mas Márcio não estava convencido. Estava colocando a sua vida e a de Adriana em risco, tão somente por interesses de outras pessoas. Em um momento de lucidez, fechou os olhos por um momento e sentiu que precisava saber a verdade.

— General, vim aqui para isso, mas, para ser franco, não estou seguro se desejo aceitar. Para que isso aconteça, preciso que você jogue aberto comigo. Preciso saber de muitas coisas, mas, acima de tudo, preciso ter certeza de que você não está me escondendo nada.

Ulrich esboçou um sorriso e olhou para Márcio com admiração.

— Por isso você é a pessoa certa. Sei que está sofrendo uma enorme cobrança. Imagino que não esteja sendo nada fácil para você.

— Não, na verdade não está.

— Acho que você tem o direito de saber tudo o que está acontecendo, mas tenho uma condição.

— Qual condição? — Perguntou Márcio, ansioso.

— Nada, absolutamente nada do que eu te disser aqui poderá ser dito a qualquer pessoa. Seu chefe, as pessoas que te procuram a todo momento, seus amigos e até mesmo sua mulher. Sei que você é uma pessoa de palavra, então necessito que olhe em meus olhos e me faça esse juramento.

Márcio não fazia ideia do motivo de tanto segredo, mas aceitou as condições de Ulrich.

— Pois bem, Márcio. Quando te falei sobre o caso do rapaz que está preso, tudo aquilo é verdade, mas não contei toda a história. O rapaz a quem me refiro está preso há oito anos. Nesse período, ele não conviveu com ninguém, exceto o pessoal da prisão. Para os familiares, ele está morto. Foi isolado do mundo. Na Primeira Pandemia, ele foi infectado e se curou; depois, foi infectado em outra ocasião e se curou também, de forma surpreendente. Os exames dele mostravam uma resposta imune fora do convencional, mais efetiva e rápida, então alguém teve a ideia de infectá-lo de propósito para analisar a resposta com maiores detalhes, e foi aí que descobriram que ele possui uma mutação em seu sistema imunológico que combate as infecções com maior eficiência. Passaram a testar outros tipos de vírus e bactérias, uma infinidade de coisas, e ele sempre se recuperava. Acabou se transformando em uma cobaia para teste de doenças. Eles o infectam e colhem amostras de tecidos, imagens, sangue, urina; tudo o que você possa imaginar. Eles o estão usando para tentar encontrar a cura para as endemias. Acontece que, a cada infecção, ele desenvolve os sintomas. Ele adoece. Sente as dores, vomita, tem febre, diarreia, dores no corpo. Está sendo torturado há vários anos e será torturado até morrer. Em uma ocasião, até tentou se matar, deixando de se alimentar, mas eles introduziram sondas e o alimentaram à força. Quando perceberam que o rapaz poderia tentar se matar de outra forma, colocaram paredes estofadas, trocaram os talheres convencionais por talheres de plástico e instalaram câmeras de vigilância.

Aquela informação abalou Márcio. Nem se lhe fossem dadas milhares de oportunidades ele teria imaginado aquilo. Pensou no rapaz querendo a morte para escapar da tortura. *Quantos pessoas torturadas já não desejaram morrer? E quantas não se mataram?,* pensou.

— Você chegou a cogitar expor a situação para a mídia, ou denunciar esse caso à própria Justiça Comum? Expor que alguém, nos dias de hoje, está sendo torturado bem debaixo do nosso nariz?

— No mundo de hoje, Dr. Márcio, se fizéssemos isso, ele meramente mudaria de dono. Você acha que as grandes corporações perderiam a oportunidade de ter uma cobaia como ele? Alguém que possa ajudar na descoberta da cura do que mais aflige a humanidade na atualidade?

Ele tinha razão. Ninguém o deixaria viver em paz.

— Mas não teria o mesmo efeito se ele fosse julgado e absolvido? Não estaria, de certa forma, exposto às mesmas forças? — Perguntou Márcio, sem entender a lógica da colocação de Ulrich.

— Pensamos muito nisso, mas a exposição na mídia de um caso desses o colocará muito em evidência, e ainda tenho condições de garantir a segurança dele. Se enfrentarmos os militares, eles mesmos darão conta de resolver o problema de uma outra forma, portanto, enfrentá-los não é uma opção.

Márcio imaginou que Ulrich jamais desejaria enfrentar os militares ou mesmo expô-los porque, afinal, era um deles.

— Sr. Ulrich, até agora falamos do rapaz de forma impessoal. Eu poderia saber o nome dele?

— É Cezar, mas para todos lá, exceto eu, não é uma pessoa. Ninguém consegue tratar um ser humano dessa forma. Ele é um número, nada mais que isso.

Fez-se um silêncio desconcertante.

— Sr. Ulrich, se ele não é seu parente, qual é seu interesse nesse caso? Por que está se envolvendo tanto?

— Não posso responder a essa pergunta nesse momento. Mas deixarei você saber de todos os detalhes. Não imagina o quanto confio em você e vou lhe demonstrar isso. — Ulrich retirou de seu bolso um cartão com alguns dados anotados. — Aqui você encontrará todas as informações de que precisa e muito mais — entregou o cartão a Márcio, que notou tratar-se de um endereço de internet. Ulrich continuou. — Você precisará disto também para acessá-las. — Então entregou-lhe um *token*. — Como disse antes, essas informações não podem ser reveladas a mais ninguém. Analise com cuidado e me informe quando tiver concluído.

Ulrich parecia apressado e, logo após entregar o que precisava, pediu licença para ir. Márcio permaneceu por um tempo ali, olhando para aquele cartão, imaginando o que iria encontrar. Saindo de lá, seguiu direto à sua casa. Adriana estava no trabalho. Queria abrir aquele site logo.

Ligou o *laptop* e pesquisou pelo endereço que estava no cartão. Ele direcionava para uma página com uma cor única, sem logo, sem nenhuma informação. Havia um campo de senha em branco para preenchimento e um botão abaixo, de CONFIRMAR, nada além disso. O próprio endereço da página era confuso, com várias letras, números e símbolos que não permitiam saber de onde ela era.

Márcio pegou o *token* que recebera, copiou o número para o campo de senha e clicou no botão de CONFIRMAR. A página abriu uma mensagem pedindo acesso à sua câmera. Márcio autorizou, impressionado com tanta segurança. Então a câmera focou em seu rosto, traçou alguns pontos na tela e abriu uma página com algumas pastas e nomes. *Como poderiam ter cadastrado meu rosto?*, pensou. Foi a primeira coisa que lhe veio à mente. Percebeu que lidava com algo maior do que poderia imaginar.

Olhou as pastas, que eram organizadas por códigos que ele não entendia. Clicou sobre a primeira delas, a "Pac56". Apareceu uma infinidade de arquivos de registros do que parecia ser o "paciente 56". Eram registros de vários anos. Lembrou de Ulrich dizendo que o rapaz era um número. Ele tinha razão. Passou então a examinar o restante dos arquivos. Eram informações de um processo. O caso parecia, de fato, existir; havia muitas informações ali, provas, perícias, sentenças. A análise daquele material demoraria mais do que havia imaginado.

Encaminhou uma mensagem a Carlos, informando que estava trabalhando no projeto deles e que precisaria de tempo, então que não contassem com sua presença nos próximos dias.

Márcio caminha por uma enfermaria de hospital. Vários pacientes deitados, gritando de dor. Inúmeras feridas em seus corpos. As pessoas estendem os braços para ele, pedindo ajuda com suas faces ensanguentadas. No ambiente escuro, um vulto caminha em sua direção. Ele não consegue identificar o rosto. A pessoa se aproxima à medida que Márcio sente seu coração disparar dentro do peito. Ele tenta fugir...

Acordou com um súbito episódio de apneia no meio da madrugada. Forçou o ar para dentro do peito em um movimento único, ruidoso, como se estivesse afogado. A taquicardia lhe despertou náusea. Adriana ainda dormia. *Graças a Deus*, pensou. Levantou-se sem fazer barulho e foi até o banheiro. Lavou o rosto e colocou um Vonau debaixo da língua. Então, sentou-se no vaso sanitário e chorou um choro desesperado, mas silencioso. Olhou para o espelho e viu sua imagem pálida, as olheiras. *Meu Deus, o que está acontecendo?*

Despertou pela manhã com o barulho de Adriana no banheiro. Ela estava se maquiando com a porta aberta. Estava linda. Olhou para ela e lembrou das brincadeiras de André.

— André tem razão — disse ele —, você é muita areia pro meu caminhão — riu da brincadeira.

Ela olhou sorrindo para ele através do espelho do banheiro, depois se virou, correu até a cama e sentou-se em seu colo, passando os braços pelo seu pescoço. Então colocou suas mãos sobre a face dele e aproximou seus grandes olhos azuis.

— Se estou linda é porque estou apaixonada. Não sou nada sem você.

Deram um longo beijo entre abraços e carícias.

— Bom dia, Miguel — disse Adriana com um brilho diferente nos olhos.

— Ih! A noite foi boa, já percebi... — Respondeu Miguel, sorrindo maliciosamente e deixando Adriana ruborizada.

Márcio e ela sentaram-se no mesmo local de sempre.

— Você vai para o escritório agora pela manhã? — Perguntou ela.

— Não, estou analisando um caso. Farei isso em casa mesmo. Já avisei a todo o pessoal que esses dias irei pouco para lá. Alguma novidade lá na empresa?

— Na mesma — respondeu Adriana, dando de ombros.

— Vai dar tudo certo, você vai ver... — Disse, tentando animá-la.

Ela acenou levemente com a cabeça, depois olhou para ele tentando mudar o assunto.

— André já se convidou para comer uma pizza hoje à noite lá em casa — sorriu.

— Vai ser bom. Abriremos um vinho e daremos umas risadas. Ninguém melhor que o André para fazer isso.

Terminaram o café, e Adriana seguiu para seu trabalho, enquanto Márcio voltava para casa. Ele se sentia mal por estar escondendo as coisas dela, mas sabia que não poderia dizer nada, por segurança. Nos últimos dias, sempre esperava ela sair para iniciar suas pesquisas. Trabalhava no caso sem que ela desconfiasse e isso estava causando nele um enorme mal-estar.

Quatro dias se passaram desde que Márcio iniciara a análise do caso. Sentou-se no sofá da sala, pegou um gravador digital e passou a gravar suas impressões até ali.

Caso Cezar Tavares

Idade: 28 anos. Em 18 de maio de 2019, data do crime que lhe fora imputado, residia na mesma cidade onde o crime fora praticado e que também era a cidade na qual nascera, Betim, MG. Tinha, na época, vinte anos.

Sobre o crime:

O capitão do Exército João Batista Moreira residia na periferia de Betim com sua esposa e sua filha. Era noite, entre 19h e 21h, quando Cezar foi até a casa deles. Não havia sinais de arrombamento, o que fazia crer que Cezar era conhecido da família. Mais tarde, Cezar confirmou essa versão. Dentro da casa, Cezar, que estava armado, rendeu João Batista, que se encontrava sozinho, e depois o amarrou e o amordaçou. Na sequência, João Batista foi torturado e assassinado com vários golpes de arma branca no abdômen.

A causa mortis de João se deu por choque hipovolêmico, decorrente de lesão por arma branca. Foi encontrado no local um projétil deflagrado de uma arma de fogo, calibre 38, em uma das paredes da casa, porém a arma não foi localizada.

Uma faca de cozinha foi apontada como a arma do crime e encontrava-se na cena. João Batista residia em local isolado, afastado do centro da cidade, e, por esse motivo, nenhuma testemunha foi localizada de modo a confirmar ter visto Cezar nas redondezas. A polícia foi acionada na manhã do dia seguinte pela ajudante da casa, que vinha trabalhar e se deparou com a cena do crime.

O Exército foi comunicado e assumiu o caso desde o início. A perícia revelada nos autos fora feita por médicos militares.

Descreveram toda a cena do crime, porém não havia fotos ou qualquer análise aprofundada do caso. Constava a autópsia do corpo e uma análise de DNA feita em uma amostra de sangue, encontrado no local do crime, que não era da vítima. Também havia menção a várias impressões digitais colhidas in loco*, sem nenhuma pormenorização.*

Cezar foi localizado em sua casa, a 35km dali, tendo sido preso em flagrante.

O caso foi julgado pelo Superior Tribunal Militar, que condenou Cezar a trinta anos de reclusão por homicídio qualificado a serem cumpridos integralmente em uma unidade militar.

Eram tantos os erros processuais que Márcio resolveu enumerá-los:

1. Onde estavam as fotos da cena do crime e as demais evidências da perícia realizada? Elas existiam?
2. Os médicos que assinaram a perícia eram médicos militares, mas não constava especialização de médico legista, nem eram peritos. Então estariam habilitados para realizar a perícia?
3. Por que a Justiça Militar assumiu o caso? Se Cezar não estava na ativa, jamais poderia ser julgado por tribunal militar e, ainda que estivesse, o entendimento sobre crime de militares cometido contra outros militares que estivessem fora da área militar, ou fora do exercício militar, era que deveriam ser julgados pela Justiça Comum, apesar de existirem algumas exceções nos tribunais, como Márcio descobriu. Ficava claro que ele havia sido julgado por um tribunal sem competência para fazê-lo.
4. Onde estava a arma de fogo que havia sido citada?
5. Como haviam chegado tão rápido até Cezar? Qual evidência tinham para prendê-lo em flagrante?
6. Qual motivo tinha Cezar para praticar crime tão bárbaro?
7. Não constava nos autos nenhum exame psicológico de Cezar que garantisse a sua imputabilidade.

Nos autos, constava um depoimento de Cezar, em que ele assumia a autoria dos crimes e, como prova irrefutável, existia o cruzamento positivo do DNA do sangue colhido no local com o DNA de Cezar, além de sua impressão digital ter sido identificada na cena do crime. Ante essas provas, afrouxaram-se as demais exigências técnicas, e ele foi condenado. Além disso, era impossível não notar que a prova de DNA veio quinze dias após a prisão de Cezar.

As informações que Márcio obtivera até então eram suficientes para solicitar a anulação do processo. O caso poderia ser julgado pela Justiça Comum, já que não estava prescrito, se esse fosse o entendimento da promotoria. No entanto, as evidências eram fracas e não seguiam nenhum protocolo, então as chances do caso inteiro ser invalidado eram enormes.

Ele poderia libertar Cezar e conseguir a soltura até novo julgamento com muita facilidade. Márcio sentiu que poderia ajudá-lo de verdade. O que ele pôde consultar nos outros arquivos aos quais lhe foi permitido acesso era estarrecedor. Neles, havia descrições de experiências realizadas com Cezar a partir de 2020, conforme relatara Ulrich.

Toda a documentação revelava códigos de experiências e evoluções de visitas clínicas diárias. Não era possível pelos arquivos identificar qual tipo de experiência era realizada, nem havia acesso aos dados de laboratório, ou outros exames diagnósticos. Imaginou que essas informações eram ainda mais sigilosas e, por isso, não constavam ali.

Nas evoluções clínicas descritas no prontuário, por várias vezes, Cezar adoeceu e outras tantas ficou sintomático, como Ulrich já adiantara. O que mais chamava a atenção de Márcio era que a maioria delas era assinada pelo próprio Ulrich. Ele participava de todo o processo, era um dos torturadores de Cezar. Por que queria ajudá-lo? Por outro lado, por que Ulrich lhe daria acesso a todas aquelas informações que tanto o comprometiam se, de fato, estivesse mal-intencionado?

As coisas não faziam sentido. Ulrich confiava um caso daquela importância a um desconhecido e, ao mesmo tempo, mantinha contato com alguém como Ethan Gainz. Sentia que estava sendo empurrado para dentro de alguma armadilha, então, lembrou-se de seus novos amigos, Lorenzo e Luciano. Talvez eles pudessem rastrear o general pelo Hope dele, como fizeram com Márcio. Ele saberia por onde o general andava e o que estava fazendo. Resolveu mandar um recado.

Bom dia, Luciano, preciso da ajuda de vocês. Preciso de mais informações sobre o general.

Pouco tempo depois, Luciano respondeu.

Imaginamos a mesma coisa. Ia te procurar hoje mesmo. Acabamos de concluir essa pesquisa. Me procure no restaurante do Lorenzo para almoçarmos juntos.

Márcio pegou alguns arquivos, colocou-os em sua pasta, desceu até a portaria e parou em frente ao prédio, aguardando algum táxi. Seria mais rápido do que chamar um. Ao primeiro aceno, já encostou um carro para pegá-lo.

— Para onde? — Perguntou o motorista.

— Galeria San Martin.

A galeria onde Lorenzo tinha seu restaurante ficava a poucas quadras dali.

— Vou te deixar lá, senhor, mas tome cuidado. Estão passando um aviso entre os taxistas para evitar aquela área.

— Você sabe o motivo? — Indagou Márcio, preocupado.

— Parece que vão dar uma batida por lá.

Essas batidas eram famosas. Era mais uma forma de a SafeLife intimidar os comerciantes. Elas foram concebidas pela fiscalização sanitária para checar as condições de prevenção dos estabelecimentos, mas, na verdade, abordavam aqueles que se recusavam a implantar o Hope e suspendiam suas atividades até que estivessem regulares. Márcio tinha certeza de que o restaurante de Lorenzo seria fiscalizado, então precisava informá-lo sobre isso.

O táxi parou na esquina mais próxima. Márcio agradeceu o aviso do taxista e desceu. Já dava para perceber uma movimentação diferente nas imediações. Era fácil destacar da multidão algumas pessoas que destoavam do público local.

Ele tentou disfarçar, olhando para seu celular como se estivesse perdido. Parou em frente à galeria e entrou. Grande parte dos moradores do bairro, como ele, sabia que aquele local era terra de ninguém. A fama era que lá ocorriam encontros e transações suspeitas. Ele mesmo evitava o local antes de conhecer Luciano. Atravessou as lojas e foi direto ao bar. Abriu a porta sem se anunciar, assustando Luciano e Lorenzo, que o aguardavam sentados em uma mesa perto da porta.

— Pessoal, soube que a fiscalização sanitária dará uma blitz aqui na galeria. Lá fora, já tem um pessoal bastante suspeito.

Lorenzo levantou-se apressado, trancou a porta e baixou uma cortina como se o estabelecimento estivesse fechado.

— Vamos sair pelos fundos — propôs Lorenzo. — Como você soube, Márcio? — Perguntou.

— Peguei um táxi até aqui, e o motorista me disse que os taxistas foram avisados para evitar a área.

— Fazia um bom tempo que não vinham. Devem ter recebido alguma informação — continuou Lorenzo, enquanto seguia à frente de Luciano e Márcio, indicando o caminho. Entraram em um corredor que mais parecia um labirinto que ligava as dependências de uma outra galeria na rua de trás. Saíram para a rua sem levantar suspeitas. — Acho que vamos ter que ir até meu apartamento. Fica aqui perto. Sei que não é o melhor lugar para irmos agora, mas não temos alternativa. Vou ter que manter o restaurante fechado por uns tempos — complementou o espanhol, decepcionado.

— Por mim, tudo bem — disse Márcio, sem medir as consequências e sendo observado por Luciano, que se limitou a consentir com a cabeça. Seguiram pela rua caminhando com pressa e desviando das pessoas que vinham em direção oposta.

Algumas quadras adiante, Lorenzo, que vinha uns passos à frente de Márcio e Luciano, entrou em um edifício antigo. Um dos mais envelhecidos do bairro, que havia sido revitalizado há alguns anos, substituindo as construções mais arcaicas por arranha-céus modernos e luxuosos.

O edifício onde Lorenzo morava parecia resistir ao tempo. Na portaria, atrás de um balcão de madeira clara, com um tampo de vidro com alguns avisos por baixo dele, ficava um senhor gordo, cuja feição Márcio mal conseguiu notar, já que ele se manteve inerte sem sequer desviar o olhar da tela de seu celular quando eles entraram. Lorenzo então comentou, ignorando a presença do porteiro:

— Aqui estaremos seguros. Vamos subir e aí conversamos com tranquilidade. Não seremos rastreados aqui, porque o prédio inteiro não tem sensores.

Eles pegaram o elevador e subiram até o quinto andar. A porta se abriu para um corredor de cimento, pintado de cinza-claro, com luminárias no teto com metade das lâmpadas queimadas e uma claridade que vinha de uma janela ao final, lembrando o corredor de uma fábrica. Lorenzo, à frente, os guiou até sua porta. Ainda usava chaves para abri-la. Há um bom tempo, Márcio não via nada assim.

O apartamento parecia pequeno, mas era bem decorado. A sala possuía paredes de um bege bem claro; no teto, havia vigas de madeira de demolição envernizadas, de onde saíam fios com lâmpadas em soquetes, com várias alturas diferentes. Na parede à frente, um rack branco ia de canto a canto e, acima dele, em toda a parede, um painel de palha laranja que alternava tons mais claros e escuros em faixas. Sobre esse painel, havia algumas pequenas molduras de fotos e, logo acima delas, mais no alto, uma única estante de madeira apoiava dois pequenos vasos com plantas de um lado e pequenas esculturas do outro.

Lorenzo indicou uma cadeira de couro para que Márcio se sentasse. Ao se acomodar, notou que ela parecia abraçar seu corpo. Luciano se abancou na cadeira ao lado dele, e o espanhol, em um pequeno sofá de alvenaria disposto abaixo de uma janela.

— Bonita a sua sala, Lorenzo. Tem alguma coisa aqui que lembra seu restaurante — comentou Márcio.

— Minha ex-esposa é arquiteta. Os dois projetos são dela.

Márcio voltou a passear os olhos claros pela sala, buscando observar melhor. Olhou para um porta-retratos pendurado sobre o painel laranja que estava próximo a ele e pôde ver Lorenzo abraçado com uma mulher que deveria ser sua ex-esposa. Apontou para a foto.

— Essa é a sua ex-esposa? — Logo em seguida, achou que estava sendo invasivo demais e se desculpou. — Desculpe, não é da minha conta...

— Fique tranquilo, Márcio, não tenho problemas com relação a isso. Sim, é minha ex-esposa. Viemos juntos para o Brasil, mas ela não aguentou a pressão e voltou para Londres.

Márcio percebeu uma certa tristeza no olhar de Lorenzo, então preferiu não tocar mais no assunto.

No pouco tempo que passaram juntos em seu primeiro encontro, Márcio achou Lorenzo culto, apesar de seu jeito rude, que parecia ser uma forma de autodefesa. Sua casa o representava bem.

Lorenzo pediu que ele e Luciano aguardassem um pouco enquanto correu até a cozinha para trazer algumas coisas para beliscarem. Serviu cerveja a cada um deles sem perguntar se queriam, como se soubesse a resposta, e voltou a sentar-se no sofá em frente a eles.

— Então, Márcio, agora estamos mais tranquilos — disse ele, se ajeitando.

Márcio, acima de tudo, estava curioso em saber como ele tinha acesso às informações do Hope e quem de fato era ele. Resolveu ser direto.

— Lorenzo, como você consegue rastrear o Hope? — Perguntou. Não imaginou obter dele nenhuma informação. Já havia tentado antes.

— Trabalhei por muitos anos na área de pesquisa da SafeLife. Fui um dos idealizadores do Hope. O projeto era revolucionário e uma possibilidade de oferecer às pessoas a segurança de que elas precisavam para retomar suas vidas.

Márcio abriu os olhos erguendo as sobrancelhas.

— Você é um cientista, Lorenzo? Não podia imaginar...

— Fui, Márcio, há muito tempo.

— E por que deixou a SafeLife?

— Eles começaram a realizar alguns testes com o Hope, intencionando ampliar suas funções, que, até então, era de ser apenas um *scanner* viral. Isso se tornou cada vez mais comum, e criaram departamentos exclusivos para o desenvolvimento desses projetos. O Hope passou a monitorar a localização dos usuários, sinais vitais, bioquímica... no final, ele já tinha capacidade para até mesmo sequenciar o DNA. Passaram a monitorar as atividades de todos os funcionários. Queriam saber aonde íamos, com quem falávamos. Alguns pesquisadores ficaram assustados e pediram para serem desligados. Todos que saíram sofreram algum tipo de acidente e não sobreviveram. Vivíamos sempre com medo e aceitamos permanecer assim porque não tínhamos opção, mas sabíamos que estávamos ajudando a desenvolver o maior sistema de espionagem já criado pelo homem. Tínhamos acesso a todo o sistema, então, como forma de nos protegermos, implantamos alguns códigos secretos no programa, seríamos os únicos a saber utilizar. Eles teriam muita dificuldade para encontrá-los e, se de alguma forma fôssemos ameaçados, poderíamos usar como moeda de troca.

— Então você utiliza esses códigos que inseriu no sistema para rastrear as pessoas que deseja, como fez comigo no dia que nos conhecemos?

— Sim — disse Lorenzo. — Mas precisamos ter cuidado, porque deixamos rastros todas as vezes que entramos no sistema.

— Eles podem saber de onde partiram esses acessos? — Perguntou Márcio, preocupado.

— Podem. É provável que tenham identificado que aquele acesso que fizemos partiu da galeria e retaliaram com a fiscalização sanitária. Foi estúpido de minha parte e paguei o preço. Mas não é só isso. Eles podem também bloquear o acesso, como se fechassem a porta que utilizamos para invadir o sistema deles. Acontece que muitas portas já foram fechadas e não sobraram muitas. A SafeLife bloqueou vários mecanismos que implantamos para espioná-los até perceberem que não teriam como lutar contra isso. Foram anos de sabotagens praticadas ali, então, para se protegerem, estão promovendo a troca de todo o sistema. Em breve, não teremos acesso a mais nada.

— E como você conseguiu sair de lá, Lorenzo? — Perguntou Márcio, curioso.

Lorenzo continuou sua história.

— Depois de algum tempo, nossa situação ali se tornou insustentável. Éramos um grupo de seis pesquisadores e não aguentávamos mais viver naquelas condições. Fomos as primeiras cobaias do novo Hope, como o chamávamos. Passaram a saber de toda nossa atividade pelo próprio sistema que ajudamos a desenvolver. Isso fez com que a SafeLife relaxasse a vigilância que mantinha sobre nós. Passaram a adotar o próprio Hope para essa finalidade. Era a oportunidade que tanto esperávamos para podermos fugir. Em uma noite, acessamos remotamente o Hope com os acessos secretos que criamos e alteramos as localizações e atividades de todos os integrantes do grupo dos seis. Feito isso, desinstalamos os sensores que nos obrigavam a usar e juntos seguimos com nossas famílias para o porto, onde já tínhamos um plano de fuga. Pegamos um barco e fomos para França. De lá, nos dividimos e cada um seguiu para um local diferente. Escolhi vir para o Brasil.

— A sua história é impressionante... Não podia imaginar — disse Márcio, surpreso.

Lorenzo consentiu com a cabeça. Depois de uma breve pausa, olhou para Luciano, que entregou uma pasta para Márcio.

— Conseguimos informações sobre Ulrich — informou ele. Márcio então abriu a pasta que havia recebido e passou a olhá-la.

— Pudemos analisar os arquivos. São muito comprometedores — comentou Luciano. — Ele esteve na SafeLife diversas vezes nesses últimos dias e, pior… — Olhou para Lorenzo como se estivesse prestes a revelar algo bastante importante que ambos sabiam. — Esteve na sede da SafeLife em Londres há sete dias e, após isso, seguiu direto para a Suíça.

Esse roteiro deixava claro para todos que Ulrich estava, sem dúvida, envolvido com a SafeLife e, ao que tudo indicava, recebia subornos, cujo destino eram os bancos suíços. De tão evidente, era uma manobra quase infantil. Claro que ele jamais poderia imaginar que alguém seguiria seus passos como eles fizeram.

Enquanto analisava as fortes evidências, Márcio sentiu repulsa ao imaginar como Ulrich havia sido tão baixo ao querer envolvê-lo daquela forma.

— Não posso levar isso adiante — disse ele. — Não sei fazer esse tipo de coisa, estou afundando cada vez mais.

Lorenzo segurou o braço de Márcio e olhou dentro dos olhos dele.

— Você precisa seguir em frente! Agora não há mais caminho de volta.

— Mas como, Lorenzo? Como posso encarar um homem tão sem escrúpulos assim?

— Seu papel é investigar isso tudo. Ninguém disse que você tem que gostar dele. Não deixe que ele perceba nada. Siga em frente. Nós estamos do seu lado e iremos te proteger.

Márcio ficou ali tentando digerir as palavras de Lorenzo. Ele tinha razão. Após uma pausa, resolveu mudar o foco. Olhou para Luciano e quis saber um pouco mais sobre ele.

— E você, Luciano, não sei quase nada sobre você. Qual é a sua história?

Ele reagiu à pergunta com um sorriso.

— Minha história não é tão interessante quanto a do Lorenzo. Eu cresci em uma região muito pobre. Parei cedo os estudos para trabalhar e ajudar minha família. Em pouco tempo, percebi que não iria longe, então me envolvi com pessoas erradas e me tornei contrabandista. Não é fácil ser contrabandista hoje em dia, com os recursos tecnológicos disponíveis para combater o crime. Fomos emboscados em uma das operações e fui preso, condenado a cinco anos de prisão. No presídio, conheci algumas pessoas que tinham ligação com grupos revolucionários. Quando saí da prisão, me juntei a eles e aqui estou.

Lorenzo, percebendo o pouco crédito que Luciano dava a si, completou:

— Luciano não é um simples revolucionário. Ele ajudou a expandir o braço do grupo aqui no Brasil e hoje é um dos nossos maiores líderes.

Fez-se um breve silêncio.

— Vocês acham que já está seguro para ir embora? — Questionou Márcio.

— Acredito que esteja tudo tranquilo agora — respondeu Lorenzo, depois de olhar para o seu relógio. — Melhor você descer sozinho.

— Ok, já vou então. Obrigado, Luciano — disse Márcio, dando um leve tapa no ombro dele.

— Estamos juntos! — Respondeu.

Márcio aproximou-se de Lorenzo e estendeu sua mão para cumprimentá-lo.

— Não tenho como te agradecer, Lorenzo, por tudo que você está fazendo.

Lorenzo levantou-se e apertou forte a mão dele.

— Vamos vencer essa guerra — disse. — Cuide-se. — Então seguiu até a porta e a abriu para que Márcio pudesse ir.

Ele caminhou até o elevador e, ao descer, se deparou com o porteiro na mesma posição em que o haviam encontrado. Parecia uma estátua com o olhar fixo no celular. Márcio passou por ele e fez questão de se despedir, recebendo um som ininteligível como resposta.

Saiu à rua, espiando de um lado e depois do outro, conferindo se tudo estava tranquilo. Ainda que não estivesse longe de sua casa, achou melhor pegar um táxi. A rua estava movimentada; achou que seria difícil caçar algum livre naquele horário, então chamou um por aplicativo.

Em dois minutos, encostou um carro e o levou para seu endereço. Assim que o veículo parou em frente ao seu prédio, Márcio abriu a porta e desceu apressado. Atravessou o hall de entrada mal cumprimentando o porteiro e subiu direto para seu apartamento. Quando chegou, sentou-se no sofá da sala, retirou os sapatos, desabotoou a camisa, inspirou fundo pelo nariz e soltou o ar de uma única vez enquanto mantinha os olhos fechados. Precisava liberar toda a adrenalina pela qual passara. Não estava habituado com situações como aquela.

— Márcio, o André está subindo — gritou Adriana perto da porta do banheiro para que Márcio, que estava no banho, pudesse ouvi-la.

— Estou saindo! — Gritou ele, lá de dentro.

André tocou a campainha. Adriana foi recebê-lo.

— Nossa, Adri, hoje você se superou — disse em tom de brincadeira, dando um beijo nela. — Me fala uma coisa, o que um cara como eu precisa fazer para arrumar uma gata como você?

— Vai à merda, André — respondeu ela, rindo.

— Sério, Adri, me ajuda que a coisa tá difícil — riu de novo.

Márcio chegou à sala ainda secando o cabelo com a toalha.

— Tá dando de novo em cima de você, Adri? — Brincou, dando um forte abraço no amigo.

— Marcião, você sabe mais do que ninguém que não merece, não sabe? É muita coisa pra você, cara.

Adriana abraçou Márcio.

— Para, André! Ele já está ficando traumatizado, sabia? Aceita um vinho? — Perguntou ela, estendendo uma taça para o amigo. — Márcio, pede uma pizza pra gente.

Sentaram-se todos, enquanto Márcio pedia uma pizza pelo aplicativo.

— E aí, André, como estão aquelas investigações malucas que você anda fazendo? Está tomando cuidado? — Perguntou Márcio, preocupado.

— Cara! Estamos indo cada vez mais fundo nesse negócio — respondeu ele, com os olhos arregalados, causando estranhamento em Márcio.

— Como assim, André? Está acontecendo alguma coisa?

— Marcião, vocês são meus irmãos. Preciso dividir isso com vocês, mas pela primeira vez na vida estou com medo de verdade. Vocês não podem comentar isso com ninguém.

Márcio e Adriana se entreolharam pelos cantos dos olhos, André continuou.

— Tem uma funcionária importante da área de pesquisa da SafeLife que procurou a gente. A mulher está desesperada. Estamos nos encontrando com ela no sigilo total, parece filme de espionagem.

— Mas o que aconteceu? Por que ela procurou vocês?

— Adri, estamos tentando arrancar as coisas dela com muito cuidado para não assustá-la. Parece que ela foi responsabilizada pelo roubo de uns arquivos de lá de dentro da SafeLife. Ela se recusa a falar, mas acha que vão dar um sumiço nela e na família. Procurou a gente no total desespero pra ver se encontra alguma saída.

— Nossa, André, que história sinistra, cara — comentou Márcio. — Mas qual é a saída que ela está buscando?

— Na verdade, ela quer fugir; quer mudar de país, mudar de identidade. O que ela precisa mesmo é de dinheiro para isso, mas não podemos fazer nada... nosso papel não é esse.

— Ela não pode procurar a polícia, pedir proteção...?

— Você não viu o que aconteceu com o senador, Adri? Não tem polícia, político, juiz... tá todo mundo envolvido, e ela sabe disso.

Márcio passou a imaginar algumas possibilidades; será que o pessoal da TecSearch não teria interesse em protegê-la? Além disso, ela seria muito valiosa para contra-atacar a SafeLife.

— André, a TecSearch contratou nosso escritório para representar a América Latina e intencionam processar a SafeLife. As empresas estão em guerra. Tenho certeza de que eles teriam interesse em proteger essa mulher e até dar a ela o que está pedindo em troca de informações.

André franziu a testa coçando o queixo por um instante.

— Pode ser uma ótima solução. Mas uma empresa como a TecSearch? Exceto a SafeLife, que a gente sabe quem são, essas outras empresas que trabalham direito não se envolvem com esse tipo de coisa, tem *compliance*, fundos de investimento por trás, conselheiros; tudo é muito complicado. Acho difícil eles aceitarem esse risco.

Márcio olhou para Adriana, constrangido por não dividir as coisas com ela, mas precisava continuar. Sabia que ela ficaria chateada com ele.

— Na verdade, eles meio que estão agindo de fachada. Há uma organização por trás deles que age com total liberdade.

— Organização? — Perguntou André, surpreso. — Tipo o quê? Uma máfia, é isso?

Márcio desviou o olhar para André, mas percebeu que Adriana olhava indignada para ele.

— Meio que isso... mas uma máfia do bem. Eles têm condições e interesse para ajudar essa mulher.

— Por que você não me disse nada disso, Márcio? — Perguntou Adriana, surpresa.

— Adri, me perdoa, não quero nunca te esconder nada, mas não podia tocar nesse assunto; para sua segurança.

Adriana se levantou, foi para o quarto e fechou a porta. André apertou os lábios balançando de leve a cabeça, constrangido com a cena.

— Acho melhor eu ir embora, Marcião. Virou climão.

— Eu sei, pisei na bola. Vou tentar conversar com ela. Mas o que você acha do que eu te falei?

— Acho que essa é a solução — respondeu firme.

O mesmo vulto se aproxima de Márcio. Ele tenta fugir, assustado. Para cada lado que ele vai, o vulto vem em sua direção, sem rosto, se aproximando mais e mais. Ele cobre os olhos com as mãos e treme de medo. Quando abre os olhos, o vulto está logo à sua frente, sem face.

Márcio acordou de repente. Já não pulava mais de susto. Estava transpirando com o pulso acelerado. Não aguentava mais aquela situação; não queria deixar que Adriana soubesse o que estava acontecendo, com ele. Ainda mais depois da briga que tiveram no domingo, dia anterior. Ele passou o tempo todo com ela em casa, contando tudo o que havia acontecido, e prometeu não esconder mais nada. Contou sobre Ulrich, Cezar, Lorenzo e todo o resto. Adriana ficou preocupada, mas entendeu que Cezar merecia o que Márcio fazia por ele, então soube perdoar.

Mais tarde, no mesmo dia, mandou uma mensagem para Ulrich, dizendo que queria conhecer Cezar. Apesar da repulsa em conversar com ele, se esforçou para não deixar transparecer nada. O general respondeu dizendo que todos os contatos que teriam, a partir de então, seria pelo site secreto; havia um *chat* nele, por onde iriam se comunicar. Ulrich disse a Márcio que todo esse processo era sigiloso e que não poderiam deixar nenhum rastro. Pelo *chat*, mais à noite, comunicou a Márcio que ele receberia uma encomenda em casa, uma autorização para entrada em uma unidade militar de operações especiais em Cáceres, no Mato Grosso, que ele precisaria assinar e levar na viagem. Disse ainda que a autorização era para entrada de um médico assistente, e não de um advogado; de outra forma, Márcio não conseguiria entrar na unidade. Isso deixou Márcio ainda mais apreensivo, apesar de Ulrich tentar tranquilizá-lo o tempo todo. Ulrich também fez uma reserva no hotel da cidade, e eles combinaram que Márcio viajaria para lá no dia seguinte.

— Você acha seguro ir? — Perguntou Adriana, falando baixinho durante o café.

— Não tenho alternativa, Adri. Ulrich é um general. Esse pessoal é muito respeitado nesses quartéis. Estou contando com isso. Se um general não puder me proteger, quem vai poder?

Adriana concordou com a cabeça.

— Mas tinha que ser como médico assistente? Não podia ser alguma outra coisa?

— Ele é médico. Como poderia justificar a entrada de alguém que não fosse médico como ele?

— Eu não posso ir com você? Fico no hotel, prometo.

— Você está louca, Adriana? Acha que ele concordaria com isso?

Ela cedeu, sem conseguir disfarçar a agonia.

— Quanto tempo você vai ficar lá?

— Acredito que uns dois dias, no máximo. Preciso conhecer o rapaz.

— Nossa, amor, vou ficar desesperada aqui sozinha...

— Vou te ligar para te tranquilizar. Nada vai me acontecer.

Após uma pausa, Adriana perguntou, curiosa:

— Como que você está conseguindo driblar o pessoal do escritório? O Dr. Carlos, essa tal de Giulia?

— Acredito que a Giulia saiba de bastante coisa. Com certeza, o Lorenzo e o Luciano devem ter informado a ela. Tenho conversado com Carlos, mas não posso dizer quase nada a ele. De qualquer forma, a impressão que dá é que ele está totalmente submisso à Giulia, parece que tem medo dela.

— Da maneira como você fala, ela parece ser uma mulher muito forte. — Adriana parou para dar um gole em seu café e continuou. — O que você programou para hoje?

— Vou para casa checar se a autorização chegou e, depois, vou comprar a passagem aérea para amanhã e estudar como chego até lá. Parece que o voo vai até Cuiabá e, em seguida, terei que ir de ônibus. À tarde, vou passar no centro para comprar algumas coisas antes de viajar. Conversei com um amigo do escritório que conhece a região, e ele me deu umas dicas.

— Amor, estou tão preocupada com isso tudo... — Disse Adriana, com os olhos marejados escondendo um olhar aflito. Ele, então, segurou as mãos dela e deu um sorriso tentando tranquilizá-la.

— Vai dar tudo certo. Você vai ver.

Ao passar na recepção de seu prédio, recebeu do porteiro a encomenda pela qual esperava. Subiu até o apartamento, curioso para saber do que se tratava. O documento mencionava um quartel de comandos de operações especiais, que ele buscou na internet e não localizou. Encontrou somente um quartel como esse em operação no Brasil, mas que ficava em Goiânia. O documento, de fato, mencionava a entrada de um médico assistente e precisava ser assinado. Mesmo relutante, Márcio assinou o documento e o separou para levar na viagem. Aproveitou para reservar logo a passagem aérea para Cuiabá.

O ar estava úmido e rajadas de vento surgiam do nada, levando guarda-chuvas e trazendo objetos difíceis de reconhecer, que voavam em frente aos olhos de Márcio. O dia virava noite, e as pessoas se recolhiam dentro dos edifícios para se proteger. Vinha algo grande aí. *Justo hoje*, pensou. Tempestades eram raras naquela época do ano, conhecida pelos períodos de seca.

Estava no centro da cidade procurando algumas coisas para levar na viagem, como havia programado. As primeiras gotas de chuva eram pesadas e se espatifavam sobre a cabeça de Márcio, chegando por vezes a doer.

A tempestade descia da parte alta da rua e o alcançou em poucos segundos. Colocou o celular dentro de sua pasta e a escondeu sob a camisa, enquanto disparava para debaixo da cobertura de uma loja. A chuva chicoteava o telhado de aspecto frágil, que abrigava algumas pessoas que, receosas, olhavam para sua estrutura, imaginando se aguentaria. Chuvas como aquela não costumavam demorar, mas alagamentos eram comuns. Ficou ilhado na última tempestade que tinha pegado no centro de São Paulo. Correu para o primeiro andar de um edifício, e, pela janela, via carros, pedaços de madeira, caixas e tudo que se possa imaginar boiando, descendo a rua como se fosse um rio de *rafting*. Rezou para que fosse breve naquele dia.

Em poucos minutos, tudo passou. Era possível ver alguns pontos de sol nos andares altos de alguns edifícios. Difícil de acreditar. O barulho das portas de correr das lojas reabrindo e dos comerciantes oferecendo seus produtos foi mais rápido que a sua reação de entender que já era seguro ir.

A loja que seu amigo lhe indicara ficava logo ali. Compraria alguns itens de *camping*. Nunca estivera no Pantanal e tinha receio de precisar de algum tipo de suporte. Buscava roupas mais leves, botas, mochila e repelentes, o que seu amigo fez questão de enfatizar. De lá, retornaria ao seu apartamento para deixar tudo pronto para o dia seguinte.

O aeroporto estava tranquilo para um final de manhã de terça-feira. Márcio olhava para as outras pessoas; homens de terno e mulheres executivas, falando o tempo todo em seus celulares, carregando suas pequenas malas de viagem. Lembrou-se das inúmeras vezes que estivera na mesma situação que eles, quando pegava a ponte aérea para visitar a filial no Rio de Janeiro. Algumas vezes, se hospedava por lá e passava a semana inteira quando precisava.

Estava habituado com essa rotina, mas nunca havia ido para Cuiabá, destino de seu voo atual. De lá, pegaria um ônibus até Cáceres, o que daria mais duas ou três horas. Perguntou sobre voos de Cuiabá até a cidade, mas eles eram feitos somente por aviões bimotores, então preferiu arriscar no ônibus mesmo.

Sentado no saguão, Márcio esperava a chamada para o embarque. Sentiu-se ridículo carregando uma mochila nas costas, vestido como Indiana Jones. Por um momento, sorriu ao pensar na enorme mudança que traçara para sua vida e que, há pouco tempo, o permitia estar no mesmo aeroporto, vestindo um terno chique em uma sala VIP, prestes a visitar clientes importantes, e agora estava lá com sua mochila com algumas camisetas, bermudas, camisas de manga curta e lotada de repelentes. Riu da própria desgraça. *Só falta chover de novo*, pensou.

Havia tido um novo pesadelo na madrugada anterior, mas tentava não deixar que o afetasse tanto. Adriana ficou com ele o tempo todo. Fez questão de levá-lo até o aeroporto e só faltou entrar na sala de embarque enquanto ele tentava tranquilizá-la.

O voo era curto, pouco mais de duas horas. O avião já se aproximava da pista enquanto Márcio admirava a enorme diferença de cenário em comparação a São Paulo, onde só se via cidade até o horizonte.

O piloto já havia informado que tudo estava em ordem, mas que desceriam na pista por falta de *fingers* disponíveis. Informou que a temperatura local era de 38°C. *Vai ser uma aventura*, pensou.

No momento em que a porta do avião se abriu, um bafo quente e seco invadiu o ambiente. Ele imaginou como alguém conseguia viver naquele clima. Os olhos ressecaram quase de imediato, e a claridade que o sol proporcionava dificultava enxergar. Desceu a escada do avião quase que por instinto.

Ao chegar no saguão do aeroporto, um enxame de taxistas veio lhe oferecer ajuda. Alguns testando um inglês que soava como um dialeto. Não era por menos. Ele era o próprio turista gringo em busca de aventuras.

Desfez-se de todos eles, fazendo questão de mostrar que era brasileiro e que conhecia o lugar.

Procurou pelo setor de informações e, no caminho, foi abordado por um senhor distinto, beirando os setenta anos e que usava um tipo de boina que Márcio só se lembrava de ter visto em filmes. Ele se aproximou de forma educada, bastante diferente dos outros, e ofereceu ajuda. Após Márcio dizer que procurava a rodoviária, seguiram juntos até lá.

Cuiabá era uma cidade em franco crescimento. Apesar de manter a tradição de boa parte de seus bairros, abria espaço e era invadida pela modernidade, percebida em suas avenidas largas, prédios altos e modernos e lojas de grife. O agronegócio injetava muitos recursos ali, e Cuiabá era o orgulho do mato-grossense.

O barulho de uma criança chorando sem parar incomodava muito. Era perceptível a aflição dos pais, que tentavam acalmá-la de todas as maneiras. Márcio gostava de crianças, mas ainda não havia definido se tinha jeito com elas ou não. Como não havia nenhuma na família, suas experiências se resumiam a pequenos momentos de brincadeiras com os filhos de amigos ou colegas de trabalho. Sentia-se sem jeito quando elas não achavam graça nele. Não acertava as idades e, muitas vezes, forçava brincadeiras que elas não entendiam, então era socorrido pelos pais, que aproveitavam para ensiná-lo um pouco. O fato de Adriana não poder ter filhos transformou esse assunto em uma espécie de tabu. Ele havia aceitado a relação sabendo dessa condição, então procurava não pensar muito nisso.

O ambiente do ônibus não era, digamos, "agradável". Além da criança que chorava, uma senhora volta e meia se debruçava sobre ele, deixando à mostra a barriga, para pegar algumas coisas no bagageiro acima de seu assento. Ele inclinava seu corpo ao máximo, e mesmo assim não conseguia evitar o contato. Por sorte, a viagem não era tão longa. Já havia esperado algumas horas na rodoviária, o que acabou com seus planos de chegar mais cedo. Estava muito cansado.

O trajeto alternava trechos de asfalto com estrada de terra, que, por sorte, era boa. As casas rareavam e ficavam menores e mais simples, perdiam as cores em um cenário onde tudo parecia poeira. O sol se punha, iluminando as tão famosas nuvens do cerrado e criando uma luz que migrava do vermelho ao laranja, até o sol se esconder na terra, como se lá fosse a casa dele. Àquela altura, a criança dormira e o barulho monótono do motor do ônibus criava um transe que se rompia com uma sacudida ou outra, enquanto os olhos pesavam de cansaço. Por vezes, Márcio dormia e acordava assustado com algum ruído da carroceria ou alguém conversando.

Algumas das pessoas que viajavam com ele tinham feições que por vezes lembravam indígenas, com os cabelos lisos e escuros e a pele morena, queimada de sol. O senhor que se sentara ao seu lado espiava a todo momento com o canto dos olhos, como que a estranhar alguém tão fora de seu *habitat*. Vestia roupas gastas e tinha o aspecto sofrido do trabalhador do campo, que Márcio tanto admirava pela simplicidade e pureza características da alma.

Em determinado momento, o motorista orientou a todos que não revidassem caso houvesse algum tipo de manifestação indígena na estrada. Havia recebido informação na saída que os índios, vez ou outra, estavam parando os veículos e fazendo reivindicações. Cada vez mais achava loucura se envolver tanto assim.

O ônibus entrava em Cáceres, revelando uma cidade bem diferente daquela que Márcio imaginara. Olhou para o relógio, eram 21h, e deveria chegar em breve na rodoviária. Lembrou-se de seu amigo e imaginou que ele deveria ter ido para alguma região fora da cidade. Cáceres era grande e bem estruturada, com seus pouco mais de cem mil habitantes. Ficou aliviado, pois achou que dormiria em algo parecido com uma barraca e que os insetos fariam dele um banquete.

Desceu do ônibus, esticando as pernas o máximo que conseguiu. Pegou logo um táxi na rodoviária e seguiu para o hotel que Ulrich havia reservado. De fora, o hotel parecia bastante simples. Era um prédio branco de quatro andares, com pequenas varandas nos quartos de frente para a rua. Ao lado da porta de entrada, ficavam hasteadas as bandeiras do Mato Grosso e do Brasil, uma de cada lado. Ao entrar, dirigiu-se a um pequeno balcão, onde foi recebido por uma gentil atendente. Estava louco por um banho e para descansar da viagem, pois seu dia seguinte seria longo e cansativo.

O vulto se aproximou de Márcio, e ele não teve mais forças para fugir. Preferiu enfrentá-lo. Ele caminhava em sua direção, se aproximando mais e mais. Ao fundo, gritos de dor como ecos de um sofrimento sem fim. O vulto sem face postou-se à sua frente. Márcio ouvia dele uma mensagem percebida diretamente em sua mente. "Você não precisa sofrer tanto, Márcio". Todo seu sofrimento terá fim.

O calor incomodava e Márcio rolava na cama de um lado ao outro. Abriu os olhos e viu que faltava pouco para o celular tocar para despertá-lo. Ficou ali, imóvel, acompanhando os minutos um a um, depois criou coragem e se levantou.

A luz entrava pelas frestas da cortina, deixando perceber o sol forte lá fora, apesar do horário. Havia chegado tarde e achou que não seria necessário ligar o ar-condicionado para dormir.

Escancarou as cortinas em um único movimento, permitindo a entrada de uma forte luz que ofuscou sua vista na hora. Colocou as mãos sobre os olhos, a fim de fazer sombra, à medida que abria a porta da varanda para conferir o movimento da rua. Era uma via comercial com algumas lojas e bancos por perto.

Voltou-se para o quarto, procurando a mochila, que jogara de qualquer jeito ao chegar tarde da noite. Apesar do calor, teria que vestir alguma roupa condizente com a de um médico assistente, mesmo que Ulrich tenha garantido que ele poderia ir vestido de qualquer jeito.

Aprontou-se sem ter muitas opções de escolha e desceu para tomar seu café no restaurante do hotel enquanto aguardava por Ulrich. Terminava o desjejum quando entrou apressada no salão uma funcionária do hotel, bastante nervosa, dirigindo-se a ele.

— Dr. Márcio, o General Vieira o aguarda na recepção.

— General Vieira? — Perguntou Márcio, sem identificar quem era. Será que Ulrich havia encaminhado alguém para recepcioná-lo? Interrompeu o café na mesma hora e seguiu até a recepção, onde Ulrich o esperava rindo da situação.

— Não te disse como respeitam os generais?

Ele vestia um jaleco branco com o nome "Gen. Vieira" costurado na parte da frente. Usava calça e sapatos brancos também.

— General Vieira? Parei o café no meio pensando ser outra pessoa — disse Márcio, aceitando a brincadeira.

— Está pronto? Podemos seguir? — Perguntou Ulrich, já apontando para o carro que se encontrava parado em frente ao hotel.

Caminharam até a saída, e Márcio notou que havia dois jipes. Ulrich se aproximou do que estava atrás e disse ao soldado que dirigia:

— Santana, pode seguir no carro da frente que vou dirigindo este com o Dr. Márcio. — O soldado saiu apressado do carro, prestou continência a Ulrich e se dirigiu ao jipe da frente. Ulrich, então, fez sinal para Márcio entrar, e saíram. — Fica a uma hora e meia daqui. A estrada é um pouco ruim, mas vamos conversando — informou. — A viagem foi tranquila?

— O único problema foi ter esperado tanto tempo pelo ônibus em Cuiabá. O resto foi tudo em ordem. Ulrich, notei que seu uniforme é bem diferente dos outros. Todos os médicos usam esse uniforme branco?

— Esse uniforme é o de trabalho na área de saúde. Quando estamos em atividade militar, usamos o camuflado e temos outro para uso externo.

— Não sei se conseguiria ser advogado e militar ao mesmo tempo. Sinto que, em algum momento, haveria conflito — comentou Márcio.

— Estou no Exército há muitos anos. Sei bem o que você quer dizer. Existem dois grupos de médicos no Exército: os médicos militares e os militares médicos.

— E qual é a diferença?

— A diferença está nas prioridades. Se você prioriza a medicina, será um médico militar e, se prioriza a vida militar, será um militar médico. Um deles evolui aqui dentro, o outro não.

— Como assim? — Indagou Márcio, sem entender ao certo.

— O militar, durante a vida toda, tem suas promoções relacionadas ao tempo de serviço. Não há mérito nelas, somente tempo. Assim ele pode ser promovido até coronel, se tiver feito curso de oficial, ou até sargento, se não tiver feito. A partir de coronel, as promoções são por indicação. É preciso ter bons contatos, ser respeitado. Poucos conseguem. Os oficiais superiores decidem pela promoção ou não de um coronel para general de brigada, e daí por diante.

— Então imagino que você seja um militar médico, e não um médico militar, para ter conseguido sua promoção...

— Na verdade, sempre fui um médico militar.

— Mas então o que você disse não faz muito sentido — disse Márcio, confuso com as explicações de Ulrich.

— Nunca fui muito benquisto no meio militar. Quando era mais jovem, tive alguns impasses quando meus superiores agiam mais como militares do que como médicos. Algumas divergências de conduta médica eram resolvidas na patente, não no conhecimento técnico. Isso sempre me incomodou muito e, por isso, tive inúmeros desafetos. Mas fui muito técnico e me chamaram para participar de assuntos do Exército de interesse médico. Acabei ganhando visibilidade, então, a minha qualificação me fez necessário e a promoção veio por esse motivo. Pode ter certeza de que muitos não a queriam, mas tiveram que engolir. — Ulrich sorriu.

Apesar da forma serena com que Ulrich conversava com ele, Márcio se esforçava para não ser agressivo. Aquela situação incomodava muito. Mesmo assim, achou que deveria enfrentar um pouco o general.

— Ulrich, há elementos na pesquisa que fiz que me incomodaram muito. Você disse que Cezar vem sendo torturado há muitos anos, mas não me disse que já participou e participa desse processo. Sei que deve haver uma resposta para isso, senão você não me daria acesso às informações que tive. Queria saber, sem rodeios, o que está acontecendo antes de me envolver ainda mais.

— Eu sabia que você teria esse questionamento e, por esse motivo, pedi que viéssemos sozinhos, para podermos conversar. Sei que, nesse momento, você está inseguro e não tem a menor intenção de confiar em mim. Sei de tudo isso. Acredito que, se tivesse tido acesso às mesmas informações que você deve ter tido, faria o mesmo. Mas te peço para não me julgar agora. Espere para conhecer Cezar. Depois conversaremos com maior tranquilidade e, sobretudo, de forma transparente. Não tenho nada para esconder, não é essa minha intenção.

Por maiores que fossem as evidências do envolvimento de Ulrich com os testes praticados em Cezar e sua ligação com a SafeLife, Márcio começou a perceber que poderia confiar nele, ou pelo menos tentar, até que as coisas fosses esclarecidas. Não sabia dizer ao certo de onde vinha aquela súbita sensação de confiança, aquele *feeling* de que Ulrich não estava mentindo para ele e de que era inocente.

Ele se virou para a janela por um momento, enquanto pensava em tudo que o homem havia lhe dito. Ulrich entendeu que Márcio precisava daquele tempo para pensar e ficou em silêncio. O asfalto terminava, e uma estrada de terra se iniciava.

O carro sacudia de um lado para o outro pela trilha que entrava pela mata, deixando para trás as construções. Ulrich manteve certa distância do jipe da frente para escapar um pouco da poeira e poder enxergar a estrada um pouco melhor. O silêncio já incomodava, então Márcio resolveu quebrar o clima.

— Por que fazer uma unidade militar tão afastada de tudo?

— Lidamos aqui com uma unidade de operações estratégicas — esclareceu Ulrich —, essa unidade militar, a rigor, nem existe. Você não vai encontrá-la no Google. São segredos militares. É por isso que precisamos ser bastante cautelosos. Você será apresentado como meu assistente. Como te disse, não precisa temer, porque tenho o total controle da situação, mas não pode haver erro. Na entrada da unidade, seremos parados e pedirão sua identidade. Tenha o cuidado de esconder sua carteira de advogado, apresente sua identidade ou sua CNH, e eles não farão consulta alguma, porque o documento de liberação para entrada que lhe concedi já prevê que todo esse processo tenha sido feito. Ninguém irá te abordar ou te interrogar, nada disso, mas você precisa agir com segurança, com confiança. Cada operação estratégica é independente das demais, então a unidade é toda fragmentada. Iremos para um local mais afastado, e ninguém notará. Lá, eu sou o responsável. Tudo dará certo.

As colocações de Ulrich o tranquilizaram, mas, ainda assim, Márcio temia envolver-se em operações secretas isoladas no meio do nada, experiências com pessoas e tantas outras coisas que ele não aceitava.

— Ulrich, por que tanto mistério? Essas experiências são para quê? Não haveria outra forma de obter os mesmos resultados?

— Existem muitos interesses envolvidos aqui, Márcio. A SafeLife colocou uma lâmina no pescoço de cada governante de cada país. Eles desejam revidar e a única maneira é encontrar a cura para essas endemias e tirar a SafeLife do controle. Somos todos reféns dela. O que fazemos aqui todos os países estão fazendo, em menor ou maior grau. Todos estão mobilizados com o mesmo objetivo: acabar com a SafeLife. Acontece que muitos políticos, militares e juízes foram coagidos a trabalhar com eles. Não sabemos em quem podemos confiar, então essas operações são sigilosas por esse motivo.

— Mas você concorda com a descoberta da cura acima de qualquer outra coisa? — Perguntou Márcio, voltando a questionar Ulrich.

— Não, Márcio, mas não serei eu a convencê-lo disso. Seria a minha versão, e não tenho como justificar muitas coisas. Você terá a resposta para tudo o que precisa no momento correto.

Márcio percebeu que Ulrich não conversaria com ele sobre o fato de estar envolvido nas experiências de Cezar. Teria que esperar e confiar nele nesse momento. Enquanto isso, a estrada de terra continuava e, por vezes, eles atravessavam pontes de madeira por cima de riachos, outras vezes atravessavam por dentro deles. *Como poderiam ter construído algo tão longe de tudo?*, pensou.

— Estamos próximos, passaremos por alguns postos de fiscalização, tudo rotina. Fique tranquilo.

Márcio ficou agoniado. Ainda que estivesse com Ulrich, era um advogado e estava mentindo ao se passar por um médico, cometendo falsidade ideológica. Por mais que tivesse controle, aquilo excedia tudo. Respirou fundo e fechou os olhos tentando buscar tranquilidade.

À frente, já se via uma guarita com uma cancela e alguns soldados dispostos dos dois lados da estrada, portando fuzis. Um deles se adiantou em sinal de parada. Aproximou-se de Ulrich, colocou-se em posição ereta e prestou continência. Ulrich respondeu ao cumprimento:

— Bom dia, cabo. Estou com o Dr. Márcio, meu assistente médico. Estamos com autorização de entrada.

Márcio retirou o documento que Ulrich havia lhe dado e entregou ao cabo. Ele checou, caminhou até sua cabine, comunicou-se com algum lugar e retornou entregando o documento de volta, liberando a entrada e prestando continência mais uma vez.

Seguiram a estrada agora de asfalto, mas ainda circundada por uma vasta mata. Dirigiram por quase um quilômetro, quando foram parados em outra cancela. Mais uma vez, o mesmo processo, mas desta vez pediram para que os dois saíssem do carro. Fiscalizaram todo o veículo enquanto encaminharam Márcio e Ulrich para uma sala ao lado da guarita. Eles entraram e, conforme pedido, entregaram seus celulares, que foram desligados e guardados em armários que existiam ali. Em seguida, passaram por detectores de metais e revista.

Márcio quase não conseguia se conter de nervoso. Imaginava que, se fosse descoberto naquele fim de mundo, acabariam com ele ali mesmo e ninguém saberia. Após todo esse processo, foram liberados para seguir.

Pegaram o jipe e atravessaram a segunda cancela. Após andarem um pouco, as construções começaram a surgir e soldados faziam treinos militares, repetindo frases de seus comandantes, que seguiam à frente. Passaram por uma praça onde Márcio enfim viu a primeira placa de identificação do local, que dizia "*2º Comando de Operações Especiais do Exército — MT*". Ulrich, então, passou a apresentar o local a ele.

— Essa é a praça central. Naqueles prédios lá em cima, ficam a casa do comandante e o refeitório dos oficiais — disse, apontando para a frente. — Do outro lado, temos o alojamento dos soldados e o rancho e, mais adiante, está o paiol. À esquerda, ficam os centros de comunicações, de informática e telemática e o de inteligência. — Atravessaram a praça e continuaram em frente. Passaram por várias casas, umas iguais às outras, parecendo uma vila. Ulrich então prosseguiu. — Essa é a vila dos oficiais, onde ficamos quando estamos no quartel. — Atravessaram a vila, e Márcio teve uma ideia da dimensão daquilo tudo. Um prédio à frente lembrava um hospital. — Esse é o hospital militar. Trabalhei muito tempo nele, mas hoje meu setor é outro. — Ao longe, havia alguns prédios para os quais eles se dirigiam. Ulrich parou o jipe em um estacionamento em frente a uma instalação térrea bem grande. O prédio era branco com áreas em azul-claro. Possuía diversas janelas cobertas com telas, o que remetia a uma prisão. Não havia ninguém ali nas proximidades; o local era afastado de tudo, como se fosse desconectado do resto do quartel. Ulrich saiu do carro e virou-se para Márcio. — Ficamos aqui, este é o centro de pesquisas.

Caminharam juntos até a entrada do prédio que ficava próximo de onde Ulrich havia estacionado o jipe. A porta estava trancada e possuía um sensor para acesso, então o general médico retirou de seu bolso um cartão e o aproximou da porta, fazendo com que ela abrisse.

Lá dentro, os dois seguiram por um enorme corredor. Enquanto caminhavam, ouviam os ecos de seus passos em um local isolado de tudo. As janelas altas com vidros opacos iluminavam o local.

Ao final do corredor, havia duas portas. Ulrich se dirigiu à porta lateral que dava para uma escada para o andar inferior. Logo depois, se apresentava outro corredor, o qual percorreram em sentido contrário ao primeiro, mas no subsolo. Era mal iluminado, úmido e estreito. Seu pé-direito baixo dava um aspecto claustrofóbico ao ambiente. Ulrich notou a apreensão de Márcio:

— No final desse corredor, há uma checagem de segurança e o local onde está Cezar. Já estamos quase lá.

Atravessaram a segurança a que Ulrich se referiu, onde ficavam dois soldados. Ulrich os tratou com intimidade, como se os conhecesse há algum tempo. Caminhando mais um pouco à frente, pegaram o corredor à esquerda, de onde já podiam ver uma sala com porta verde que possuía um vidro grosso.

— Esta é a casa de Cezar — disse Ulrich.

Márcio enfim conheceria aquele que fora responsável por mudar toda a sua vida até ali. Esperava valer a pena e que sua intuição não o enganasse. A porta tinha uma forte e pesada tranca de correr, a qual Ulrich abriu, dando passagem para que Márcio entrasse antes dele.

— Cezar, este é Márcio — apresentou Ulrich, apontando para ele.

Quando Márcio olhou para Cezar, correu uma descarga pelo seu corpo que quase fez com que caísse. Experimentou um forte *déjà vu*, acompanhado por sensações de euforia e confusão. Cezar era um homem franzino, com cabelos castanhos compridos até pouco acima do ombro e aparência dócil. Recebeu Márcio com um sorriso largo no rosto, levantando-se e esticando os braços para cumprimentá-lo.

— Enfim nos conhecemos — disse ele a Márcio.

Vestia uma roupa bege parecida com trajes de hospital, uma calça larga amarrada com cordão e uma camisa sem botões com gola em "V". Márcio ficou ali parado em frente a ele, sem ação, confuso, até que foi se reestabelecendo enquanto Cezar olhava calmo para ele, parecendo compreender o que se passava.

— Muito prazer, Cezar — disse, baixinho, ainda tomado pelo torpor.

Ulrich apontou para um pequeno sofá de alvenaria que ficava em frente à cama, para que ele e Márcio se sentassem.

A cela era modesta e tinha um pequeno banheiro sem porta em uma de suas laterais. O teto era fechado com alvenaria e, em um dos cantos, uma chaminé permitia a entrada da iluminação natural oriunda de uma claraboia que ficava bem no alto. Próximo à cama de Cezar, havia alguns livros empilhados no chão. As paredes eram todas estofadas por um material que lembrava couro sintético e, acima da cama dele, na parede, uma única palavra, escrita em letras grandes com o que parecia ser uma caneta de retroprojetor, chamava a atenção de quem entrava: "*ICTUS*".

Era impossível não notá-la, e Márcio não resistiu:

— O que significa *ICTUS*? — Perguntou, já recobrado, apontando para a parede.

Cezar e Ulrich se entreolharam com um sorriso discreto, e o general se levantou.

— Bom, acredito que vocês tenham muita coisa para conversar — disse ele, retirando do bolso de seu jaleco um crachá, que entregou a Márcio. — Agora você faz parte da família. Esse crachá lhe dará acesso às entradas da unidade e do centro de pesquisa. Às 16h, me espere na saída desse prédio. Fique tranquilo que ninguém irá te incomodar ou abordar.

— Ulrich, ficaram com meu celular. Não tenho como saber as horas.

— Cezar o ajudará com isso.

Márcio notou que Cezar também não usava relógio. Ao perceber que reparara nisso, Cezar ergueu suas grossas sobrancelhas, esticou seu corpo e olhou para dentro da chaminé por onde entrava a claridade.

— Bom, agora são 10h30, então temos algum tempo — informou.

Ulrich sorriu e mostrou seu relógio a Márcio, mostrando que ele marcava 10h30.

— Nos vemos mais tarde — disse, saindo em seguida.

Márcio ficou ali sentado em frente a Cezar, quieto, examinando o ambiente, meio sem saber o que dizer. Cezar, notando seu desconforto, quebrou o silêncio.

— Peixe — disse ele a Márcio.

— Peixe?

— Sim, *ICTUS* significa "peixe" em grego.

— Por que você, durante todos esses anos, escolheu uma única palavra para escrever em sua parede, e essa palavra significa "peixe"? — perguntou Márcio, inconformado com a resposta.

— *ICTUS* tem alguns significados, e "peixe" é um deles. Também significa Jesus Cristo, Filho de Deus Salvador, um acróstico. No início do Cristianismo, os cristãos eram caçados pelos romanos, então usavam um código secreto para que pudessem se reconhecer. Um deles desenhava no chão uma meia-lua, e o outro, se fosse cristão, desenhava outra meia-lua por cima daquela, formando a figura de um peixe.

Márcio ouviu com atenção a história de Cezar. Eram valores que ele reconhecia e sentia-se mais à vontade com isso. Resolveu então abordá-lo sobre tudo o que estudara de seu caso.

— Analisei todo o caso e tenho certeza de que posso ajudar. Posso te tirar daqui e te transformar em um homem livre. Você não poderia ter sido julgado por um tribunal militar e existem inúmeros erros formais no seu processo. Consigo a anulação desse processo até com certa facilidade, e aí peço a sua transferência daqui para outro local. Posso pedir também para que você aguarde em liberdade enquanto a promotoria analisa se irá instaurar um novo processo na Justiça Comum. Queria lhe mostrar...

Cezar se levantou, interrompendo Márcio, que falava rápido, revelando ansiedade. Colocou sua mão sobre o ombro dele a fim de acalmá-lo e sorriu de forma serena.

— Calma, Márcio, respire. Você vai ter muito tempo para ser meu advogado.

Márcio pareceu entender de imediato e sorriu de volta, balançando a cabeça como que a se desculpar. Então achou que deveria saber um pouco mais da razão de ele estar ali.

— Peço desculpas pela minha ansiedade, Cezar. Você tem razão. Precisamos saber um pouco mais um do outro. Tem uma coisa que não me sai da cabeça: quem me indicou para sua defesa?

— Quem mais poderia ser? — Disse Cezar, sorrindo. — Eu te indiquei.

Cezar falava com uma simplicidade que assustava.

— Como assim? Como você soube de mim, preso aqui nesse fim de mundo? — Perguntou Márcio, inconformado com a resposta.

— Você se vê nesse momento como meu advogado. Isso é natural. Não pretendo te deixar confuso, mas não espere obter todas as respostas que deseja agora. Elas virão, isso eu te prometo. Tente abrir um pouco sua mente. Você está aqui por uma razão nobre, muito maior que minha defesa, mas tenha paciência.

Márcio olhava para Cezar sentado em sua cama e percebeu que tudo aquilo tinha um propósito, como se ele fosse uma peça em um tabuleiro. Desistiu de tentar entender todas as coisas naquele momento, pois iria aumentar ainda mais sua inquietação.

— E essas experiências que fazem com você? Estudei seu caso e vi que Ulrich participa de todo esse processo. Tem coisas que não consigo entender e preciso saber um pouco mais...

— Entendo sua apreensão. É verdade, tenho sido torturado durante muitos anos, mas Ulrich nunca compactuou com isso. Pelo contrário, Márcio. Ulrich é meu pai, meu irmão, meu amigo. Sem ele aqui, eu não teria suportado.

— Mas as evoluções dessas experiências são assinadas por ele. Como ele pode conduzir algo com o qual não concorda?

— Ulrich não está sozinho aqui. Tem muita gente envolvida nesse processo. Se ele não concordar, eles o tiram da pesquisa e colocam outro em seu lugar. Quando essas experiências começaram, foi justamente isso que aconteceu. Ele se recusou a concordar com elas. Então foi afastado, e eu fui torturado da forma mais cruel que você possa imaginar. Então percebeu que a única saída seria fazer de conta que aceitava, para pelo menos ter algum tipo de controle sobre as coisas.

Márcio se colocou no lugar do general. Talvez estivesse equivocado sobre ele...

— E esse crime? Qual é a razão desse crime? Sei que sou seu advogado e não pretendo julgá-lo, mas, se estamos jogando aberto, gostaria de saber...

Cezar olhou para ele e ficou em silêncio. Se limitou a apertar os lábios e virar as palmas das mãos para cima, como se não pudesse falar sobre isso. Márcio entendeu e percebeu que ele não diria nada. Então passou a olhar para Cezar com maiores detalhes. Ele tinha cicatrizes em seu pescoço que a gola em "V" de sua roupa deixava à mostra. Cezar notou que ele olhava, então tirou sua camisa.

— Não temos segredos entre nós — disse ele, revelando cicatrizes que se estendiam do tórax ao abdômen. A imagem chocou Márcio, que não disfarçou o susto.

— Meu Deus! — Disse, sem querer.

— Não precisa ficar assustado, está tudo bem...

Cezar parecia não se importar, ali sentado de forma tão tranquila. A cena era terrível, mas ele preenchia o ambiente com paz, e Márcio podia sentir isso em seu corpo. Era uma sensação estranha, difícil de descrever. Então, percebeu que Cezar usava um bonito cordão com um pingente preso nele. Era uma roda dourada, dividida em seis partes iguais. Parecia ser muito antiga e era toda trabalhada. Uma peça única. Ao perceber que Márcio admirava a peça, tirou-a de seu pescoço e a entregou para que ele pudesse apreciá-la.

— Foi um presente de Ulrich. Me ajudou a suportar esse sofrimento todo. É uma peça muito especial.

Márcio pegou o cordão em suas mãos. Era como um mandala, mas sua forma geométrica era muito simples. Um círculo repartido em seis partes. Mas o trabalho de ornamentação, com detalhes talhados em toda a extensão, fazia dela algo quase hipnótico. Então, devolveu-a para Cezar.

— Nunca vi nenhum cordão como esse. É lindo.

— Ulrich me trouxe de uma das viagens que fez. Não tiro por nada — sorriu. — Me conte um pouco mais sobre você, Márcio. É casado, tem filhos?

— Moro com uma mulher há alguns anos. É a mulher de minha vida. Pretendemos nos casar quando tudo isso passar. Ela não pode ter filhos, algumas vezes pensamos em adotar uma criança, mas isso é um projeto futuro.

— Como fico feliz por você e por ela! Deve ser uma mulher muito especial. E o seu trabalho, você gosta do que faz?

Márcio pensou em responder sem pensar muito no assunto, como era de costume quando alguém lhe perguntava a mesma coisa, mas estranhou ao notar que a resposta não parecia ser a esperada. Então ficou surpreso com sua própria reação. Cezar sorriu, demonstrando entender o que se passava com ele. Parecia saber a resposta. Mais uma vez havia sido surpreendido por ele e ficou em silêncio, pensativo. Então, baixou a cabeça e voltou seu olhar para os diversos livros empilhados no chão.

— Acho que a leitura deve te ajudar bastante, não é? Deve ser muito difícil ficar aqui sozinho. Não consigo nem imaginar.

— Ulrich me ajuda muito com isso também. Ocupo meu tempo todo com a leitura. Aprendi tudo pelos livros. Tenho alguns pequenos privilégios também. Coisas que um general consegue por aqui. Muitas vezes, Ulrich pede algumas refeições especiais. Em várias ocasiões, ficamos aqui conversando, tomando um bom vinho, falando de tudo. São as minhas pequenas alegrias. Ele praticamente mora aqui no quartel e nos vemos muito. É o responsável por esse setor — Cezar então passou a contar algumas histórias engraçadas dele e de Ulrich no quartel. — Certa vez, Ulrich decidiu que me levaria para um riacho que ficava na mata, próximo ao centro de pesquisa. Precisava me retirar escondido do prédio e não sabia como, foi quando teve a ideia de simular uma contaminação do ambiente e todos saíram correndo assustados. Então ele me buscou, vestido de soldado, com a cabeça baixa para que as câmeras não o identificassem, e me levou até o lago. Nadei até escurecer.

Eram muitas histórias. Márcio e Cezar ficaram ali, conversando e rindo, até o homem espiar pela chaminé e anunciar:

— São quase 16h. Você precisa ir.

O tempo havia passado sem que Márcio percebesse. Falaram de tudo, menos do caso, menos da defesa dele, e isso o preocupou, afinal, ele era o advogado de Cezar e esse era o objetivo da visita. Ficou angustiado por um momento.

— Nossa, Cezar, preciso voltar para São Paulo amanhã e não falamos nada sobre seu caso. Preciso esboçar sua defesa!

Cezar sorriu, mantendo um olhar sereno.

— Márcio, meu amigo, não questiono seu julgamento. Você saberá o que fazer no momento oportuno. Não gaste energia com isso agora, não precisa. — Então, Cezar levantou-se para despedir-se do novo amigo. — Você *está* meu advogado, mas é muito mais que isso, somente não sabe ainda.

Cezar voltava a surpreender Márcio com suas palavras. Eles se aproximaram e Cezar o abraçou com força. Márcio sentiu de imediato a mesma descarga de energia que tomou todo seu corpo quando chegou na cela, mas ainda mais intensa. Ficou tonto, fora de si enquanto ouvia as palavras de Cezar longe, bem longe...

— Mande um beijo para a Adriana.

Caminhou até a porta sem esboçar reação, sem entender o que havia se passado. Então olhou para o chão empoeirado e desenhou com o pé uma meia-lua no chão. Cezar desenhou outra meia-lua por cima da dele, a formar um peixe.

— *ICTUS* — disse Márcio, antes de sair sob o olhar emocionado de Cezar.

Ulrich já esperava por ele na entrada no prédio como prometera.

— Como foi conhecer o Cezar? — Perguntou.

— Não tenho como descrever. Nunca senti nada parecido. Preciso agora tentar refletir sobre tudo que aconteceu aqui.

— Sei como você se sente. Já me senti assim muitas vezes. Vou levá-lo até a cidade. Conversamos no caminho. — Então se dirigiram para o jipe e seguiram em direção ao hotel onde Márcio estava hospedado. — Márcio, não estranhe não te convidar para que fique aqui na vila dos oficiais, porque teríamos que conviver com os outros militares e não podemos despertar suspeitas, acho melhor mesmo voltarmos. Você pretende ficar mais?

— Gostaria muito de ficar, mas preciso ir. Minha mulher está muito preocupada. — Nesse momento, lembrou-se das últimas palavras de Cezar. Ele não havia dito o nome de Adriana para ele. — Você sabe que moro com alguém? Alguma vez você comentou alguma coisa com Cezar?

Ulrich olhou para Márcio estranhando a pergunta, depois percebeu que deveria ter acontecido algo diferente. Deu risada na mesma hora.

— Bem-vindo ao clube — disse ele, achando a situação engraçada.

Márcio ficou em silêncio, ainda mais confuso, e depois resolveu se desculpar com Ulrich.

— Eu lhe devo um pedido de desculpas. Em alguns momentos, posso ter feito um julgamento errado sobre você. Me perdoe, por favor.

— Não diga isso. Não sabe o tamanho da culpa que carrego. Nunca se desculpe a mim. Você, sim, está entregando sua vida a uma causa, sem saber de nada, puramente por confiar nas pessoas.

— Cezar gosta muito de você. Ele o tem como muito mais do que um amigo. Fiquei tocado com a forma como você o protege. Conversamos bastante e precisamos seguir em frente.

— Como te disse quando viemos, precisamos esclarecer muitas coisas. Vamos até a cidade, jantamos juntos e aí conversamos com mais tranquilidade.

Márcio concordou com a cabeça e ficou em silêncio, atordoado por tudo que passara até então.

A estrada apontava para o início da cidade. As casas surgiam tímidas à sua beira e iam ficando maiores e mais numerosas. Era uma transição do campo para a civilização que ali ficava tão evidente. Surgiu o asfalto e, com ele, o comércio, os bares, os pequenos mercados e as pessoas, caminhando pelas ruas em um final de tarde. Ulrich aproveitou para apresentar a Márcio alguns locais como restaurantes e pontos de interesse, fazendo as vezes de um cicerone.

A cidade era, sem dúvida, muito exótica, ali plantada no meio do nada. Havia crescido muito nos últimos anos, ganhando maior importância como uma cidade-porto por causa do rio Paraguai. Era um polo de exportação, de agropecuária e de turismo. Andando pelas ruas, notavam-se construções históricas, demonstrando que, apesar de tão distante, possuía uma história bastante antiga, dos tempos em que era apenas uma cidade de divisa com a Bolívia. Acima de tudo, Cáceres era uma cidade estratégica.

O hotel ficava logo adiante. Ulrich estacionou o jipe em frente.

— Tem um ótimo restaurante aqui perto. Lá, poderemos conversar sem sermos incomodados.

Caminharam algumas quadras e entraram no restaurante indicado por Ulrich. Tinha um aspecto rústico, com mesas pesadas de madeira e decoração que lembrava uma fazenda. Estava vazio; seria ótimo para poderem conversar e esclarecer tudo. Sentaram-se em uma mesa mais afastada para ter privacidade. Pediram os pratos e uma garrafa de um bom vinho. Ficaram por pouco tempo em silêncio, até que Ulrich disparou:

— Pode começar. Estou pronto. Te direi o que você quiser saber.

A reação dele tranquilizou Márcio. Era exatamente disso que ele precisava. Não teve receio, foi direto na ferida.

— Ethan Gainz — disse ele. Ulrich não ficou surpreso. Parecia ser uma pergunta normal, então começou a explicar.

— Toda a história que te contei sobre a mutação da imunidade de Cezar é verdade, e você já percebeu isso. Acontece que a SafeLife recebeu essa informação.

— A SafeLife sabe sobre ele? Como?

— Quando Cezar chegou aqui no quartel e descobrimos que ele tinha essa mutação no sistema imunológico, colocaram o caso em sigilo máximo. Naquele momento, havia doze pessoas que sabiam de tudo. Mais tarde, esse grupo aumentou para vinte e cinco pessoas. Criaram um grupo chamado *Grupo dos Vinte e Cinco*. Incluíram juízes militares, alguns médicos, cientistas e militares de alta patente. Fiz parte do grupo desde o início. Existia um pacto de confidencialidade absoluta entre esse grupo, sob pena de eliminação se alguém o quebrasse.

Márcio acompanhava atento todas as palavras de Ulrich.

— Decidiram então iniciar as experiências com Cezar. Fui contra desde o início, mas fui obrigado a aceitar. Minha intenção era ajudá-lo, e, se eu fosse retirado do grupo, perderia qualquer possibilidade nesse sentido. Sempre fui muito técnico, sou um cientista, e precisavam de alguém com meu perfil. A ideia era estudar Cezar para tentar encontrar uma cura para as endemias. Com o tempo, fui retirando da coordenação todos os outros colegas médicos. Mas fiz isso fingindo que concordava com tudo. Eu era o melhor técnico entre todos, então fazia todo o sentido manter toda a coordenação comigo.

— Você, nesse momento, controlava quais experiências seriam feitas?

— Em alguns momentos, sim. Mas eu tinha que apresentar algum tipo de resultado, caso contrário eles me tirariam da pesquisa. Então passei a direcionar as experiências para agressões mais leves, doenças menos invasivas para não maltratar tanto o Cezar. Fiz isso durante muito tempo sem despertar nenhuma desconfiança. Mas o problema disso é que as pesquisas não evoluíam, não iam para lugar algum.

— Foi aí que entrou a SafeLife?

— Exato. Alguns dos militares, impacientes com a falta de resultados, resolveram por conta própria vender o caso de Cezar para a SafeLife. Eles ofereceram uma fortuna para tirá-lo do quartel e mandá-lo para algum centro de pesquisas para que ele virasse uma cobaia humana.

— Esse foi o motivo do encontro com o Ethan Gainz?

— Sim. Ele veio negociar o caso.

— Mas por que o contato foi com você e não com outro membro do grupo? Você apoiou a venda do caso dele?

— De forma alguma. Entretanto, quando soube que eles haviam negociado nos bastidores, precisei tomar a frente da negociação. Era a única maneira de ganhar tempo para tentar, de alguma forma, retirar Cezar daqui. Foi quando te procurei para pedir ajuda, mas coloquei algumas condições para ter um pouco mais de controle.

— Que condições?

— Disse a eles que aquele era o trabalho de uma vida. Que eu era a pessoa mais indicada para conduzir o caso dele. Coloquei como condição que eu coordenasse a pesquisa na SafeLife. Minha intenção era ficar próximo a Cezar caso não conseguisse libertá-lo.

— E eles concordaram?

— Acharam ótimo. Sabiam de minha qualidade como cientista e acharam que isso iria enriquecer muito as pesquisas deles.

— E por que Cezar ainda está aqui?

— Consegui adiar ao máximo a saída dele, mas tive alguns problemas mais sérios com a SafeLife. Me perdoe por não poder dizer tudo, mas, nesse momento, somos inimigos. Os outros militares ainda não sabem dos problemas que tive; é uma questão de tempo. Cezar já deveria ter sido transferido. Não temos mais tempo. Precisamos agir para ontem. Se os outros militares souberem o que aconteceu, irão fazer a transferência dele no mesmo dia.

— Parece que tudo já está definido. Como você pretende tirar ele daqui?

— Com a sua ajuda.

— Pelos meios convencionais, esse processo será muito demorado. Não há a menor possibilidade de resolver isso em um curto período.

— Conheço bem os militares, afinal sou um deles. Conheço os medos e as fraquezas. A única maneira de conseguir tirá-lo daqui é através de uma junta militar. Se houver o entendimento por essa junta de que o caso dele é irregular, conseguimos.

— Mas a junta militar precisa ser provocada para manifestar esse entendimento. Esse papel cabe ao advogado dele, no caso, eu, o único que pode fazer isso, mas esses julgamentos podem levar anos para serem julgados.

— Pode deixar, sei como e onde devo agir. Preciso que você elabore com urgência uma petição para essa junta. Deixe o resto comigo.

Márcio acenou com a cabeça enquanto pensava nas palavras do general. Depois de uma breve pausa, continuou:

— Ainda tenho algumas dúvidas, Ulrich. Por que a viagem até a Suíça?

Ulrich ficou surpreso por Márcio estar tão informado.

— Porque eu fiz parte da venda do caso dele. Fui subornado, assim como os outros militares, mas não fiz isso porque concordava; fiz porque precisava, não dava para recusar sem despertar suspeitas. Então, decidi dar um destino melhor a esse dinheiro. Minha intenção é deixar para Cezar, para que ele possa usá-lo no futuro.

As explicações de Ulrich convenceram Márcio. Ele ficou aliviado por saber que poderia confiar nele e passou a enxergá-lo de outra maneira. Parecia ser um homem bom, era uma vítima, assim como Cezar. Ulrich ficou em silêncio por um momento, deu um gole de seu vinho para criar coragem e continuou.

— Ainda existe outro problema... — Pela expressão dele, Márcio percebeu tratar-se de algo sério. Ulrich prosseguiu. — Vou ser aposentado por tempo de serviço.

— Como assim? — Perguntou Márcio, arregalando os olhos. — Você é obrigado a se aposentar?

— Sim, até o final do ano irão me aposentar. Estamos correndo contra o tempo.

Márcio sabia que teria dificuldades para conduzir esse caso, mas começava a achar que as dificuldades beiravam o impossível. Não havia outra alternativa, teria que seguir em frente. Após algum tempo ali, jantando e bebendo, quis saber um pouco mais sobre o general.

— Você não tem família? É casado, tem filhos?

Ele demorou um pouco para responder.

— No início da minha carreira, fui mandado para muitos lugares. Não conseguia me estabelecer em nenhum deles. Passava, às vezes, quatro, seis meses e me mandavam para outro lugar, então achei que seria difícil criar raízes naquele momento e que deveria esperar até me estabelecer. Aconteceu então de me mandarem para cá, longe de tudo. Naquela época, as cidades próximas eram vilas. O próprio quartel ainda era muito precário. Como era um centro estratégico e secreto do Exército, o mantiveram longe de tudo e de todos. Por isso, não consegui me casar. Tive um filho em um relacionamento, mas sempre fui muito ausente e quase não o vejo. Não fui o pai que gostaria, mas essa é a vida que me foi dada — respondeu, rindo, tentando aliviar um pouco a dor que sentia. — Aí, conheci Cezar, e ele passou a ser um objetivo de vida para mim. Nunca me perdoei por permitir que sofresse da forma como sofreu.

Ficaram ali, terminando o jantar e degustando o vinho, sem as desconfianças de outrora. O ambiente estava mais leve, mais tranquilo. Antes de ir embora, Ulrich pediu a Márcio que elaborasse a petição ainda naquela noite e enviasse para ele eletronicamente. Disse ainda que Márcio retornasse para São Paulo e aguardasse por orientações dele.

Márcio entrou em seu quarto de hotel, esgotado. Ainda teria que redigir a petição conforme havia prometido. Antes de iniciar qualquer coisa, ligou para Adriana, seu porto seguro. Ficou horas no celular com ela. Contou quase tudo o que havia ocorrido; a cada passagem ela se surpreendia mais e mais. Não conseguia acreditar nas histórias que ele contava. Parecia um *thriller* no qual eles eram os protagonistas. Ela temeu por ele e pediu para que ele jurasse que sairia de lá pela manhã, bem cedo. Márcio sabia que, naquela noite, ela não dormiria de preocupação.

Márcio se levantou cedo para iniciar sua jornada até São Paulo. Foi até o banheiro, pegou a escova de dente e olhou para sua imagem no espelho. Não notou as olheiras de outrora, nem a palidez matinal, quase uma marca registrada dos últimos meses. Parou um momento e percebeu que havia descansado, então parou subitamente com a escova dentro da boca. Abriu os olhos assustado. Pela primeira vez em meses não tinha tido nenhum pesadelo. Dormiu a noite toda, em paz, tranquilo. Percebeu que algo acontecera com ele. Alguma coisa havia mudado.

Dirigiu-se até a rodoviária para pegar o ônibus até Cuiabá, admirando todo o caminho, como que a guardar em sua memória cada lugar por onde tivesse passado. Lembraria de Cáceres para sempre; uma cidade na divisa do fim do mundo que tanto mexera com sua vida.

Já no ônibus, ao contrário de sua vinda, sentiu-se mais à vontade com os outros passageiros, como se, de alguma forma, ele tivesse passado por um teste de fogo que lhe permitia entendê-los melhor, como se agora fosse um pouco pantaneiro também.

Chegou cedo a Cuiabá. O calor que sentira em sua chegada já não o incomodava da mesma forma. Precisaria correr para chegar a tempo no aeroporto. Não sabia quando retornaria e não gostava dessa indefinição. Em tese, a condução do caso agora não mais dependia do contato dele com Cezar, pelo menos não até as coisas estarem mais adiantadas, então era possível que ele não voltasse mais.

Passou todo o tempo de voo olhando pela janela como se fosse a primeira vez. Ele observava toda a imensidão do cerrado até o surgimento das cidades do interior de São Paulo. Estava sol, e o dia claro e sem nuvens lhe permitia observar tudo lá de cima. Em breve, ele desceria à loucura da cidade grande rumo a uma vida que já não o convencia mais.

Ulrich saiu apressado do centro de pesquisas em direção ao centro administrativo do quartel. Durante o caminho, carregava alguns documentos debaixo do braço mantendo o semblante sério enquanto ensaiava baixinho um discurso. O percurso era longo, mas usava o tempo para se preparar. Atravessou toda a vila dos oficiais tão compenetrado que não retornou alguns dos cumprimentos que recebeu de militares pelo caminho.

Parou em frente à escada do prédio administrativo e tomou ar buscando acalmar-se, então subiu um a um os degraus, sem pressa, até a recepção, onde um soldado se escondia atrás de um balcão de fórmica verde-oliva, com o brasão de comandos especiais em sua frente.

— Bom dia, soldado, preciso falar com o general comandante.

O soldado levantou-se, prestou continência e pegou um telefone anunciando Ulrich.

— Pode subir, general.

Ulrich subiu a larga escada posicionada no centro do hall de entrada e caminhou por uma galeria com telas dos antigos comandantes daquela unidade, identificados por placas douradas em suas bases. Ao final do corredor, ficava a recepção da sala do comandante.

— Bom dia, general Ulrich, o general Azevedo avisou que pode entrar —, informou Matias, o sargento secretário, assim que Ulrich abriu a porta.

— Bom dia — cumprimentou Azevedo quando Ulrich entrou em sua sala — você parece preocupado, aconteceu alguma coisa? — Fez sinal para Ulrich sentar-se em frente a sua mesa.

— Precisamos resolver algumas pendências da SafeLife — disse baixinho para não ser ouvido pelo secretário.

Percebendo que o assunto era sigiloso, Azevedo ligou para o sargento na sala ao lado.

— Matias, prepare uma viatura e me aguarde em frente ao prédio administrativo. Terminando essa reunião farei uma ronda pelo quartel. —

Após desligar o telefone, voltou-se para Ulrich: — Podemos conversar com privacidade agora. Que pendências são essas? Já não havíamos finalizado todo o acordo? Faltava apenas o pagamento do valor combinado para a transferência do paciente Cezar.

— O valor foi acertado e será feito. Para não despertar suspeitas, receberei o valor total e farei a distribuição para todos em bancos na Suíça, como combinamos. Eles querem, no entanto, uma garantia...

— Como assim, garantia? Que garantia?

— Eles ficaram preocupados ao saber que Cezar está preso, condenado pela justiça militar. Eles temem que, a qualquer momento, um de nós poderá denunciá-los por esse "sumiço". Querem ter uma garantia de que nenhum dos envolvidos irá mudar de ideia após ter recebido o combinado.

— Mas como eles souberam que Cezar era um criminoso condenado?

— Eu tive que apresentar vários documentos, prontuários, uma infinidade de coisas. Souberam na hora que ele era um criminoso e estava cumprindo pena aqui no quartel. Não houve maneira de ocultar essas informações.

— Mas o que eles querem? Qual é essa garantia?

— Eles querem um parecer assinado por uma junta militar, informando que o tribunal militar não poderia ter julgado Cezar.

— O quê? Como assim? — Gritou Azevedo batendo a mão sobre a mesa, fazendo cair uma pequena bandeira do comando de selva, seu antigo posto. — Eles pensam que nós somos idiotas? Como eles sabem sobre tudo isso: junta militar, julgamento indevido? Isso está parecendo algum tipo de armação!

— Azevedo, fui eu quem deu essa opção a eles. Quando souberam dos detalhes sobre Cezar, abortaram tudo. Me chamaram para dizer que não poderiam seguir com o acordo inicial porque era muito arriscado.

— E por que você não consultou o grupo antes de adotar uma medida como essa?

— Não tinha tempo. Tive que convencê-los que o negócio era seguro. A única ideia que me veio à cabeça foi essa, emitir um parecer por uma junta militar. Eles nunca farão nada com esse documento porque também estão envolvidos. Pediram por segurança e, se você levar em consideração o montante do valor acordado, não iria querer alguma garantia? — perguntou desafiando Azevedo, que então coçou o queixo em silêncio e depois tamborilou os dedos por sobre a mesa enquanto pensava.

— E quando o dinheiro será transferido? Todos do grupo tinham em mente que hoje você iria fazer a distribuição, e não vir com essas tais "garantias".

— O pagamento será feito logo após eu entregar o parecer assinado por todos da junta militar para a SafeLife. Já pensei em todos os detalhes burocráticos com relação a esse documento e tomei a liberdade de trazer o texto pronto para análise de todos. — Retirou o documento de sua pasta e depositou sobre a mesa de Azevedo. — Preciso que você conduza isso. Diga a todos que poderão se aposentar após essa assinatura, afinal, estarão milionários — disse sorrindo, tentando apaziguar o ambiente.

Azevedo pegou a minuta do parecer, deu uma breve lida e disse conformado:

— Te entrego o documento assinado em uma semana. Se precisar, irei te acionar para você ajudar nos esclarecimentos. Tua sorte é que o grupo dos vinte e cinco te respeita.

— Ótimo — respondeu Ulrich. — Tenho um outro assunto...

— Não me venha com mais garantias Ulrich, minha paciência acabou!

— Não, nada disso — disse sorrindo. — Você sabe que me aposento ainda esse ano. Agora, com tudo isso resolvido, acho que não há mais razão para continuar. Vou dar um jantar de despedida, dia treze de junho, em minha fazenda, e gostaria da presença dos membros do grupo dos vinte e cinco, sem as famílias. Lá prestarei contas a todos sobre a transferência dos valores, informarei as contas e tudo mais... Assim, resolvo duas coisas ao mesmo tempo, um jantar de despedida por conta de minha aposentadoria e finalizamos o assunto "Cezar". O que acha?

— Nem acredito que você já está aposentando! Me passe o local que aproveito para avisar a todos enquanto colho as assinaturas.

Ulrich saiu da sala de Azevedo como se tivesse tirado o peso de uma vida das costas. Havia inventado toda aquela história para poder convencer Azevedo e os demais a assinar o parecer da junta militar. Ninguém poderia imaginar que ele já havia recebido todo o valor combinado e que havia traído o acordo feito com a SafeLife. Se um dos militares do grupo dos vinte e cinco desconfiasse disso, Ulrich era um homem morto. Precisava agir rápido.

Márcio mal abriu a porta de seu apartamento, e Adriana pulou sobre ele, chorando. Ela o abraçava e beijava enquanto ele sentia em sua boca o gosto salgado das lágrimas dela. Largou a mala no chão e segurou-a em seus braços, levando-a até o sofá da sala. Então a colocou em seu colo e passou a secar suas lágrimas e tentar acalmá-la. Sentia-se mal por ter causado tanto sofrimento a ela. Resolveram que tirariam o resto do dia para eles; tentariam passear um pouco, ir a algum parque. Precisavam desse tempo sozinhos.

Adriana se arrumou rapidamente, já se sentindo melhor, mais aliviada. Desceram até a rua e resolveram caminhar até um parque nas proximidades, um de que ambos gostavam muito. Ela andava ao lado dele, sorrindo, mais leve. Em um determinado momento, teriam que passar por dentro de um dos túneis de leitura do Hope. Como eles eram estreitos, ela seguiu à frente de Márcio, para permitir que outras pessoas pudessem atravessá-lo no sentido contrário. Márcio observou um tipo estranho vindo na direção oposta. Era um homem com aspecto truculento, com a cara fechada. Chamava a atenção por usar um casaco fora de propósito para o calor que fazia. Ele passou a observá-lo, atento, e Adriana seguia adiante sem perceber. Quando estavam para se cruzar dentro do túnel, o homem colocou a mão em seu bolso como que para pegar algo. Então, de repente, um rapaz que seguia distraído atrás de Márcio chocou-se com o homem, derrubando-o no chão. O rapaz e Márcio foram socorrê-lo na mesma hora. Adriana ficou sem entender o que tinha acontecido.

— Desculpe, amigo, me perdoe, estava distraído com meu celular e não te vi — disse o rapaz, tentando se desculpar e estendendo a mão ao brutamonte caído no chão. O homem estupidamente recusou ajuda, bateu a sujeira de seu casaco e seguiu em frente sem dizer nada.

Márcio não quis comentar nada com Adriana para não assustá-la, mas a imagem do homem vindo em sua direção não saía de sua cabeça. Teve certeza de que sua intenção era atacá-lo, pois percebeu como estavam vulneráveis. Imaginou que a razão do ataque deveria ser Ulrich. O fato de ele ter se voltado contra a SafeLife fazia de Márcio e Adriana inimigos da empresa também.

Chegaram ao parque e ficaram abraçados e sentados sobre a grama, sem fazer nada. Márcio se esforçou para aproveitar aquele raro momento com ela. Observavam as pessoas que se exercitavam naquele final de tarde, até que ela recostou a cabeça no colo dele com os olhos fechados enquanto ele alisava os cabelos castanhos dela. Os últimos raios de sol iluminavam seu rosto, revelando longos cílios que oscilavam com leveza à medida que ela relaxava.

Adriana entrou no apartamento se sentindo bem mais tranquila. Márcio ainda guardava a imagem do brutamonte no túnel de leitura do Hope. Adriana foi para o banho, e Márcio aproveitou para entrar no site de Ulrich e buscar alguma mensagem dele. Não queria que ela percebesse sua preocupação para não estragar aquele dia tão especial para ambos. Não encontrou nada; tudo estava do mesmo jeito. Enviou a ele uma mensagem pelo celular, mesmo sabendo que Ulrich desaprovaria. Estava ansioso para saber qual seria o próximo passo no caso de Cezar.

Quando Adriana saiu, Márcio estava sentado no sofá fazendo cara de paisagem, olhando seu celular. Ele então olhou para ela, que estava linda como sempre. Ela logo percebeu o jeito como ele olhava e soube que ele brincaria com ela como André fazia. Antes que ele pudesse dizer qualquer coisa, Adriana se aproximou, sentou-se no braço do sofá e deu um tapa carinhoso no ombro dele.

— Não começa! Não vem dar uma de André aqui!

Ele riu na mesma hora. Ela tinha lido a mente dele. Então a puxou para perto de si e a beijou.

— Vai tomar um banho que eu vou arrumar alguma coisa para a gente — disse ela, baixinho, no ouvido dele.

Márcio se levantou e foi até o banheiro para se arrumar.

Quando saiu do banho, ele encontrou a mesa da sala arrumada com luzes de vela. Sobre ela, havia uma garrafa de vinho. Adriana tinha preparado um jantar para eles e estava em pé a observar a reação dele. Ele balançou a cabeça e não quis brincar. Somente sorriu. Ela, em tom de brincadeira, puxou a cadeira para que ele se sentasse. Depois, foi até a cozinha e voltou com um *fettuccine* que ele amava. A luz da vela refletia nos olhos dela, enquanto eles davam pequenos goles em suas taças de vinho.

— Você quer me contar alguma coisa da viagem ou acha que vai estragar o clima? — Perguntou ela, sorrindo.

— Não, Adri. Foi muito especial. Preciso dividir isso com você. Estava louco para te encontrar.

Adriana ficou curiosa. Apoiou os cotovelos sobre a mesa e se aproximou mais dele, interessada. Ele continuou.

— Conheci Cezar e fiquei muito impressionado com ele. Não sei te dizer o que se passou naquele momento.

— Estranho você ter esse tipo de sentimento. Não consigo separar o fato de ele estar preso por um crime hediondo.

— Eu pensava do mesmo jeito, mas ele ter sido incriminado não quer dizer que ele seja, de fato, culpado. As provas contra ele não existem. Parece que tudo foi armado.

— Conversando com ele, você não conseguiu saber se ele é inocente ou não?

— Ele não quis comentar. Tem um jeito misterioso. Nunca conheci alguém como ele. — Márcio fez uma breve pausa à medida que algumas lembranças do encontro voltavam à sua mente. — Quando entrei em sua cela, senti uma descarga que percorreu todo o meu corpo. Fui tomado por alguma coisa, quase caí no chão.

Adriana arregalou os olhos, surpresa.

— Depois, a maneira como ele falava comigo. A face dele sempre serena, sorrindo, parecia saber o que eu pensava. Uma sensação estranha... — Ele deu um gole em sua taça de vinho antes de continuar, deixando Adriana curiosa.

— Não imaginei que tinha sido um encontro tão especial assim.

— Ele sabia seu nome, mandou um beijo para você. Na hora, eu estava tão fora de mim que nem notei.

— Ulrich deve ter dito a ele em algum momento — disse ela, descrente.

— Que nada! Ficou surpreso e deu risada quando contei para ele. Agiu como se isso fosse normal.

Adriana parecia desconfiada, achou que ele exagerava. Márcio percebeu a reação dela.

— No dia seguinte, acordei e, pela primeira vez em meses, percebi que não tive nenhum pesadelo.

A reação dela foi espontânea. Ao ouvir suas palavras, levou a mão à boca e deixou cair um choro nervoso, como se fosse uma válvula de escape. Não esperava por aquilo.

— Você não acha que pode ter sido coincidência? — Perguntou, tentando se recompor.

— Tenho certeza de que não, Adri, alguma coisa aconteceu dentro de mim. Esse rapaz possui o dom da cura, e é por isso que todos têm tanto interesse nele e nessa mutação que ele possui. Mas ele me curou, amor. Eu pude sentir isso em meu corpo.

Adriana se levantou, emocionada, e se sentou no colo dele, dando um abraço aliviada. Ela acreditava nele. Não quis saber como aquilo era possível; apenas aceitou como sendo um presente.

— Não sei o que dizer, mas estou muito feliz por você, por nós...

— Acho que vai demorar um tempo para eu digerir o que se passou ali — disse Márcio, pensativo.

— E o general? Quando você saiu daqui, ele era o mal incorporado na terra.

— Outra surpresa. O general é um homem bom, foi envolvido; enfim, uma longa e complicada história. Depois te conto os detalhes, mas Cezar tem uma profunda admiração por ele, e agora eu também.

As revelações de Márcio emocionaram a ambos. Tiveram a certeza de que todo o sofrimento que haviam passado até então tinha valido a pena. Estavam no caminho certo, afinal.

Ulrich havia preparado um jantar de gala para o grupo dos vinte e cinco. A intenção era comemorar a aposentadoria dele e passar orientações sobre as contas abertas em bancos na Suíça para cada membro, referentes aos valores distribuídos por ele, conforme acordo feito com a SafeLife. Todos confirmaram presença.

A fazenda localizava-se ao norte de Cáceres, em uma região conhecida como Olaria, na cidade de Porto Estrela. Estava na família de Ulrich desde seu avô, conhecido por todos da região como coronel Vieira. Era um homem duro, que mantinha seus empregados na ponta do chicote, como diziam. A fazenda desde sempre teve vocação para a pecuária. Com a morte dos pais de Ulrich, ele, como único herdeiro, acabou encerrando todas as atividades da fazenda, para se dedicar à medicina e ao exército. Mesmo assim, manteve a propriedade, que visitava sempre que podia.

A casa havia sido projetada como uma típica casa-grande de fazenda, com dois andares e uma escadaria em sua frente que alcançava uma enorme varanda no piso superior dando de frente a uma porta alta de madeira azul de folha dupla, que se abria para a sala principal. Por toda a extensão da varanda, bancos de madeira ficavam abaixo de grandes janelas que permaneciam abertas todo o tempo, revelando cortinas de linho presas em suas laterais. Todo o andar de baixo da casa era tomado por quartos e salas íntimas, reservadas para a família.

Os militares de alta patente chegavam aos poucos, sendo recebidos por Ulrich na varanda da casa. Garçons passavam servindo um coquetel de boas-vindas. Os colegas militares abraçavam o general em sua despedida desejando-lhe boa sorte, não deixando antes de fazer algum comentário em particular perguntando se o negócio havia sido finalizado. Ficava claro que esse era o real motivo de eles todos estarem lá. Para muitos, a aposentaria de Ulrich era até um alívio. O interesse maior era saber da prestação de contas do negócio com a SafeLife, e não disfarçavam essa intenção.

Quando todos chegaram, ainda permaneceram algum tempo bebendo e contando vantagens, até serem encaminhados para a sala de jantar. A longa mesa para vinte e cinco lugares havia sido montada com enorme cuidado. Quando todos aguardavam para se sentar, Ulrich bateu em seu copo com uma faca, chamando para si a atenção:

— Queria agradecer a todos por estar aqui comigo hoje. Sei que a ansiedade é grande e peço um pouco de paciência, já que, ao final do nosso jantar, farei a tão esperada apresentação.

Após a introdução, Ulrich foi ovacionado pelos convidados, que não disfarçavam a empolgação. A bebida já deixava alguns mais à vontade para fazer piadas sobre como gastariam a fortuna que em breve receberiam. Parecia que Ulrich havia colocado em uma única sala vinte e quatro ganhadores da loteria, ele era o vigésimo quinto, mas não compartilhava da mesma empolgação que os colegas.

Sentado à cabeceira da mesa, Ulrich permaneceu em silêncio olhando para as expressões de felicidade escancaradas em cada rosto. Lembrava das atitudes de cada um deles e da crueldade que tiveram ao submeter um homem como Cezar às torturas a que fora submetido, por ganância, nada mais. Esperou o final da refeição e levantou-se.

— Amigos, chegou o tão esperado momento. Peço a atenção de todos, por favor, para poder explicar como as coisas serão feitas. Falaremos aqui de assuntos sigilosos, então a primeira exigência é que todos os presentes, e me incluo nessa lista, entreguem seus celulares, de forma a não corrermos riscos de alguém gravar o que será dito aqui. Passarei uma bandeja com sacos tipo *zip* para que vocês possam colocar o seu nome e depositar seus aparelhos dentro deles. Tudo será guardado para ser devolvido ao final da apresentação.

Todos os presentes concordaram sem hesitar e introduziram, um a um, seus aparelhos celulares dentro dos sacos *zip* identificados. Ulrich recebeu de volta a bandeja com os aparelhos e depositou o seu também, da mesma forma. Em seguida, caminhou até a ponta da sala e baixou uma tela e um projetor, para que todos pudessem assistir:

— Assistiremos agora a todas as orientações sobre o acordo que fizemos. Peço que vocês aguardem um pouco para que eu possa garantir nossa privacidade; acredito que todos aqui estejam de acordo com isso.

Saiu da sala de jantar com a bandeja de celulares e fechou as portas escamoteáveis que davam acesso a ela. Em seguida, chamou os poucos funcionários que ainda permaneciam no local e pediu que fossem embora na mesma hora. Havia deixado uma van à disposição deles e aguardou o embarque de todos. De onde estava, fora da sala de jantar, ligou um vídeo em uma tela de introdução que dizia:

Quem quer ser um milionário?

Assim que a imagem surgiu no telão dentro da sala, iniciou-se uma balbúrdia, com gritos e bateções de pratos e copos em comemoração. Então Ulrich passou uma viga de ferro por entre os puxadores da porta escamoteável da sala, impedindo sua abertura, depois, ligou o gás da lareira instalada dentro da sala de jantar, com um comando externo que havia adaptado, e aguardou. Pouco tempo depois, deixou o restante do vídeo correr: eram imagens de Cezar, de suas lesões, suas feridas, seu sofrimento percebido em todos os anos que estivera refém daquele grupo. Tão logo as imagens se iniciaram, os convidados perceberam o que ocorria e, enquanto tinham forças para lutar, tentaram fugir do local, primeiro se jogando contra as portas reforçadas e depois tentando quebrar os vidros, que Ulrich havia substituído por vidros balísticos, há muito tempo, desde o dia em que planejara esse final.

Os gritos de ameaça e xingamentos deram lugar a pedidos de misericórdia, que foram enfraquecendo cada vez mais, até cessar por completo. Ulrich então, sentou-se no chão, com as costas apoiadas na porta da sala, enterrou suas mãos em seus cabelos e chorou. Ainda que aquelas pessoas fossem a escória da humanidade, não mereciam morrer. Ele não tinha opção, precisava salvar Cezar e essa era a única maneira que ele havia encontrado.

Ulrich levantou-se, trocou o vídeo de apresentação por um vídeo de recordações para uma festa de aposentadoria, desligou o gás da lareira e abriu as portas aguardando que o ambiente fosse ventilado. Depois pegou os corpos dos convidados e dispôs próximos à mesa, tentando disfarçar a luta que tiveram e devolvendo a todos seus celulares, colocando-os em seus bolsos. Saiu da sala por um instante, abriu seu computador e postou um vídeo que havia preparado. Checou se não havia esquecido nenhum detalhe, então voltou a religar o gás da lareira e retornou à sala de jantar, fechando a porta escamoteável atrás dele. O vídeo mostrava momentos de sua vida no quartel em uma realidade bastante diferente daquela que ele imaginara para si. Ele sabia que não suportaria carregar a culpa do que tinha acabado de fazer, e sua única opção era ter o mesmo trágico final daquelas pessoas. Os olhos foram pesando, até que ele caiu inconsciente, pouco antes de morrer.

Como fazia nos últimos dias, Márcio abria seu *laptop* e buscava por mensagens de Ulrich no site que usavam para se comunicar, enquanto aguardava Adriana se arrumar para sair. Rolava a página para cima e para baixo, várias vezes, para ter a certeza de não estar deixando passar nada. Nenhuma mensagem. Não se recordava de quantas possibilidades já tinham passado por sua cabeça. Começava a desconfiar de que algo muito sério teria acontecido, já que se recusava a aventar a possibilidade de ele ter mudado de ideia.

Continuava procurando, sem sucesso, por notícias na internet sobre Mato Grosso ou Cáceres, qualquer coisa que justificasse a espera.

— Alguma notícia dele? — Perguntou Adriana, preocupada ao entrar na sala.

— Nada. Aconteceu alguma coisa, Adri.

— Calma, Márcio, você disse que ele teria que lidar com essa junta militar. Deve estar superenvolvido com isso tudo.

— Mas por que ele não deixaria nenhum recado, não avisaria?

— Não sei. O que pode ter acontecido? Notícia ruim é a primeira a chegar, e você sabe disso. Não tem nada sobre ele na internet. Deve estar esperando por alguma coisa para te passar as orientações.

Márcio olhou para ela e consentiu, mesmo sem estar convencido.

Miguel depositava o pedido deles sobre a mesa, percebendo a tensão de ambos.

— Está tudo bem, casal? Aconteceu alguma coisa? — Perguntou, preocupado.

— Tudo certo, Miguel — respondeu Adriana. — Coisas do trabalho, mas tudo bem, obrigada. — Ele sorriu para ambos e se foi.

— Fique calmo, Márcio, tudo vai dar certo — disse ela, tentando acalmá-lo. — Você tem conversado com o pessoal do escritório? Eles sabem o que está acontecendo?

— Eles cobram resultados o tempo todo. Querem saber mais sobre Cezar, sobre Ulrich, mas não pude dizer nada a eles, claro. Fico enrolando, dizendo que estou aguardando orientações dele. Estou evitando até passar lá por causa disso.

Adriana ficou pensativa.

— É, nesse momento é o que você tem que fazer. Eles não podem nem imaginar a história toda, ia ser o fim.

— Sim, mas não sei até quando consigo segurar tudo isso.

Adriana olhou para o relógio do celular.

— Preciso ir. Você vai para casa agora?

— Não, vou terminar meu café com calma.

Ela deu um beijo nele e seguiu para o trabalho. Márcio procurou se distrair com as notícias em seu *tablet*, evitando pensar em outra coisa. Algum tempo depois, a televisão passou a mostrar cenas de uma casa em um tipo de sítio, filmada de um helicóptero que sobrevoava o local. As legendas corriam pela parte inferior da tela, mas daquela distância Márcio não conseguia ler direito. No início, não deu muita importância, mas algumas pessoas pararam em frente à televisão e comentaram coisas entre si. Parecia algo bastante importante, então ele se levantou para tentar identificar o que era.

Ao se aproximar, conseguiu ler nas legendas "25 militares do alto escalão mortos". Foi como se ele tivesse tomado um soco na boca do estômago. Quase perdeu o chão. Pediu para que Miguel aumentasse o volume e sentou-se mais próximo para poder assistir. Até mesmo os repórteres ainda não estavam certos sobre o que havia ocorrido. Muitas hipóteses ainda pairavam no ar, então o âncora do canal surgiu para explicar o que sabiam até então.

> *"Sabemos até este momento que morreram vinte e cinco oficiais de alta patente do Exército. Aparentemente, foi um acidente causado por um vazamento de gás, informação que ainda está sendo veri-*

ficada. Pelo que foi levantado, os oficiais estavam em um jantar comemorativo de despedida na casa do general Ulrich Marques Vieira, que estava se aposentando por tempo de serviço. Ainda não conseguimos os nomes de todos os presentes, mas, segundo informações da assessoria do Exército, estavam no local vários generais, coronéis e outros oficiais de alta patente. O general Ulrich, proprietário da casa, faleceu no local."

Aquilo não podia estar acontecendo. Márcio saiu da lanchonete sem saber para onde ir. Estava tonto, não ouvia nada. Estava fora de si. Não conseguia pensar em coisa alguma. Sentou-se em um banco em uma parada de ônibus e ali permaneceu, imóvel. As pessoas ao redor, reparando que ele não estava bem, tentaram ajudá-lo, mas ele não reagia às perguntas e tentativas de comunicação. Márcio se encontrava em estado catatônico: não falava e não ouvia. Alguém chamou uma ambulância. Seu grau de descontrole era tal naquele momento que ele foi levado para um pronto-socorro, onde foi medicado e acabou dormindo profundamente sob o efeito de tranquilizantes.

Márcio abriu os olhos sem saber onde estava. A luz o incomodava, assim como o barulho de pessoas falando e de equipamentos apitando o tempo todo. Tinha em seu braço um acesso de soro e estava conectado a um monitor. Não entendia ao certo o que se passava. A última recordação que tinha era de ter ouvido que Ulrich falecera. Pensou por um momento que nada daquilo havia acontecido, que talvez fosse sua imaginação ou um sonho. Um médico se aproximou e perguntou como ele se sentia.

— Estou bem agora. Não sei o que aconteceu. Tive um choque com uma notícia, mas estou bem agora.

— Você já passou por algo assim antes?

— Não, nada. Nunca precisei ir para nenhum hospital. Estou bem de verdade.

— Certo, o que fizemos de exames até agora não revelou nenhuma alteração. Faremos uma última análise e, se tudo estiver ok, liberaremos você, certo?

— Sim, claro, agradeço.

— Mas você deve procurar um neurologista tão logo receba alta, combinado?

— Sim, pode ficar tranquilo — respondeu Márcio.

Saiu do hospital desesperado. Pensava em Adriana o tempo todo. Tentava caminhar ao mesmo tempo que ligava para ela, mas não conseguia. Estava próximo de seu apartamento. Subiu no elevador com o coração batendo na garganta. Sua boca estava seca e sentia faltar o ar. O andar dele parecia não chegar nunca. Disparou pelo corredor quando a porta abriu e, conforme corria, percebeu que a porta de sua casa estava aberta. Acelerou o passo. Parou em frente à entrada e encontrou Adriana chorando abraçada com André. O apartamento estava todo revirado. Havia sido invadido.

Quando Adriana olhou para Márcio, parado na porta, não controlou sua reação. Correu até ele e passou a agredi-lo, chorando sem parar.

André assistia sem reação. Márcio foi então contendo lentamente os braços dela, até que ela parou, se entregando em um abraço, sem conseguir dizer nada. Chorava desesperada.

— Está tudo bem, Adri, está tudo bem — dizia ele, tentando acalmá-la.

Ela se soltou dele sem dizer nada e foi até o quarto. Márcio sentou-se ao lado de André, olhando para o apartamento invadido, todo revirado. Não sabia o que dizer, e André também seguia calado, surpreso com toda aquela situação. Adriana então apareceu na sala, ainda chorando. Carregava uma mala. Márcio olhou para ela surpreso.

— O que você está fazendo, Adri?

Ela olhou para Márcio, segurou seu choro por um instante, e então colocou a mala no chão.

— Precisamos sair agora, Márcio, não dá mais para ficar aqui.

— Mas vamos para onde, Adri?

— Pessoal, vocês podem ficar comigo na minha casa — ofereceu André.

— Obrigada, André — disse Adriana —, podemos ir para a casa de meus pais.

Márcio lembrou-se da cena de alguém intencionando atacá-lo no túnel do Hope há pouco tempo, então teve a certeza de que ele era um alvo e ficar com Adriana iria expô-la ainda mais.

— Adri, não podemos ficar juntos agora. A SafeLife está atrás de mim e não posso te expor também.

— Mas você pretende fazer o quê? Ficar sentado aqui esperando que eles venham? — Perguntou Adriana indignada.

— Vou sair daqui, fico uns tempos em Cuiabá, longe disso tudo. Lá estarei mais perto de Cezar. Você vai para a casa de seus pais, que é mais seguro.

— Concordo com o Márcio, Adri — disse André.

Adriana deu um abraço em Márcio.

— Não quero ficar sem você, amor. Vou ficar preocupada imaginando que alguma coisa pode acontecer a qualquer momento.

— Estão atrás de mim e, se você estiver comigo, estarão atrás de você também. Além disso, você sabe que preciso ajudar Cezar. Não tem jeito.

Para sua segurança, precisamos nos separar por uns tempos até que tudo esteja mais tranquilo. Não vou te colocar em risco nunca, Adri.

— E quando vai estar mais tranquilo? Como você pode prever isso? Se você acha que vai estar seguro em Cuiabá, podemos ir juntos!

— Não posso te levar, Adri. Você precisa entender. Te amo demais pra te perder.

Adriana pegou sua mala inconformada com a decisão dele e saiu chorando, sem se despedir.

— Adri, espera! — Gritou Márcio, sem ser atendido, enquanto ela sumia no corredor.

Márcio voltou a sentar-se ao lado de André enquanto pensava no que fazer. André, percebendo a situação do amigo, tomou a frente de tudo.

— Vamos sair daqui agora. Vou ligar para um pessoal que conheço. Quando voltarmos, vai estar tudo em ordem. Vou mandar colocar trancas, câmeras e tudo mais.

Márcio estava anestesiado e seguiu as orientações do amigo sem questionar. Os dois caminharam pela rua até um *cybercafé*, enquanto André fazia seus contatos.

Ficaram ali sentados por horas. Márcio fixava os olhos no horizonte, sem conseguir pensar em nada. Havia perdido alguém que mal conhecia, mas que o havia conquistado de forma inesperada, e a mulher da vida dele tinha ido embora. Parecia que um grande buraco se abria sob seus pés. Em meio a toda essa situação, pensava em Cezar. Ele tinha a obrigação de protegê-lo, mas não sabia como. André, seu grande amigo, estava do lado dele, mas não sabia de quase nada do que acontecia, se limitando a apoiá-lo, calado, nesse momento tão difícil.

— Está tudo pronto, Márcio. Podemos voltar para sua casa. Já está seguro voltar para lá. Você prefere ficar em outro local? Ficar na minha casa?

Márcio negou com a cabeça.

— Não, André. Preciso ir para casa mesmo.

— Então vamos — disse o amigo, se levantando.

Quando eles saíram do elevador no andar de Márcio, a memória do que havia acontecido horas antes veio de imediato à sua mente. Ele titubeou por um momento, parando no corredor. André percebeu a apreensão do amigo e apoiou a mão em seu ombro, a lhe dar forças. A porta estava destrancada; ao abri-la, o apartamento estava todo arrumado. Não havia o menor sinal de invasão. Colocaram novas fechaduras manuais e câmeras na sala. Parecia seguro.

— Não tenho como te agradecer, André. Não sei nem o que dizer...

— Dá uma checada em tudo. Veja se levaram alguma coisa importante.

Márcio passou a abrir gavetas, armários, procurando sentir falta de alguma coisa.

— Levaram meu computador. Acho que foi só isso.

— Tinha alguma coisa de valor ali?

Márcio lembrou de Ulrich e das orientações para não deixar rastros. Todo acesso ao site dele era feito pela internet. Não havia nada nos arquivos do computador. Estava limpo, nada encontrariam ali. Lembrou-se do acesso e do *token*, mas carregava ambos consigo o tempo todo. *Sorte*, pensou.

— Você tem ideia do motivo de alguém ter invadido seu apartamento? — Perguntou André.

Márcio balançou a cabeça. Não fazia ideia do que procuravam.

— Quer avisar a polícia? Fazer um boletim de ocorrência?

— Melhor não, André — respondeu, sabendo que não podia confiar em ninguém. — Você, mais do que ninguém, sabe que não adianta nada.

— Verdade, mas estou preocupado porque você virou um alvo e nem sabe por quê. Não pode se expor...

— Sei disso. Vou pensar em alguma coisa.

André consultou seu celular.

— Marcião, queria ficar com você aqui, cara, mas preciso ir. Vamos fazer o seguinte, mais tarde volto para dormir aqui hoje, ok?

— Não sei como te agradecer, cara. Pode ir. Estou seguro agora. Obrigado.

Ele deu um abraço no amigo, que se foi em seguida. Márcio aproveitou para trancar todas as portas. Precisava ter mais notícias. Procurou pela casa por um *laptop* antigo que tinha, e o encontrou no mesmo local em que havia deixado, todo empoeirado. *Serviria*, pensou. Ligou o computador, entrou na internet para buscar informações sobre o ocorrido. Era destaque em vários sites. Ao que tudo indicava, parecia ser mesmo um acidente, e a comoção era grande.

O local era a casa de uma fazenda de Ulrich, em uma cidade próxima a Cáceres, na mesma região do quartel, em Mato Grosso. Segundo o canal de notícias, todos os militares trabalhavam na mesma unidade, mas se referiam à outra, não a de comandos especiais. *Devem ter feito isso para não expor o quartel*, pensou.

Márcio ficou imaginando o que poderia ter se passado. Nesse momento, lembrou-se de Cezar. Pensou que ele não poderia ficar ali sem a proteção de Ulrich. Precisava ajudá-lo de alguma forma, mas como? Sentiu uma necessidade de consultar o site para checar se Ulrich havia passado alguma orientação, ainda que achasse pouco provável. No entanto, se ele estava se aposentando naquela festa, então deveria ter imaginado alguma coisa, como havia adiantado a Márcio que faria.

Abriu o site. Encontrou uma nova mensagem que não havia notado antes. Era um vídeo que Ulrich fizera de si mesmo.

> *Márcio, nesse momento sei que deve estar confuso. Se você está vendo esse vídeo, já sabe que não estarei mais do seu lado.*
>
> *Tudo que te falei na conversa que tivemos foi sincero. Não menti para você. A única coisa que omiti e que acredito que você desconfiava era que não havia tempo para mais nada. Precisei fazer o que fiz. Era a única maneira de eliminar, ao mesmo tempo, todos que sabiam de Cezar e, com isso, afastar a SafeLife.*

Adiantei minha aposentaria para poder dar uma festa de despedida e, se você está vendo este vídeo, o resto da história você já sabe.

Cada pessoa naquela casa tinha responsabilidade sobre as torturas às quais Cezar foi submetido desde sua prisão. Ninguém ali era inocente.

Saber disso não aliviou minha culpa em tomar a decisão que tomei. Não me sinto no direito de julgar ninguém, não posso, mas há muitos anos fiz uma promessa a mim mesmo e a Cezar de que iria libertá-lo. Suportei o peso da culpa durante esses anos todos porque acreditei que cumpriria minha promessa e que essa seria uma forma de compensar meus erros.

Lamento que as coisas tenham tomado esse rumo. Não me identifico com a pessoa que cometeu esses crimes e sinto vergonha das coisas que fui capaz de fazer em minha vida. Se pudesse, faria tudo diferente.

A única esperança que trago comigo nesse momento tão difícil é a de poder permitir a Cezar viver um pouco daquilo que eu ajudei a roubar de sua vida. Me perdoe. Você precisa ter forças e seguir em frente, caso contrário, tudo que fiz terá sido em vão.

Você encontrará nos arquivos do site uma pasta com a decisão final da junta militar admitindo o erro por não ter competência para julgar o caso. Você deve receber o documento original em sua casa daqui a alguns dias. Encontrará também toda a documentação necessária da qual poderá precisar, incluindo uma nova autorização para entrar no quartel, agora como advogado. Você precisa retirar Cezar do quartel o mais rápido o possível. Tive bastante cuidado para pensar em todos os detalhes, incluindo o fato de você arriscar uma carreira promissora para defender Cezar.

Sei que não é o que importa para você, mas estão nos arquivos também os dados da conta na Suíça da qual te falei. Sempre foi minha intenção deixar o que havia nela para você e para Cezar. Nela, encontrará valores que lhe permitirão viver com conforto, sem sequer precisar advogar de novo, se esse for seu desejo.

Uma das coisas que mais lamento nesse momento é não poder estar ao lado de vocês dois e de não podermos estar juntos no momento da libertação de Cezar. Lamento também não ter tido a oportunidade de conhecê-lo melhor. Sinto que teríamos sido grandes amigos. Você é uma pessoa especial, assim como Cezar, e tem um grande coração. Não desperdice sua vida como eu desperdicei a minha. Viva intensamente cada momento sem ter motivos para se arrepender.

Viva uma nova vida.

Quando o vídeo terminou, Márcio permaneceu por um tempo olhando para a imagem congelada de Ulrich na tela. Ele jamais poderia concordar com uma atrocidade como aquela cometida, mas queria acreditar que aquele não era Ulrich, mas sim alguém movido pelo desespero e pela culpa. Sentiu um enorme remorso por ter duvidado dele por um momento sequer. Ulrich planejara tudo aquilo há muito tempo. As coisas pareciam agora se conectar.

Fechou o vídeo do general e procurou nos arquivos o parecer da junta militar. Conseguiu localizá-lo junto à petição que ele havia elaborado requerendo a anulação do processo e localizou também a autorização que precisava para entrar no quartel.

Tinha material suficiente para solicitar um *Habeas corpus,* pedindo para que Cezar fosse libertado. Pensou mais uma vez nele, pois estava muito preocupado. O melhor seria viajar para encontrá-lo. O fato de Adriana ter ido embora facilitava as coisas para ele. Seria difícil ficar naquele apartamento sem ela e, ao mesmo tempo, talvez fosse mesmo mais seguro mudar de ambiente, como ele havia dito que faria. Entrou na internet e conseguiu comprar uma passagem para o mesmo dia. Jogou algumas roupas em sua mala e disparou rumo ao aeroporto.

Estava ofegante, apressado; precisava resolver as coisas logo. Na televisão do aeroporto, ainda falavam das mortes na casa de Ulrich. A notícia dizia que ele seria enterrado em Cuiabá com honras militares. Márcio sentiu que precisava vê-lo pela última vez, então tratou de ajustar seus compromissos e incluiu aparecer no enterro. Daria tempo.

Estava na hora do seu voo. Entrou no avião e sentou-se. Teria algumas poucas horas para descansar e tentar se recompor para seguir em frente.

O voo chegou em Cuiabá no horário marcado. Já esperava pelo calor de caldeira, então não houve surpresa quando se abriu a porta do avião como da primeira vez, e já se sentia um pouco local. Ao descer, procurou o setor de informações para saber onde seria enterrado Ulrich. Ao ligar seu celular, recebeu várias mensagens de Carlos e Giulia pedindo para que ele entrasse em contato. Decerto desejavam saber se ele tinha alguma informação sobre o caso. Pegou um táxi e foi direto ao cemitério. Durante o caminho, pensava em como alguém que conhecera por tão pouco tempo poderia ter causado um impacto tão grande na sua vida.

O carro parou no estacionamento. Márcio caminhou por suas ruas arborizadas em direção ao local onde o velório ocorria. As lápides eram simples, dispostas como placas sobre um grande gramado. Não havia sepulturas, o que conferia ao local um ar de tranquilidade. O silêncio só era quebrado por algumas cerimônias discretas com poucas pessoas a enterrar seus entes queridos.

O local do velório, ao contrário do resto do cemitério, estava agitado, repleto de militares, todos com suas fardas pomposas, além de repórteres e curiosos. O caso ficou famoso devido à grande cobertura dada pela imprensa. A comoção era enorme, de tal forma que Márcio, por um momento, receou entrar nas filas que se formavam para a última despedida. Ele aproveitou a presença de curiosos e se infiltrou, fingindo ser um deles. As pessoas passavam pelo caixão aberto, que estava cercado por fitas de isolamento que impossibilitavam a aproximação.

A fila era organizada por alguns militares, que impediam sua parada. Márcio passou por Ulrich sem poder tocá-lo, enquanto ouvia ao redor comentários de pessoas que não o conheciam. Aproveitou para juntar as mãos durante sua lenta caminhada e rezar por ele para que encontrasse a paz que tanto buscava. No final, já um pouco mais distante, olhou para o caixão, onde enxergava apenas parte de seu rosto, e falou baixinho para si mesmo:

— Adeus, Ulrich.

Antes de ir embora, sentou-se em um local calmo de frente a um jardim, segurou seu celular e ensaiou uma ligação para Carlos. Devia satisfações a ele e não sabia como iria abordá-lo. Tomou coragem e ligou.

— Dr. Carlos? — Disse Márcio, com a voz um pouco trêmula.

— Márcio? Liguei várias vezes, estava tentando falar com você...

— Eu estava em voo e não pude atender.

— Em voo? Onde você está? — Perguntou Carlos, surpreso.

— Em Cuiabá.

— Cuiabá? O que está fazendo aí? Soubemos todos da trágica morte de Ulrich. Lamento o ocorrido, muito triste mesmo. — Fez uma pausa. — O que você pretende fazer? A Giulia me liga a toda hora.

— A morte de Ulrich, sem dúvida, causou grande impacto, mas, analisando friamente, já estou no caso do rapaz e acredito que esse seja o interesse do escritório e da Giulia, correto?

— Sim, esse sempre foi nosso objetivo. Descobrir a razão do interesse da SafeLife nesse caso.

— Então seguirei na condução do caso como antes. Ficarei algum tempo entre São Paulo e Cuiabá, mas estou aqui para agilizar esse processo.

— Perfeito, Márcio, confio em você. Irei comunicar Giulia sobre a sua decisão.

— Obrigado, Dr. Carlos. Manterei contato.

Apesar de ter ficado decepcionado consigo mesmo por esconder tantas coisas de Carlos, sabia que eles não poderiam ter acesso àquelas informações. Agora teria que correr para ir até Cáceres encontrar Cezar, mas antes precisava avisar a André que havia viajado, pois ele ficaria preocupado se não encontrasse Márcio em casa.

André, precisei viajar para Cuiabá. Coisas do trabalho. Estou bem, fique tranquilo. Mais tarde converso contigo. Abração.

Pela manhã, Márcio estava pronto na frente do hotel às 8h. Havia conversado com Bernardo, o taxista que o trouxera da rodoviária na noite anterior, e combinaram que ele o levaria até o quartel. Ficou surpreso ao descobrir que Bernardo conhecia bem o local. Era uma instalação militar bastante antiga que eles chamavam de "Lameiro", porque antes de construírem o quartel era quase impossível chegar até lá, por causa da lama. Algumas vezes transportava militares para lá. O carro de Bernardo parou em frente ao hotel. Em vez do carro que usara na noite anterior, ele dirigia uma picape 4x4. Percebendo a mudança, em tom de brincadeira, Márcio zombou:

— Bom dia, Bernardo. Esse carro chega lá?

— Da última vez, parou no caminho e terminei a cavalo — respondeu o taxista, topando a brincadeira.

Ele conhecia toda a região como a palma de sua mão. Quando estavam próximos, Márcio tentou saber um pouco mais sobre o quartel.

— Você conhece bem a história desse quartel? Me contaram algumas coisas sobre ele — disse Márcio, tentando puxar assunto. Tinha reparado que Bernardo era proseador. Não teria que se esforçar muito.

— Minha família é toda dessa região. Cresci aqui. Onde hoje é o quartel, não havia nada, como disse ao senhor ontem. Aí começaram a construir. Eu era criança e me lembro. Os militares ficavam o tempo todo na cidade, mas ninguém sabia o que estavam fazendo lá. O povo dizia que seria um quartel de fronteira, mas era tudo suposição. Acho que demoraram uns cinco anos para finalizar a primeira parte. Era barro que não acabava mais e levar os caminhões para lá era muito difícil. Depois que fizeram essa primeira parte, nunca mais ninguém soube de nada. Não conheço nenhum militar de lá que seja da cidade. Todos vêm de fora. Fazem um mistério danado e, quando a gente pergunta alguma coisa, mudam de assunto. — Ele falava com simplicidade sobre o lugar.

— E você não tem a menor ideia do que acontece lá dentro? — Questionou Márcio, testando seus conhecimentos.

— Mas o doutor não está indo para lá? — Emendou ele, sendo mais esperto que Márcio. — Depois que descobrir pode até contar para a gente.

Márcio disfarçou um sorriso, no momento em que o carro se aproximava da primeira guarita.

Ao ser parado, apresentou sua documentação. O soldado voltou para a guarita e, logo em seguida, retornou com o papel em mãos, o devolvendo para Márcio e autorizando sua entrada. Orientou Bernardo a deixá-lo na segunda cancela e retornar.

Na segunda cancela, Márcio desceu e foi revistado. Recolheram seu celular e pediram para que aguardasse um jipe vir buscá-lo. Enquanto isso, liberaram Bernardo para que retornasse. Márcio perguntou ao soldado como faria para retornar ao hotel, porque não havia combinado nada com Bernardo. O soldado lhe disse que as ordens eram para providenciar o transporte de volta, entregando-lhe um novo crachá para usar nas dependências do quartel. Na hora, Márcio lembrou de Ulrich e seu jeito meticuloso. Ele, com certeza, havia pensado em tudo e deveria ter usado aquele tempo em que Márcio aguardava o retorno de suas mensagens para deixar tudo pronto. Cada detalhe.

O jipe chegou à guarita, buscou Márcio e o levou para onde ele orientou, o centro de pesquisa. Lá chegando, agradeceu ao soldado e correu para a porta de entrada, acessando com seu crachá recém-recebido. Já na parte de dentro e bastante ansioso, perguntou por Cezar. O soldado nada sabia dele, então foi consultar. Naquele momento, sentiu um desespero. *Já haviam levado Cezar embora*, pensou. O que ele faria então? Pouco tempo depois, o soldado respondeu:

— Dr. Márcio, não há nenhum Cezar aqui.

— Não é possível, estive aqui com ele pouco tempo atrás. Por favor, verifique de novo — pediu.

O soldado, meio sem saber o que fazer, se justificou a ele.

— Todos os setores sofreram mudanças. Estou aqui desde ontem. Nunca vi esse Cezar que você procura.

O que estava acontecendo? Para onde Cezar havia sido levado?

— Será que algum outro soldado poderia te ajudar com essa informação? — Tentou Márcio.

— Pode ser que algo tenha acontecido com ele. Vou ligar para o hospital da base, checar se ele foi encaminhado para lá.

Márcio ficou ainda mais nervoso. Por que teriam levado Cezar para o hospital? Teria acontecido algo mais grave com ele? O soldado conversava pelo telefone com alguém de lá e, ao desligar, informou:

— Dr. Márcio, tem, sim, um paciente lá chamado Cezar. Acho que é quem o senhor procura. Quer que eu chame uma viatura pra te levar?

Márcio agradeceu e lembrou que não era longe, então iria a pé. Saiu de lá e retornou pela estrada até avistar o hospital de base. Quando entrou, mal conseguia falar para se anunciar, pois faltava o ar.

— Estou procurando pelo paciente Cezar Tavares — disse Márcio.

O soldado consultou seu sistema, pediu a documentação de Márcio e disse que ele se encontrava no apartamento nove, subindo a escada à direita. Márcio agradeceu e se dirigiu ao quarto.

Subiu a escada conforme as orientações do soldado. O hospital era antigo, mas, como em todas as instalações militares, a limpeza era notável. O piso do corredor era um mosaico de cacos vermelhos intercalados com outros, amarelos e pretos. Havia pouca iluminação natural, e o pé-direito alto com lâmpadas amarelas escurecia o ambiente. No corredor, ficavam alguns carrinhos de suporte encostados nas paredes, todos pintados de branco, o que dava a impressão de que ele andava por um cenário de um filme antigo. Não se lembrava qual fora a última vez em que vira algo assim. Márcio recordou-se da varanda da fazenda de seu avô, que tinha algo similar. O corredor estava deserto, parecia não haver ninguém lá.

Ele chegou à frente da porta do quarto de Cezar e entrou. Contrastando com o escuro do corredor, a luz se fez presente por uma enorme janela aberta em um dia ensolarado. Cezar estava na cama, assistindo sozinho a uma televisão em um apartamento confortável. Foi o momento mais surreal que pudera viver até ali. Ulrich deveria estar no céu rindo da cara dele. Como conseguira fazer tudo aquilo?

Márcio aproximou-se dele e os dois se abraçaram. Cezar chorava muito, então Márcio soube que ele já estava a par de tudo.

— Por que ele fez isso? — Perguntou Cezar. — Combinamos que ele aguardaria a junta militar pelo tempo que demorasse. Por quê? — Ele sofria muito.

— Ulrich me deixou uma mensagem, Cezar.

— O que ela dizia? — Questionou, interrompendo o choro por um momento.

— Ele sabia que não tinha teria tempo para te tirar daqui. Quando estive aqui com ele, me disse que existia um grupo de militares que sabia do seu caso e que negociou sua transferência com a SafeLife, então era questão de tempo até te tirarem daqui. Além disso, ele seria aposentado por tempo de serviço. Na verdade, ele já tinha tudo planejado há algum tempo.

— Eu sabia da existência do grupo desde o início, mas nunca imaginei que ele faria o que fez.

— Cezar, Ulrich tinha acesso a muitas informações. Parece que ele tinha acesso a quase tudo. Ele não poderia simplesmente deletar seu caso? — Perguntou Márcio.

— A minha presença aqui, como um preso, é uma informação compartilhada com vários setores. Meu processo está todo na Justiça Militar. Dois oficiais daquele grupo eram juízes do tribunal militar, mas havia outros no mesmo tribunal que não sabiam de nada. Para eles, eu era um preso comum e não havia como sumir com os registros do meu caso. Muita gente teve acesso a ele. Ulrich conseguiu eliminar todos que sabiam sobre a minha condição clínica especial, sobre as experiências, mas ainda sou um criminoso perante a lei. A junta militar incumbida de analisar meu caso, essa, sim, era toda composta somente por membros do Grupo dos Vinte e Cinco. Eles jamais deixariam que outros militares participassem dela.

— Como você sabia quem fazia parte da junta militar? — Questionou Márcio, surpreso.

— Ulrich me disse. Ele estava preocupado por saber que eram os mesmos que sabiam tudo sobre mim. Tentava disfarçar, mas parecia achar pouco provável que eles julgassem e liberassem meu caso. Se isso acontecesse, todos seriam punidos, inclusive ele. Acho que, no fundo, Ulrich sabia que a única saída era eliminar todos de uma única vez e aguardou a oportunidade para isso. Ninguém será punido agora. Não sobrou ninguém.

— Ulrich conseguiu que o grupo assinasse a decisão da junta. Você tem ideia como ele fez isso?

— Eles devem ter sido forçados. Ele pensou em tudo e acredito que tinha elaborado esse plano há muito tempo. Eu sabia de quase tudo que ele planejava, mas nunca imaginei que ele faria o que fez. Sempre me fez crer que aguardaria a decisão da junta. Acredito que ele sempre soube que precisaria eliminar a todos, inclusive a si mesmo.

— Mesmo sem concordar com as escolhas que ele fez, temos que seguir em frente. Ulrich deixou claro que esse era o desejo dele. Precisamos estar agora mais unidos do que nunca. Vou tirá-lo daqui o mais rápido o possível.

Cezar ficou calado. Olhava para o chão, sentado em sua cama, sem esboçar maior reação. Era evidente seu sofrimento.

— Antes de vir para Cáceres, eu fui ao enterro de Ulrich. Senti que precisava me despedir dele. Havia muita gente lá. Fizeram uma fila para as pessoas poderem dizer adeus.

— Ele merecia — respondeu Cezar, com o olhar fixo no chão.

— Analisei detalhadamente seu caso. Vou entrar com um pedido de *Habeas corpus*, solicitando sua libertação. O caso foi julgado por um tribunal militar, que não tinha competência para fazê-lo. Acontece que, no momento em que eu encaminhar o pedido de soltura, apresentando o parecer da junta militar que reconhece o erro sobre ter julgado indevidamente seu caso, o juiz deverá remetê-lo para análise da promotoria. Isso poderá determinar que um novo processo seja instaurado na Justiça Comum e, como seu crime não prescreveu, você poderá ser julgado de novo. Está preparado para enfrentar um novo julgamento?

Cezar ainda permaneceu calado por um tempo, mas depois disse:

— Sim, tudo que desejo é sair daqui. Sem Ulrich para me proteger, estou vulnerável.

— Verdade. Por isso, preciso voltar. Corremos contra o tempo. Acredito que você ficará bem aqui. Estou mais tranquilo. Voltarei para Cuiabá e tentarei obter a liminar. Tentarei uma audiência com o juiz. A única preocupação que tenho é que não conseguiremos manter contato. Se algo ocorrer, não saberei.

— Conhecendo Ulrich como conheço, pode ir tranquilo. Estarei seguro aqui até você resolver as pendências em Cuiabá — garantiu Cezar. Em seguida, se abraçaram mais uma vez e Márcio saiu.

Na recepção do hospital, ele pediu uma viatura para levá-lo de volta ao hotel, conforme a orientação que o soldado da segunda guarita lhe passara. Em pouco tempo já estava a caminho. Retornaria para Cuiabá no mesmo dia, onde ficaria até ter uma solução sobre seu recurso.

Conversou com o soldado encarregado de levá-lo até a cidade e pediu para que ele fosse ao hotel e aguardasse, porque Márcio seguiria até a rodoviária. Era o tempo de pegar suas coisas e fechar a conta. O soldado concordou e assim fizeram.

Havia escolhido ficar em um local próximo ao tribunal, imaginando que teria que ir até lá muitas vezes. Havia passado a noite estudando o caso de Cezar, estava cansado, mas não poderia perder tempo, pois se programou para ir ao tribunal ainda naquela manhã.

Estava quente como sempre, parecia que nunca chovia por lá. Ao chegar ao tribunal, pediu uma audiência, para a qual foi orientado a seguir todo o protocolo. Deveria solicitá-la ao juiz, que a marcaria tão logo analisasse o pedido. Márcio sabia de todo esse trâmite, mas tinha a expectativa de conseguir conversar com ele de forma menos burocrática. Tendo isso em vista, pegou todos os dados do magistrado e resolveu pedir ajuda. Às vezes, os advogados faziam isso e, não raro, conseguiam conversar com juízes amparados por relacionamentos próximos.

Precisaria do auxílio de Carlos. Não passaria maiores detalhes, apenas pediria para ele tentar interceder de alguma forma. Ligou para ele, disse onde estava e, sem se aprofundar, perguntou se tinha algum conhecido no tribunal de Cuiabá, pois queria dispor de trinta minutos para conversar com o juiz, nada mais que isso. Carlos pediu o nome dele e ficou de retornar em seguida.

Márcio foi caminhar pela região enquanto aguardava uma resposta. Se não houvesse jeito, aguardaria a audiência pelos meios convencionais. Sua maior preocupação era deixar Cezar ali no quartel. Imaginou que, a qualquer momento, alguém poderia se aprofundar um pouco mais no caso dele e descobrir as fragilidades. Sumiriam com ele no mesmo dia. O que Márcio desejava era informar ao juiz que Cezar corria risco em permanecer no quartel, que precisaria ser retirado de lá com urgência.

Havia passado pouco mais de uma hora quando Dr. Carlos telefonou. Ele havia conseguido um contato em comum, já haviam ligado para o juiz e ele receberia Márcio. Agradeceu a Carlos, que se colocou à inteira disposição para o que fosse necessário. Retornou ao tribunal, anunciou-se e aguardou ser chamado.

A recepcionista lhe informou que o juiz havia pedido que ele aguardasse um pouco e que, em breve, iria atendê-lo. Assim foi; pouco tempo depois, ele foi chamado para a sala de audiência do juiz Américo. Como já estava habituado, Márcio entrou na sala se apresentando. Era uma sala de audiência simples, com uma mesa com seis cadeiras dispostas em volta e o juiz em outra mesa, na ponta, escondido atrás de um monitor de computador. Ele se levantou e cumprimentou Márcio.

— Bom dia, Dr. Márcio. Tive a oportunidade de conviver com seu pai por um tempo. Fiquei muito triste quando ele se foi.

— Bom dia, Excelência. Ele faz muita falta.

— Sem dúvida, tinha uma grande admiração por ele. — A fama de seu pai atravessava estados, mas o meio jurídico era um mundo pequeno. As pessoas se conheciam. O fato de ele conhecê-lo já lhe dava uma vantagem em ser ouvido. Era tudo o que precisava, uma oportunidade e, a partir dali, sabia o que deveria fazer. — Em que posso ajudá-lo? — perguntou Américo, franzindo a testa e olhando para Márcio por cima de seus óculos de leitura.

Márcio sentou-se e passou a narrar todas as irregularidades do processo e de sua enorme preocupação em manter Cezar no quartel. Américo ouvia com atenção, vez ou outra interrompendo para perguntar alguma coisa, alternando sinais de preocupação e indignação. Ao final, analisou alguns documentos que Márcio trazia consigo, refletiu longamente e passou a discutir com ele algumas possibilidades, tentando ajudar. O caso era inédito, então teriam que trabalhar muitas vezes no campo das conjecturas. Em determinado momento, concluiu algumas análises:

— Dr. Márcio, na verdade, ainda não temos um caso. Esse processo não está aqui. Ainda que seja evidente sua irregularidade, ele ainda não existe para mim. O fato de termos uma decisão de uma junta militar reconhecendo um erro por ter julgado um caso sem competência para fazê-lo torna todo o processo nulo, o que já deveria ter provocado a soltura do réu. A sua manutenção na prisão constitui praticamente cárcere privado, já que o aprisionamento não decorre de uma decisão da Justiça Militar. Pensando assim eu sou competente para conceder a ordem de *Habeas corpus.*

— Cheguei à mesma conclusão, Excelência — disse Márcio, acompanhando o raciocínio de Américo.

— Por outro lado, ocorre que o crime existiu e não posso simplesmente conceder a ordem de *Habeas corpus* sem ter certeza de que não estou colocando em risco a ordem pública. Esse caso teria que ser encaminhado à promotoria, para que ela decida se deve ou não pedir a instauração de um processo na Justiça Comum.

— Excelência, já imaginava que isso ocorreria. Minha maior preocupação é o rapaz permanecer detido irregularmente no quartel correndo riscos, já que a deflagração desse caso compromete vários militares.

Américo silenciou por um momento como que a concordar ao mesmo tempo que buscava alguma alternativa.

— A única alternativa que vislumbro é conceder um *Habeas corpus* e ao mesmo tempo decretar a prisão preventiva. Isso já será suficiente para que ele seja retirado do jugo da Justiça Militar — disse o juiz.

Era tudo que Márcio desejava. Não havia como esconder sua satisfação.

— Sei que já abusei, Excelência. Agradeço imensamente, mas se eu entrar ainda hoje com esse *Habeas corpus*, o senhor o concederia?

— Sim, Dr. Márcio, entre com a ação e eu tomarei as providências para que o promotor requeira a prisão preventiva. Assim as duas ordens serão cumpridas ao mesmo tempo e ele deverá ficar recluso em uma delegacia de Cuiabá. Estará seguro fora do quartel e teremos mais tempo para analisar o caso.

— Excelência, poderia incluir *Habeas corpus* com auxílio de força policial? Tenho certeza de que teremos problemas com os militares.

— Não sou favorável ao uso de força policial para cumprimento de ordem judicial, mas, já que estamos lidando com um quartel tão distante, concederei.

Márcio agradeceu a Américo e se despediu. A felicidade dele era enorme. A primeira grande batalha estava vencida.

Ainda que Cezar permanecesse em uma delegacia, estaria fora de lá e em local seguro. Dirigiu-se ao hotel para redigir o pedido de *Habeas corpus*. Teria que ser rápido, mas, ao mesmo tempo, não poderia cometer erros, ou a medida não seria concedida. Sabia que tinha o apoio de Américo, mas ele não assumiria riscos em seu lugar. Aquele era o momento de mostrar tudo o que sabia, de mostrar que todas as privações que tivera em sua vida em nome de sua carreira não haviam sido em vão.

As palavras saíam com facilidade da sua mente para o teclado. Márcio estava confiante de que conseguiria. Aquele era o principal momento em que ele advogava para valer para Cezar e Ulrich. Sentiu a presença dele, como se estivesse lá, observando-o e a inspirá-lo. Sem perder tempo, imprimiu o documento e o levou até o tribunal para também protocolá-lo, deixando claro que o juiz Américo o aguardava. Sentou-se por ali para esperar.

Américo me disse que o concederia até o final do dia e não estava brincando, pensou Márcio. Já haviam se passado algumas horas, e ele ainda aguardava. Não podia reclamar, o fato de conseguir um *Habeas corpus* naquelas condições era quase um milagre.

Em alguns momentos, levantava-se para esticar as pernas; em outros, voltava a se sentar. Olhava o celular e relia as notícias, que já lera algumas vezes. Checava mensagens, e-mails. Tinha receio de sair para tomar um café e ser chamado, então preferiu ficar por ali mesmo.

Eram 17h30, final de expediente de uma quinta-feira, quando foi chamado. Informaram a ele que o pedido havia sido concedido pelo juiz Américo. Márcio pediu uma cópia para poder apresentá-lo na delegacia. Não teve como agradecer a Américo, porque ele já não estava mais lá.

Pelo horário, não conseguiria fazer mais nada naquele dia. Teria que voltar a Cáceres pela manhã, procuraria uma delegacia e seguiria para o quartel para retirar Cezar de lá.

Já fazia mais de uma hora que Márcio aguardava pela definição do delegado. Todo o esforço de ter alugado um carro e viajado de noite para ganhar tempo parecia ter sido inútil. Mesmo tentando disfarçar, o delegado ficou abalado quando ele lhe apresentou a decisão judicial.

O homem ficou em pé lendo o documento por um tempo muito maior do que seria necessário para entendê-lo. Movimentava levemente a cabeça para a frente e para trás, sem dar pistas se aquilo era um sinal de concordância ou não. Depois, sem dizer nada, pediu licença e se foi.

Márcio não tinha o dia todo e já ficava sem paciência. Procurava se distrair olhando o movimento de pessoas que entravam para fazer ocorrências de pequenos problemas. Uma batida de carro; uma mulher que veio fazer queixa de um vizinho. Imaginava, pelo nível dos problemas que chegavam, como o delegado deveria estar aflito.

Achou melhor descobrir o que estava acontecendo. Conversou com o policial que fazia os atendimentos e perguntou pelo delegado. Ele estava ocupado com um telefonema e apontou para o final do corredor. Márcio entrou na sala dele, o assustando e o fazendo levantar em um pulo. Parecia não estar se esforçando muito para resolver o problema.

— Desculpe, delegado, mas preciso cumprir a determinação do juiz. Posso ajudar com alguma coisa? — Perguntou, tentando ser um pouco mais incisivo.

O delegado não conseguia disfarçar o medo que sentia.

— Verifiquei o *Habeas corpus* e está tudo correto. Estava tentando falar com alguém do quartel, mas não consegui. — Ele gaguejava o tempo todo.

Márcio achou por bem tomar as rédeas do negócio.

— Delegado, não vejo necessidade de comunicar o quartel. Com qual intenção? Temos que pegar uma viatura e ir até lá. Ponto final.

— O doutor não é daqui e não conhece muito bem as coisas. Não é tão simples assim — disse, tentando se justificar.

Márcio teria que ser ainda mais incisivo.

— Bom, delegado, se o senhor não deseja cumprir a determinação judicial, eu vou retornar para Cuiabá, porque não posso ficar aqui o dia todo esperando. Comunico ao juiz, e ele deverá encontrar alguma outra solução — replicou, dando a volta, insinuando que estava de partida.

— Espere, Dr. Márcio. Certo. Me dê quinze minutos para eu acertar quem irá comigo.

Márcio concordou e voltou a esperar. Parecia que a bronca tinha surtido efeito. Em vinte minutos, saíram da delegacia. O delegado pediu um favor a ele; disse que, se houvesse qualquer tipo de resistência, eles iriam embora. Márcio ouviu calado, sem concordar ou discordar.

Ao chegarem ao quartel, pararam na primeira guarita, mas, desta vez, não foram autorizados a seguir.

O comandante do quartel foi chamado e eles teriam que aguardá-lo. Pouco mais de quarenta minutos depois, o homem apareceu com cara de poucos amigos. Era um tenente-coronel. Seu nome militar era Melheiros. Vestia um uniforme camuflado e aparentava cinquenta e poucos anos. Márcio, que já estava bastante familiarizado com as rotinas militares, estranhou ser um tenente-coronel o comandante em exercício, afinal, andavam coronéis e generais por lá o tempo todo; o próprio Ulrich era general.

Lembrou do Grupo dos Vinte e Cinco e logo imaginou que a baixa deveria ter sido grande para o quartel. Ele deveria ter sido recém-empossado e, com certeza, estava com medo de tudo, porque sobre ele pesava enorme responsabilidade após a morte de todos os oficiais.

O coronel Melheiros então perguntou ao delegado do que se tratava e este disse que estava cumprindo a decisão de um *Habeas corpus*, estendendo o documento para que pudesse ser analisado. Coronel Melheiros o tomou em mãos, leu algumas vezes e disse ao delegado que não poderia tomar aquela decisão sozinho, ainda mais diante do caráter atípico da situação. O delegado concordou sem hesitar e disse que ficasse à vontade para checar enquanto eles aguardariam ali. Ficava claro que não queriam nenhum tipo de enfrentamento com os militares e, por isso, todos pisavam em ovos.

O coronel pegou sua viatura e retornou para a base, portando o documento. Márcio aproveitou sua ausência, virou-se para o delegado e perguntou:

— Doutor delegado, sei que estamos agindo de maneira amistosa aqui, evitando atritos, mas não preciso lembrá-lo que a decisão judicial é para ser cumprida, correto?

— Sei disso, Dr. Márcio, mas não estamos lidando com uma briga de família aqui. Se houver resistência, não temos muita coisa a fazer nesse momento, não com um grupo tão pequeno.

Márcio concordou, mas achava que o delegado assumia uma postura muito passiva, o que não ajudaria a tirar Cezar de lá. Depois de mais de duas horas, o comandante Melheiros retornou e devolveu o documento.

— Não fui autorizado a cumprir essa ordem judicial — informou.

Era tudo que eles temiam. O delegado Peres ainda tentou negociar.

— Coronel, estamos aqui cumprindo a lei. Temos a ordem de um juiz determinando levar esse rapaz.

— Entendo, delegado, mas ele não sairá daqui — disse o coronel, colocando um ponto final no assunto.

Márcio percebeu que deveria agir e disse a ele, já de costas e se afastando:

— Coronel! — Ele se virou sem se aproximar, em uma atitude de desprezo. — Coronel, meu nome é Márcio, sou o advogado de Cezar Tavares. Gostaria de lhe mostrar um documento que não lhe foi apresentado. — Puxou de uma pasta que carregava a decisão proferida pela junta militar e mostrou a ele. O coronel deu meia-volta e voltou a se afastar sem dar a menor atenção a Márcio. Então, ele teria que blefar, não tinha nada a perder. Elevou seu tom de voz para ser ouvido. — Coronel, tenho em minhas mãos uma decisão proferida por uma junta militar declarando que o julgamento de Cezar por tribunal militar é totalmente irregular. Entre outros, assinam essa petição o comandante anterior dessa unidade. Tenho certeza de que, se o coronel não se interessar, talvez a imprensa se interesse.

O coronel interrompeu o caminhar, virou-se e acelerou o passo em direção a Márcio, com postura agressiva.

— Você tem noção do que está fazendo?

Ao notar a forma como ele se aproximava, Márcio estendeu a decisão para o oficial, que parou em frente a ela.

— Acredito que o coronel deveria ler.

Melheiros interrompeu seu rompante de raiva e emudeceu-se diante do documento estendido. Então, de forma bruta, arrancou o papel da mão de Márcio e pôs-se a ler o documento. Logo em seguida, disse:

— Preciso voltar e consultar meus superiores.

Márcio decidiu que deveria continuar pressionando, pois tinha receio que se os militares tivessem muito tempo para analisar tudo, poderiam questionar sua validade, e isso poria tudo por água abaixo. Ele teria que blefar até o fim.

— Não temos o dia todo, coronel. Sairemos em dez minutos, com ou sem Cezar. Com ele, com certeza, será melhor para todos.

Melheiros estava num impasse, ficou sem ação, sem conseguir esconder o medo que sentia.

— Deixe ao menos ligar para meu superior. Não demorará, ligo daqui mesmo.

Márcio concordou com a cabeça. O coronel se afastou um pouco e pegou o celular, procurando cobrir com a boca para não ser ouvido. Gesticulava o tempo todo, enquanto andava de um lado a outro. Por vezes, chutava com raiva o chão enquanto aumentava o tom de voz. Finalizou a ligação e se dirigiu ao delegado, negando reconhecer a autoridade de Márcio e ainda ignorando sua presença.

— Delegado, autorizaremos a saída do rapaz com uma condição. Que ele permaneça na delegacia de Cáceres e não seja levado para Cuiabá, como determina o *Habeas corpus*, até a chegada de um grupo de oficiais amanhã — informou.

O delegado olhou para Márcio, que consentiu com os olhos, evitando falar para não piorar sua situação. Melheiros então ordenou de forma ríspida a um dos soldados para que trouxesse Cezar, enquanto permanecia estático, encarando Márcio, que evitava cruzar olhares com ele. Em pouco tempo, já se avistava a viatura descendo a estrada. Parou antes da cancela, descendo dela um soldado e, atrás dele, Cezar. Melheiros ordenou que o entregassem ao delegado Peres.

— Delegado, leve o detento para a delegacia de Cáceres. Amanhã, iremos para lá e o procuraremos.

Peres concordou, tratando de colocar, sem demora, Cezar no carro e ir embora antes que Melheiros mudasse de ideia. Ao partirem, Márcio deu um abraço no amigo.

— Não prometi que eu te tiraria de lá?

Peres quis ser mais realista.

— Pelo menos até amanhã — disse ele.

Márcio ficou em silêncio, então olhou para Cezar e deu uma piscadela seguida por um sorriso contido. Durantc o trajeto, Peres tecia comentários sobre a forma truculenta com que foram recebidos. Contava outras histórias de problemas semelhantes que tivera, mas sempre enaltecendo sua coragem, bem diferente do que havia revelado até então. Quando estavam próximos da delegacia, Márcio se dirigiu ao delegado e disse:

— Dr. Peres, espero que o senhor cumpra a ordem do juiz integralmente. Seguiremos hoje para Cuiabá.

Peres, que estava no banco do passageiro à frente, virou-se para trás em um movimento brusco e, gritando, retrucou esquecendo as formalidades.

— Você está louco! Acha que eu vou peitar um bando de generais?

Márcio, que já estava se acostumando a blefar, respondeu:

— Não acho que o doutor vá querer peitar uma ordem judicial. Se esse for o caso, irei comunicar o juiz que houve recusa do delegado em cumprir sua determinação. Pelo que conversei com ele, ainda hoje pedirá para buscar Cezar e mandará apurar crime de desobediência.

Peres não conseguia nem falar. Estava furioso, mas sabia que não tinha alternativa. Gritava com Márcio, dizendo que ele era um moleque, que não poderia ter dado sua palavra ao coronel, pois ele ficaria com todo o rescaldo do problema. Márcio ficou quieto, deixando-o esbravejar à vontade. Dera o seu recado.

Quando chegaram à delegacia, Peres ainda estava inconformado. Provocava Márcio o tempo todo, forçando seu descontrole; se isso ocorresse, sendo ele o delegado, teria como enquadrá-lo e seu problema estaria resolvido. Márcio, percebendo sua estratégia, permanecia calado, sem dar qualquer motivo a ele. Em sua última investida, Peres disse:

— Não levarei o rapaz para Cuiabá hoje. Você pode tomar a providência que achar adequada.

Ele estava apostando alto, acreditando que Márcio não teria como cumprir com suas ameaças. Usaria a desculpa de ter a intenção de levar Cezar no dia seguinte, caso fosse questionado. Havia colocado Márcio em um beco sem saída.

Agora era tudo ou nada. Não tinha mais o que perder e havia chegado até ali. Sabia que, se deixasse Cezar naquela delegacia, os militares chegariam no dia seguinte com uma cassação da liminar. Aquele era o reduto deles. Sabia também que, em Cuiabá, isso seria mais complicado, já que a exposição seria muito maior. Precisava ir até o fim, usar tudo que pudesse. Não pretendia desistir depois de chegar tão longe. Então pediu licença a Peres, afastou-se e ligou para Júlio, um grande amigo do escritório e colega de turma da faculdade. Em poucas palavras explicou a ele o que estava ocorrendo e pediu sua ajuda. Júlio, a princípio, se recusou, disse que Márcio estava louco, mas eles eram muito próximos e Márcio já o havia ajudado muitas vezes. Ele então pegou os dados que precisava e aceitou, temendo pelo pior. Márcio se aproximou de Peres e disse:

— Dr. Peres, estou com o juiz Américo ao telefone. Ele gostaria de falar com o senhor.

Peres não esperava por isso; ficou desconcertado. Pegou tremendo o celular das mãos de Márcio.

— Pois não, Excelência — disse, tentando manter a voz firme.

Do outro lado, Júlio iniciava a encenação.

— Dr. Peres, boa tarde. Dr. Américo.

— Pois não, Excelência. Em que posso ajudar?

— Acho que o Dr. Márcio não soube expressar a urgência desse caso como deveria. O Sr. Cezar precisa estar hoje em Cuiabá, impreterivelmente. A permanência dele aí implica em riscos para a sua segurança. Acredito que o doutor delegado não esteja a par dos detalhes.

Peres ainda tentava se esquivar.

— Excelência, o horário dificulta a ida agora, porque estou sem efetivo para isso. Não tenho como cumprir a determinação nesse momento, mas amanhã resolveremos tudo. Tem minha palavra.

— Entendo, Dr. Peres, mas infelizmente não poderemos seguir dessa forma. Se o doutor acha que não tem condições para cumprir a determinação judicial, providenciarei agora mesmo o deslocamento de uma equipe do Tribunal para buscá-lo, mas precisamos ter certeza de que realmente não existem condições para o cumprimento dessa determinação a fim de não incorrermos em crime de desobediência. O doutor sabe que não podemos causar uma mobilização desse tamanho sem que haja comprovada necessidade, correto?

Peres titubeou. Naquele momento, achou que o enfrentamento com os militares seria menos traumático do que enfrentar a justiça cuiabana. Descreveria a eles o que tinha ocorrido e diria que não teve alternativas, usando ainda seu pessoal como testemunha.

— Excelência, um dos meus policiais aceitou acompanhar. Fique tranquilo, darei um jeito para cumprir a determinação.

— Agradeço muito, Dr. Peres. Boa tarde.

Márcio ficou apreensivo. Era uma aposta alta que, se descoberta, não somente colocaria todo o caso a perder, mas também comprometeria seu registro de advogado, já que poderia ser até preso por falsidade. O alívio pela resolução era enorme. Com tudo resolvido, tentou amenizar um pouco a tensão com Peres.

— Dr. Peres, peço desculpas se não soube me expressar da maneira mais correta, mas o juiz, quando conversou comigo, já havia deixado bastante claro suas determinações. Também estou cumprindo o que me foi confiado.

Peres ouviu sem responder. Não estava convencido das boas intenções de Márcio. Agora, mais do que nunca, queria se livrar daquilo tudo. Mandou que preparassem tudo para seguir até Cuiabá, recusando a presença do advogado na viatura. Por conta disso, ele pediu para que Peres aguardasse enquanto buscava seu carro no hotel, porque precisaria estar junto ao seu cliente no momento da chegada. Peres consentiu a contragosto.

Chegaram a Cuiabá no final da tarde. Foram direto à delegacia encarregada de receber Cezar, conforme determinado. Peres pediu para que ele aguardasse enquanto procurava o delegado. Márcio tinha certeza de que ele contaria todo o ocorrido. O corporativismo era grande naquele segmento, então imaginou que não fariam sua vida fácil. Quando o delegado titular apareceu, suas suspeitas foram confirmadas. Ele foi rude, questionando tudo a todo momento. Permaneceram ali finalizando alguns detalhes e, quando teve certeza de que Cezar estava seguro, despediu-se dele.

— Você ficará bem, meu amigo. Assim que puder, eu o tirarei daqui, mas está seguro nesse local.

— Fique tranquilo — respondeu Cezar. — Nada pode ser pior do que o lugar onde eu estava. Estou bem, estou feliz e devo tudo a você. — Ele fez uma pausa enquanto observava Márcio de em jeito especial. — Sinto muito pelo sofrimento pelo qual você está passando, meu amigo. Queria poder te ajudar agora, mas tudo vai ficar bem.

Márcio olhava surpreso para ele. Era como se lesse sua alma. Não resistiu em perguntar.

— Cezar, quando te encontrei a primeira vez, senti algo muito forte e percebi, de alguma forma, que aquilo mexeu comigo. — Esperava ouvir dele alguma explicação, mas Cezar sorriu da mesma forma como fizera antes e deu um abraço no amigo.

— A vida é feita de trocas, Márcio — disse, baixinho. — Sou muito grato a você.

Márcio saiu de lá e retornou para o mesmo hotel em que ficara antes.

19 CUIABÁ, 21 DE JUNHO DE 2027

Quando Márcio chegou, parou em frente à cela de Cezar sem que ele percebesse sua presença. Ele estava sentado em sua cama com os braços apoiados nas pernas, de frente a dois policiais que estavam na outra cama da cela. Um dos homens gesticulava com os braços e falava alto, assistido por Cezar e pelo outro policial, que riam de sua história. Cezar por vezes fechava os olhos rindo, balançando a cabeça de maneira discreta, reagindo com leveza às aventuras absurdas que o policial descrevia. *Como isso é possível? Está aqui há apenas três dias e conversa com intimidade com dois policiais?,* pensou. Márcio começava a entender a admiração que Ulrich sentia por ele. Contemplar aquele sorriso até então ausente dava a certeza de que todo o esforço valera a pena. Estava ali, seduzido por aquela cena, quando, com o canto de olho, percebeu o delegado o chamando. Foi até ele.

— Bom dia, Márcio. Queria lhe pedir desculpas pela forma rude como recebi você e Cezar. Acabei comprando as dores do delegado de Cáceres, mas você cumpria com seu dever. Quanto ao rapaz, não sei se ele é culpado ou inocente, mas ninguém tinha o direito de fazer o que fizeram com ele, é mais uma vítima — disse, em tom baixo, deixando transparecer nos olhos todo o seu constrangimento.

— Fique tranquilo, Luís. Você agiu da maneira correta. Agradeço muito pelo que está fazendo por nós.

Márcio voltou para a cela de Cezar e, dessa vez, deixou-se perceber que estava lá. Cezar se levantou e apresentou os dois policiais com quem conversava. Logo em seguida, disseram ter um compromisso, apertando a mão de Cezar antes de sair. Márcio ficou surpreso pela forma como ele estava sendo tratado.

— Não sei como conseguiu isso, Cezar. O que você fez? — Perguntou, apontando com os olhos para a porta da cela, referindo-se aos policiais que tinham acabado de sair.

— Não fiz nada. Conversei com eles como converso com qualquer um — respondeu Cezar, fazendo sinal para se sentarem. — Você está com ar de preocupado. O que foi? — Questionou, percebendo a seriedade em seu semblante.

— Na verdade, não. Imaginei que teríamos algum tipo de problema com a Justiça Militar, pois eles estavam se recusando a entregar todo o processo para a Justiça Comum, mas estive no tribunal pela manhã e soube que encaminharam tudo. Alguém de dentro deve ter pressionado. Agora é aguardar a análise da promotoria. Isso vai demorar algum tempo, mas você estará seguro aqui.

— Mas parece que sua preocupação é outra... — Rebateu Cezar, tentando adivinhar.

— Verdade. Não tem como te esconder nada. Tenho evitado falar com a Adriana, para segurança dela. Não posso colocá-la em risco, mas tenho receio que ela ache que eu não a amo mais e acabe por me esquecer. Fico sem saber o que fazer.

— Tudo vai dar certo. Parece que estamos sendo provados. Temos que ser fortes.

O celular de Márcio vibrou em seu bolso; era André. Márcio se afastou um pouco para poder conversar com ele.

— Fala, André, tudo certo?

— Marcião, está em Cuiabá?

— Sim, estou ficando por aqui.

— Então, cara, a situação com aquela funcionária que te falei está ficando insustentável. Não sei mais como segurar a mulher, ela está surtando. Você acha que teu pessoal teria interesse em ajudá-la?

— Se conheço aquelas pessoas, a primeira coisa que perguntarão é como ela pode ajudá-los.

— Imaginei a mesma coisa. Ela disse que tem alguns arquivos que podem comprometer o novo Hope.

— E o que ela vai querer em troca?

— O que você acha? Ela está morrendo de medo da SafeLife. Vai querer dinheiro e ajuda para fugir junto com a família.

— Faz o seguinte, me passa todos os dados dela para que eu já valide algumas coisas. Aí vou procurar o pessoal lá de cima para saber se existe interesse e te aviso.

— Combinado. Te envio ainda hoje por e-mail. E você, como está, cara? Está se cuidando?

— Tá difícil sem a Adriana, André, mas não posso procurá-la. Tenho a sensação de estar sendo vigiado pela SafeLife o tempo todo e não posso colocá-la em risco. Ela tentou me ligar outro dia, mas não atendi. Espero que ela me perdoe depois que tudo isso acabar.

— Verdade. Força aí, irmão. Abraços.

Márcio retornou para a cela de Cezar e voltou a sentar-se próximo a ele.

— Aconteceu alguma coisa?

— Era meu melhor amigo, o André. Está precisando de minha ajuda. Acho eu vou ter que voltar para São Paulo para resolver uns problemas, mas não queria te deixar aqui sozinho.

— Estou bem aqui. Você mesmo disse que as coisas irão demorar um pouco agora. Não há nada que possa fazer para ajudar.

Márcio parou para pensar; Cezar tinha razão. Até a promotoria analisar o caso poderia demorar um pouco, mas, na verdade, ele não queria ficar longe.

— Está certo, Cezar. Resolvo as coisas em São Paulo e volto em seguida. Vou tentar saber notícias suas enquanto isso, ok? Não acho que vá demorar.

Cezar deu um aperto de mão e despediu-se de seu novo amigo, desejando-lhe sorte. Márcio aproveitou para avisar André que estava voltando.

O voo de Márcio chegou em São Paulo no meio da tarde, e ele seguiu direto para seu apartamento. Ao abrir a porta, André estava à sua espera. Deu um abraço no amigo.

— Vim ficar uns dias — disse ele —, assim aproveitamos para resolver esse caso juntos.

— Obrigado por ter vindo, André. Ia ser difícil ficar sozinho aqui.

Márcio deixou a mala no quarto e voltou para a sala para conversar com André sobre a funcionária misteriosa. Sentou-se no sofá e começaram a discutir o caso.

— Não tive tempo ainda de checar as informações que você mandou — disse Márcio —, mas tem um pessoal amigo que conseguiria nos ajudar, então pensei em te apresentar para eles. O que acha?

— Marcião, é minha profissão, cara. Se você acha que vai ajudar, vamos embora.

Márcio não quis perder tempo. Achou que Luciano e Lorenzo seriam muito importantes para investigar a funcionária, então logo enviou uma mensagem.

Fala, Luciano. Tenho algumas informações que devem te interessar bastante. Preciso de sua ajuda e de Lorenzo.

Ele respondeu em seguida.

Estava preocupado com você. Te procurei aí no seu apartamento, mas você não estava. A morte do general assustou todo mundo aqui. Ninguém esperava por isso.

Estava em Cuiabá. Estou bem. Queria apresentar para você um grande amigo.

Estou perto do restaurante do Lorenzo, se quiser ir até lá, nos encontramos.

Te encontro lá. Abraços.

Assim que mandou a mensagem, voltou-se para André.

— Você se lembra daquele pessoal que te falei? Vou te apresentar a duas pessoas que poderão ajudar. Você vai gostar deles. Tem uma galeria aqui perto, a San Martin.

André interrompeu.

— San Martin? É sério isso?

— Você conhece? — Perguntou Márcio, sem entender o motivo da surpresa.

— Essa galeria é frequentada pelo pessoal alternativo. Já fui lá algumas vezes. Surpresa é você conhecer — respondeu André, rindo.

Eles desceram e seguiram caminhando até o restaurante de Lorenzo. Márcio olhava atento para todos os lados, com medo de ser surpreendido por alguém. Pararam em frente à galeria, espiaram para ver se era seguro entrar. Ao final do corredor, o restaurante encontrava-se fechado. Márcio deu duas pequenas batidas na porta e foi recebido por Lorenzo.

— Nossa, Márcio, estávamos todos preocupados com você. Que loucura foi essa?

— Lorenzo, esse é André, um grande amigo.

— Bem-vindo, André, vamos entrar.

Quando entraram, André olhava para tudo, curioso. Luciano ainda não havia chegado, então Lorenzo apontou uma mesa para que se sentassem enquanto esperavam.

— Te procuramos em sua casa — disse ele. — Por onde você andou?

— Minha casa foi invadida no dia da morte de Ulrich. André estava junto. Foi um trauma enorme. Fui para Cuiabá depois disso e voltei hoje.

— Nossa, cara, que pesado. Você sabe o que estavam procurando?

— Já pensei um bocado nisso. Não faço ideia.

Luciano bateu à porta, e Lorenzo levantou-se para recebê-lo.

— Márcio, que susto você deu na gente — reclamou Luciano, dando um abraço nele.

— Esse aqui é André, um grande amigo.

Luciano estendeu a mão para ele enquanto Lorenzo procurava atualizá-lo.

— O apartamento do Márcio foi invadido, Luciano.

— Como assim? É sério isso? — Perguntou, olhando para Márcio, que confirmou com a cabeça. — Levaram alguma coisa?

— Só meu *laptop*, mas não tinha nada nele.

Conversaram ainda por um momento sobre as novidades quando Márcio resolveu apresentar André melhor.

— O André é um midialista...

Luciano interrompeu Márcio.

— Midialista? — Perguntou, desconfortável.

— Sim, Luciano, fique tranquilo, ele não veio fazer nenhuma matéria. Pelo contrário, ele está investigando a SafeLife e tem informações muito importantes para vocês.

Luciano aceitou as justificativas de Márcio.

— O que você tem para nós, André? — Perguntou ele.

André começou a narrar a história da funcionária, como haviam infiltrado um midialista dentro da SafeLife e como ela havia procurado ajuda. Em seguida, passou a descrever os últimos encontros que tiveram e o desejo dela de entregar informações sigilosas em troca de dinheiro e proteção. Ao final, Lorenzo e Luciano se entreolharam, percebendo que tinham algo muito importante ali. Com isso, Lorenzo iniciou.

— Vamos ter que levar essas informações adiante. Isso tudo é muito importante.

André colocou uma única condição.

— Concordo em ajudar vocês, mas esse trabalho faz parte de uma matéria que pretendo publicar, então quero que qualquer veiculação na mídia seja feita por mim. É a única condição que coloco.

— Não precisava nem dizer, André — completou Luciano. — Isso está muito claro.

Márcio interrompeu.

— André tem os dados dela. Pensei que seria interessante vocês estudarem o perfil antes de passarmos aos outros, o que acham?

Lorenzo entendeu o que Márcio pedia: queria que investigassem o Hope dela. Sabia que não poderia comentar sobre essas informações na frente de André, que ficou sem entender.

— Você tem as informações, André? — Perguntou Luciano.

— Sim, claro. — Então pegou seu celular e abriu um arquivo. — Envio pra onde?

Luciano passou um e-mail para que André o enviasse.

— Vamos fazer o seguinte — ele disse. — Iremos analisar essas informações. Acredito que em dois dias esteja tudo pronto. Assim que tivermos concluído, encaminharemos a você, Márcio. Aí você fica responsável por acionar a Giulia e o Carlos, se for preciso.

Márcio, André e Lorenzo concordaram.

Dois dias se passaram, e Márcio e André esperavam por notícias de Luciano e Lorenzo. Ainda pela manhã, Márcio recebeu uma mensagem.

> *Bom dia, Márcio. Finalizamos a pesquisa. Te enviarei, na sequência, um relatório detalhado com todas as atividades daquela pessoa que você solicitou. Demoramos um pouco mais para detalharmos ao máximo.*

> *Obrigado, Luciano, não tenho como te agradecer. Agradeça a Lorenzo por mim também. Este assunto é muito importante e a ajuda de vocês foi fundamental.*

Como Luciano havia prometido, enviou a Márcio um anexo com os registros de todas as atividades de Ana Luiza. Márcio se sentou em sua sala com André ao seu lado e, juntos, passaram a analisar as informações. Ficava claro que ela era, de fato, uma importante funcionária da SafeLife. Existiam registros de movimentações frequentes dela na filial de São Paulo, além de também se deslocar com frequência para a matriz, em Londres, chegando a ficar por lá por vários dias em cada viagem. Ainda conseguiram obter algumas informações de pessoas de confiança dentro da empresa, que confirmaram que ela, sem dúvida, era funcionária e detentora de cargo importante.

Com as informações em mãos, seria necessário marcar uma reunião com Carlos e Giulia, a fim de apresentar a eles os fatos. Márcio telefonou para o escritório e falou com Karen, pedindo para que ela agendasse para o dia seguinte. Informou que iria com André.

Ficar naquele apartamento sem Adriana sufocava. André era uma ótima companhia, mas precisou voltar para o trabalho à tarde, deixando Márcio ali, sozinho. Ele caminhava pela sala, lembrando de momentos com ela em cada canto do apartamento. Parou em frente a uma foto estilizada, posicionada acima de um sofá de couro preto. Era de uma viagem que fizeram juntos ao sul da França. Havia sido um dia perfeito. Adriana pediu a um amigo fotógrafo que estilizasse a foto e deu de presente a Márcio em um dos seus aniversários. Todas as vezes que passava em frente a ela, lembrava desse dia perfeito e de outros tantos que ainda poderiam vir se ela ainda estivesse ali com ele. Por maior que fosse sua vontade de encontrá-la, ele seguia sem atender seus telefonemas, nem responder suas mensagens. Tinha medo de conversar com ela e estar sendo vigiado pela SafeLife.

Márcio abriu o *laptop* para checar as notícias e passar o tempo. Na página inicial de seu canal preferido de informação, um banner fazia a contagem regressiva para o lançamento do novo Hope. Mostrava imagens de pessoas sorrindo e correndo por uma praia, fazendo referência à liberdade que ele traria a todos. Os leitores seriam aposentados. André vinha demonstrando muito preocupação com isso. Quanto mais fundo ele ia nas investigações, mais ele tinha certeza de que não aceitaria se submeter a essa nova realidade. Chegou a confidenciar a Márcio que, se esse lançamento acontecesse de fato, ele pretendia viajar para algum país onde o Hope não fosse exigido.

Márcio pensou em Cezar e quis saber como ele estava. Luís, o delegado, havia deixado o número de seu celular e havia autorizado que Márcio ligasse quando quisesse, então foi o que fez.

— Luís? Bom dia, tudo certo? Queria saber como está o Cezar.

— Fala, Márcio. Tudo bem? Pera aí que vou ver se ele está disponível — disse o delegado, rindo da própria piada. Depois de um breve silêncio, Márcio ouviu ruídos do outro lado da ligação.

— Márcio? Tudo bem? Como estão as coisas aí? — Perguntou Cezar.

— Está tudo bem. Queria saber como você está, se está precisando de alguma coisa.

— Fique tranquilo. Tenho amigos aqui comigo. Luís está cuidando bem de mim, acredite.

— Com seu jeito — replicou Márcio, rindo —, não duvido. Assim que terminar algumas coisas aqui, volto para Cuiabá e fico aí com você.

— Não tenha pressa. Estou bem de verdade.

A conversa com Cezar deixou Márcio mais calmo. Pelo menos, sabia que ele estava seguro ali. Caminhou até as longas janelas de vidro; o dia estava lindo, estava sol, e o céu azul, sem nuvens. Fazia tempo que Márcio não corria. De repente, se sentiu disposto, então foi até o quarto, trocou de roupa e calçou os tênis. Pensar em outra coisa faria bem a ele.

Foi caminhando até um parque próximo. Colocou seus fones de ouvido e pôs-se a correr. Tentou não relaxar sua atenção, afinal, sabia que poderiam estar atrás dele, então procurava ficar próximo de outras pessoas. Enquanto corria, teve uma estranha sensação de estar sendo seguido. Tentava espiar com o canto dos olhos à medida que corria pelas trilhas, buscando por algo. Teve a ideia de subitamente retornar, dando meia-volta. Ao virar-se, notou que um rapaz corria próximo a ele. Usava um capuz, que escondia parte de seu rosto e ao perceber o movimento de Márcio, fez o mesmo e disparou em sentido contrário por entre as trilhas do parque, deixando claro estar seguindo-o. Márcio ainda tentou alcançá-lo, sem sucesso, parando para tomar fôlego logo à frente. Resolveu, então, voltar para casa. Evitaria sair sem necessidade.

Ethan Gainz estava em São Paulo e daria uma entrevista à noite para oficialmente apresentar o novo Hope. Nos últimos meses, ele viajava o mundo todo e era recebido como celebridade onde chegava para esses eventos. Fazia das apresentações um espetáculo, que lembrava Steve Jobs quando comandava a Apple.

Todos os meios de comunicação aguardavam, ansiosos. Por onde passava, escolhia estádios para fazer seu espetáculo, com grandes telões distribuídos nas laterais do palco, como um show de rock. O empresário apareceu no palco, seguido por jogo de luzes e fogos. Vestia-se com roupas comuns e usava um microfone preso em sua cabeça. Falava em inglês, sendo simultaneamente traduzido e legendado nos grandes telões e em todos os meios midiáticos. A programação era que o novo Hope seria lançado em alguns meses. Nas ruas, outdoors faziam contagem regressiva. As propagandas eram encontradas em todos os lugares.

— Meus amigos — iniciava Ethan, após ser ovacionado —, sabemos que o Hope mudou a vida das pessoas. Sabemos da liberdade que ele representou na vida das pessoas. Por conta disso, a SafeLife quis ir além.

Ethan caminhou para o canto do palco e apontou para a grande tela, que passou a mostrar algumas das grandes invenções da humanidade, até que a imagem parou em um telefone antigo, ainda da época dos aparelhos discados, pesados e com aquele característico fio enrolado que levava até o microfone.

— O telefone foi uma grande invenção, sem dúvida. Ele trouxe a liberdade — disse ele, enquanto a imagem na tela se transformava em uma foto de um celular. — Mas ele evoluiu.

A tela passou a mostrar um computador na época dos desktops pesados, com monitores de tubo.

— Os computadores, por si só, também trouxeram a liberdade — continuou ele, e a imagem mudou para um moderno *laptop*. — Mas eles evoluíram.

Em seguida, a tela passou a mostrar os túneis de leitores do Hope.

— O Hope representou a liberdade — prosseguiu Ethan, sorrindo, e a imagem na mesma hora mudou para os novos e modernos sensores da versão a ser lançada do Hope, com design moderno. — E ele *certamente* evoluiu.

A plateia passou a ovacioná-lo, enquanto a tela mostrava os avanços conquistados com o novo dispositivo. Ele não precisava mais de leitores; seu sensor agora era também luminoso. Apresentava uma leve luz verde, que ficava acesa se nada de anormal acontecesse. A luz passava a piscar em vermelho ao sinal de contaminação, disparando um pequeno *beep* e vibrando. Com isso, um alerta de contaminação era encaminhado automaticamente para os setores de controle de infecções, que se dirigiam até a pessoa para dar seguimento aos protocolos de isolamento e tratamento.

O processo de mudança para o novo Hope já se iniciava e parecia que nada no mundo poderia detê-lo.

Márcio e André aguardavam por Carlos e Giulia na sala de Carlos, como ele havia orientado à secretária. Giulia informou que estava a caminho, mas que deveria atrasar um pouco, então Carlos chegou antes dela.

— Bom dia, Márcio — disse Carlos, sem disfarçar o estranhamento pela presença de André.

— Bom dia, Dr. Carlos. Esse é André, um grande amigo — replicou, e André estendeu a mão para cumprimentá-lo.

— Vamos nos sentar — convidou Carlos. — Giulia deve estar chegando.

Carlos olhava para a figura exótica de André, que, sem querer, deu um sorriso ao perceber. Giulia chegou em seguida e cumprimentou Márcio com um sorriso simpático no rosto. Ele aproveitou para apresentar André a ela. Todos se sentaram e Giulia, como sempre, tomou a frente:

— Ficamos curiosos com essa reunião. Descobriu alguma coisa sobre o rapaz?

— Na verdade, por enquanto, nada chamou minha atenção, mas estou no caso. O processo está sendo analisado pela promotoria, então deve levar algum tempo ainda. Tenho entrado em contato com ele quase todos os dias. — Márcio fez uma pausa e continuou. — A razão de minha vinda aqui é outra: o André — disse, apontando para o amigo. — Ele é midialista e está fazendo uma matéria sobre a SafeLife. Nesse meio-tempo, foram procurados por uma funcionária de lá. Acredito que seja melhor ele explicar.

André passou então a descrever todo o contato que tivera com Ana Luiza. Giulia e Carlos ouviam a tudo em silêncio. Ao final, Giulia não disfarçou seu interesse, olhando surpresa para Carlos. Márcio continuou.

— Tomei a liberdade de conversar com alguns amigos em comum e pedi que fizessem uma análise mais detalhada de Ana Luiza, a fim de descobrir se ela é quem diz ser e se tem acesso a informações relevantes da empresa.

Márcio estendeu a pasta à Giulia para que ela pudesse analisar. Ela passou a folhear o arquivo, buscando examiná-lo em detalhes. Ao final, perguntou, dirigindo-se a André:

— Você acha que ela aceitaria ajuda em troca dessas informações, André?

— Tenho certeza disso, ela está desesperada. A situação dela na empresa está insustentável, segundo me disse. Ela só não foi afastada porque abriram um processo de investigação lá dentro que ainda não foi finalizado, mas já foi afastada da maioria de suas funções. É só uma questão de tempo.

— O que você acha, Carlos? — Perguntou Giulia.

Carlos procurava agir de forma mais cautelosa com relação à SafeLife.

— A informação é importante, sem dúvida, mas temos que tomar cuidado com a forma como vamos abordá-la.

Giulia ponderou por um momento.

— Acho que o ideal é que você faça um contato inicial com ela, Márcio. Pegue as informações, as exigências dela. Depois disso, poderíamos assumir, para não assustá-la de cara. Tudo terá que ser feito de forma sigilosa. André poderá convencê-la, informando que, além de tudo, você é um grande amigo.

Márcio olhou para André, que consentiu com o plano.

— Ótimo — disse ele —, acho que podemos seguir assim. Vou entrar em contato com ela e marcar algum encontro. Nos reencontramos assim que eu tiver maiores detalhes. Existe, no entanto, algo que eu gostaria de deixar claro.

— O que foi? — Perguntou Giulia.

— Esse trabalho é um trabalho de meses do André. Ele pretende fazer uma matéria sobre isso. Então, qualquer informação veiculada, deverá passar por ele.

Giulia concordou na mesma hora.

— Claro, não vejo o menor problema. É justo que seja assim, afinal tudo isso é fruto da pesquisa dele — disse ela, olhando para André.

Já na rua, André não disfarçava sua emoção.

— Marcião!! Me senti em um filme de James Bond. Caralho! Essa galera é forte, e você lá falando de igual para igual. Fiquei arrepiado, cara!

— Não exagera, André — disse Márcio, sorrindo.

Ao chegar ao apartamento, se prepararam para abordar Ana Luiza. Acharam melhor André ligar e apresentar Márcio como um grande amigo, e ele conduziria a partir dali. Repassaram o plano, pegaram o telefone e ligaram.

— Ana Luiza? Bom dia, é André.

— Bom dia, André — disse ela, com a voz trêmula.

— Sobre aquele assunto que conversamos, está aqui do meu lado um grande amigo, o nome dele é Márcio, ele é advogado e poderá ajudar. Ele quer conversar com você, ok? — Márcio pegou o celular.

— Bom dia, Ana Luiza. Meu nome é Márcio. Gostaria de me encontrar com você para podermos conversar.

Ana Luiza ficou muda do outro lado. Márcio percebeu a apreensão dela.

— Veja, Ana Luiza, sei que você está com medo. Minha intenção é ajudar. Posso te encontrar onde você quiser.

Após uma breve pausa, Ana Luiza continuou.

— Posso te encontrar no estacionamento do shopping JK. Vá para lá amanhã às 10h.

— Como saberei onde te encontrar no estacionamento?

— Pare seu carro no setor L do estacionamento, no primeiro subsolo. Quando chegar, pisque o farol do carro duas vezes para que eu saiba que é você. Farei o mesmo e, então, você vem até o meu carro para conversarmos.

— Combinado, nos encontramos amanhã.

A Mercedes grafite de Márcio aproximou-se da cancela do estacionamento do shopping JK, que se abriu à sua frente. Dirigiu sem pressa, procurando o setor onde haviam combinado de se encontrar. Mais uma vez sentia estar agindo contra seus princípios. Achava que nunca iria se acostumar com isso, mas não via alternativa. Chegou no primeiro subsolo e piscou duas vezes o seu farol. Uma SUV preta a duas fileiras dali fez o mesmo.

Ele então desceu de seu carro e dirigiu-se até lá. A mulher que o aguardava abriu a porta do passageiro para que ele entrasse. Ela estava com um lenço na cabeça cobrindo o rosto e usava óculos escuros, apesar da escuridão do estacionamento, o que impedia que ele visse sua face. Parecia estar muito apreensiva. Quando Márcio entrou, ela pediu para que ele fechasse a porta e desligasse seu celular. Então tirou os óculos escuros, deixando à mostra parte de seu rosto. Aparentava ter pouco mais de cinquenta anos. Seus lábios tremiam e ela olhava em volta buscando pela presença de outras pessoas a todo momento.

— Desculpe se estou tão nervosa — disse ela, com a voz oscilante.

— Fique tranquila, Ana. Você está segura comigo. Nossa intenção é te ajudar. Preciso saber um pouco mais sobre o motivo de você ter nos procurado.

— Dr. Márcio, trabalho há muitos anos na SafeLife. Tenho acesso a muitas informações sigilosas. Meu cargo é de confiança. Até há pouco tempo, eu era a responsável pelo setor de pesquisa da filial no Brasil.

— O que mudou lá dentro? Por que você decidiu procurar ajuda? — Perguntou ele, curioso.

— Há pouco tempo, fomos procurados por um general do Exército que dizia ter informações importantes. Ele queria vender uma pesquisa sobre um caso de uma mutação no sistema imunológico de um paciente. — Márcio sentiu o pulso disparar e a boca secar quando notou que ela se referia a Ulrich. Tentou disfarçar para não deixar que ela percebesse. — Eu era a responsável pelo setor de pesquisa, então fui chamada para poder ajudar com a negociação. O general disse que aceitaria negociar o caso com uma condição: queria participar do grupo de pesquisa. Alegou que aquele estudo era o estudo de uma vida e que não desejava interrompê-lo. Era um médico muito experiente, o responsável por toda a pesquisa que nos trazia, e seria muito importante tê-lo em nossa equipe. Após ele finalizar as tratativas com a SafeLife, fiquei responsável por introduzi-lo ao nosso departamento. Em uma dessas ocasiões, viajamos para Londres e apresentei a ele todas as pesquisas que guardavam algum grau de semelhança com a dele. A ideia era que ele pudesse enriquecer o grupo com a experiência que tinha. Algum tempo depois, ele morreu em um acidente. Acho que você deve ter ouvido falar, saiu em toda a mídia.

— Sim, me recordo. A morte dos vinte e cinco militares na casa de um general. Foi trágico.

— Isso mesmo. Descobriram mais tarde que ele roubou diversas pesquisas sigilosas da SafeLife. Não sabemos o que fez com esse material que roubou, mas entenderam que eu falhei ao deixar que ele tivesse acesso a essas informações. Então me afastaram de minhas funções e abriram um processo interno para investigar o caso. Ainda não concluíram, mas minha saída de lá é questão de tempo.

— Entendo. E o que você pretende fazer agora? — Perguntou Márcio.

— Não conseguirei trabalhar na área de pesquisa em outra empresa. Estou queimada. Mas tenho problemas ainda maiores. Acho que eu e minha família corremos riscos. Preciso sair do país e me esconder em um local onde nunca mais nos achem.

— E por que você nos procurou?

— Tenho informações sobre o novo Hope que vão interessar muito a vocês. São arquivos que podem comprometer o lançamento dele.

— Mas como você conseguiu esses arquivos? — Questionou Márcio, testando se ela falava a verdade.

— Tinha acesso a muitos setores. Lá dentro, ninguém sabe o que pode acontecer conosco e nossa família. Ter esses arquivos comigo é uma forma de me proteger, caso alguma coisa dê errado. No meu caso, isso já aconteceu.

— E o que você quer em troca? — Perguntou, imaginando saber a resposta.

— Preciso de dinheiro para fugir, o suficiente para que eu viva em segurança com minha família onde desejar.

Márcio buscava por sinais em Ana Luiza, que a essa altura esfregava as mãos em evidente demonstração de descontrole.

— Como poderei saber se o que você fala é verdade? — Desafiou Márcio.

Com as mãos trêmulas, Ana Luiza pegou sua bolsa e dela retirou um dispositivo de memória e o entregou a Márcio.

— Os arquivos aqui estão incompletos, mas você poderá validar essas informações com seus especialistas. Esse é o meu preço — respondeu Ana Luiza, estendendo a Márcio um pedaço de papel com um número escrito nele. O valor o assustou e, sem querer, ele arregalou os olhos, surpreso.

— Esse valor é muito alto. Não sei se conseguirei negociar essa quantia.

— Eu e minha família correremos risco o tempo todo. Seremos caçados pela SafeLife. Esse valor é o mínimo que aceito para correr esse risco. Se não conseguir, finalizamos a negociação — disse ela, se esforçando para parecer dura.

— Vou ter que falar com os responsáveis. Não tenho autonomia para aceitar uma negociação dessas. Assim que tiver uma resposta, te informarei.

Ela assentiu, voltou a colocar os óculos e ligou o carro.

— Aguardarei seu contato — respondeu ela.

Márcio saiu da SUV ainda meio tonto com as informações que ela lhe passara. Tudo parecia fazer parte de um ciclo. Nunca imaginou que Ulrich tivesse roubado informações de dentro da SafeLife e que isso tivesse gerado tanta repercussão. Procuraria Giulia e Carlos para saber como deveria agir.

André estava curioso sobre como havia sido o encontro com Ana Luiza, e ligava a todo momento. Márcio atendeu.

— E aí, Marcião? Como foi o encontro?

— Vamos almoçar e te falo. Me encontre lá no japonês perto de casa.

Quando Márcio chegou, André já esperava por ele. Cumprimentou o amigo.

— E aí? Me conta!

— André, descobri por que invadiram meu apartamento. Estavam atrás de uns arquivos que foram roubados da SafeLife.

— Sério? Mas por que foram atrás de você?

— Há pouco tempo fui procurado por um general médico. Ele me contratou para defender um ex-militar, um rapaz, em um caso de homicídio. Esse general tinha contato com a SafeLife e roubou esses arquivos lá de dentro. Estão acusando a Ana Luiza de ter facilitado esse roubo, por isso ela está com tanto medo.

— E por onde anda esse general?

— Ele morreu naquele acidente dos militares.

— Caralho, Marcião. E você sabia disso? Ele comentou alguma coisa com você?

— Ele me disse que tinha tido um problema com a SafeLife, mas não disse o que era. Agora tudo faz sentido.

Já em casa, Márcio enviou uma mensagem para Carlos, dizendo que o encontro havia acontecido e que precisava se reunir com ele e Giulia para passar as informações. Sugeriu se encontrarem na segunda-feira, dali a dois dias. Aproveitou e mandou uma cópia dos arquivos que recebera de Ana Luiza, para que Giulia pudesse analisar com sua equipe, antes da reunião.

Estavam sentados Márcio, Giulia, Carlos e André na sala de Carlos, para definir o futuro de toda a operação contra a SafeLife. Giulia agia com enorme ansiedade e, antes mesmo de chegar, já havia mandado contatar Ana Luiza para negociar a compra do arquivo completo.

— Giulia, precisamos ser cautelosos — disse Carlos, apreensivo. — Chegamos até aqui e não podemos agir com ansiedade agora. Estou preocupado com a forma com que você está abordando Ana Luiza. Acho que estamos indo rápido demais.

Giulia levantou-se e caminhou até as grandes janelas de vidro da sala de Carlos, ficando um tempo olhando para os prédios ao redor. Depois, voltou-se para ele e disse:

— Você sempre foi muito agressivo em suas atitudes, Carlos, e isso o trouxe até aqui. Checamos todas as informações. Ela é, de fato, a funcionária que diz ser, teve problemas na empresa e possui informações com potencial para destruir a SafeLife, que foram validadas por nossa equipe. Se esperarmos muito tempo, ela desaparece ou desaparecem com ela, e você sabe disso.

— Qual será o próximo passo, Giulia? — Perguntou Márcio.

— Farei a negociação com a Ana Luiza para a compra dessas informações — Carlos interrompeu.

— Você precisa tomar algumas precauções, Giulia. Tem que se proteger.

— Carlos, essa negociação será toda filmada, ela assinará documentos; não pretendo deixar nenhum fio solto. Ela pode até sumir depois, que teremos como provar que ela estava envolvida. — Carlos ficou mais tranquilo. — Depois que tudo for finalizado, você entra, André.

— Eu? — Perguntou André, que ouvia tudo em silêncio, surpreso.

— Você vai dar o furo. Vai publicar tudo o que conseguimos, toda a história. Não é essa sua intenção?

— Exatamente isso. Por mim, está perfeito.

Márcio estava sentado há algumas horas em frente à TV, com o *laptop* ligado próximo a ele, aguardando a divulgação de alguma coisa sobre o caso da SafeLife. O celular tocou; era André.

— Fala, Marcião. Fica ligado aí, porque até o início da tarde o mundo vai cair. Queria te agradecer de novo por esse furo, cara. Você não imagina como isso vai ser importante para mim.

— Não imaginei outra pessoa. Não é por amizade não, cara, é competência. Como o pessoal da imprensa recebeu tudo isso?

— Você não imagina. O furo é grande. Vai sair em tudo que é canto, no mundo inteiro. A SafeLife vai ter muito o que explicar.

No início da tarde, as notícias começaram a ser veiculadas. Falavam de uma funcionária da SafeLife que havia fornecido informações comprometedoras a respeito do novo Hope, com fortes evidências de que ele invadia a privacidade das pessoas e atuava como um dispositivo de espionagem.

Citavam o nome de Ana Luiza Fernandez Pillar como sendo a funcionária da SafeLife que teria fornecido tais informações. A imprensa tentava localizá-la a todo custo. A empresa dizia que não daria entrevistas até que fosse orientada pelo seu departamento jurídico, que procurava se inteirar sobre o ocorrido.

O celular de Márcio começou a tocar sem parar. Volta e meia, ele parava para atender. Estavam todos empolgados com a repercussão que começava a surgir.

Após algum tempo, Giulia ligou.

— Começamos a mudar o mundo hoje, Márcio! — Exclamou ela, animada, assim que Márcio atendeu o telefone.

— Verdade, Giulia. Faremos a diferença hoje. — Márcio abaixou um pouco o volume da televisão, que incomodava, e prosseguiu. — Você sabe da Ana Luiza? A imprensa está tentando localizá-la e nada...

— Ela deve estar apavorada, mas pensamos nessa possibilidade. Fizemos tudo aquilo que combinamos. Ela assinou documentos afirmando o que divulgamos, foi filmada e ainda gravamos conversas com ela. Não vai ser fácil ela se esquivar de explicar o que sabe.

— Fico mais tranquilo. Dependemos muito dessas explicações — disse Márcio, aliviado. — Já falou com Carlos?

— Ele está receoso como você. Quer ver antes o desenrolar das coisas. Acho que está ficando velho. — Giulia riu de seu próprio comentário. — Mais tarde nos falamos para definir os próximos passos.

Algum tempo depois, todos os veículos de comunicação só falavam sobre o furo jornalístico. Os representantes da SafeLife se recusavam a conceder entrevistas, dizendo que fariam isso mais tarde.

Márcio acompanhava as notícias em seu *laptop* quando notou que uma carta fora passada por debaixo da porta. Nunca entregavam cartas dessa forma no prédio onde morava, então correu para abrir a porta e deparou-se com o porteiro já de saída.

— Desculpe, Dr. Márcio, não sabia que o senhor estava em casa. Me entregaram essa correspondência agora há pouco e pediram para lhe entregar com urgência.

— Quem entregou? — Perguntou Márcio, segurando sua porta entreaberta.

— Foi um mensageiro. Ele tinha essas orientações.

Márcio agradeceu, fechando a porta em seguida. Então pegou o envelope no chão e o abriu. Era uma foto dele com Ulrich, ambos sorrindo. Reconheceu como sendo uma foto tirada em Cáceres. Atrás da imagem, havia uma anotação:

Com os cumprimentos de Ethan Gainz.

Correu um frio por sua espinha e, após uma súbita tontura, precisou se apoiar em uma das paredes para não cair. Pegou o celular e ligou para Carlos.

— Carlos, acabei de receber em casa uma foto minha e de Ulrich em Cáceres. Tem uma mensagem atrás da foto, do Ethan Gainz, me cumprimentando.

— Como assim? Do que você está falando, Márcio? Não estou entendendo nada! — disse Carlos, bastante nervoso.

Márcio respirou fundo para tentar se acalmar, então continuou.

— Carlos, acho que tudo isso foi uma armação da SafeLife. Tente localizar a Ana Luiza. Converse com a Giulia.

Após aquela conversa, Carlos direcionou quase todo o escritório para tentar localizar a mulher. Giulia ficou desesperada, mas dizia a Carlos, a todo momento, que estavam protegidos pelas provas que tinham, ainda que ela sumisse.

No início da noite, a SafeLife informou que concederia uma entrevista coletiva.

Ninguém do escritório havia conseguido localizar Ana Luiza. Giulia ainda se apoiava nas evidências que tinha para suportar a versão que eles divulgaram. De qualquer maneira, não poderiam ser implicados, pois repassaram as informações que receberam, mas aquilo poderia representar um revés enorme. Márcio temeu por André, já que ele respaldara o material e poderia pesar seriamente em sua carreira.

A entrevista iniciou com alguns representantes da SafeLife Brasil e internacional, e quase todos os veículos de comunicação a cobriam. O CEO da filial brasileira foi o primeiro a se pronunciar.

> *No dia de hoje, fomos surpreendidos com uma notícia divulgada em vários meios de comunicação com informações infundadas que comprometem a SafeLife e, em especial, seu principal produto, o HOPE, que, durante esses últimos anos, permitiu que milhões de*

pessoas levassem uma vida normal, livre de riscos relacionados às endemias que se tornaram realidade no mundo todo.

Noticiaram que a funcionária Ana Luiza Fernandez Pillar teria fornecido informações evidenciando que o novo HOPE é um dispositivo que age com o intuito de espionar a vida das pessoas.

Esse tipo de discussão não traz nenhuma novidade. No passado, fomos questionados pelos mesmos motivos e provamos que não existe qualquer componente no HOPE que permita qualquer coisa além de escanear microrganismos, o que é de fato a sua função.

Sobre as afirmações que chegaram até nós pela imprensa, a SafeLife deseja esclarecer a todos:

1. *Primeiro, que Ana Luiza Fernandez Pillar há quinze anos é funcionária da SafeLife Brasil, tendo sido afastada há poucos dias por problemas médicos. Neste momento, encontra-se internada em um dos hospitais da capital, recuperando-se de uma cirurgia. Ela nunca forneceu as informações que lhe foram imputadas;*
2. *Segundo, que o arquivo divulgado pela imprensa nunca fez parte dos sistemas da SafeLife. Contratamos alguns peritos para corroborar essa informação. Assim que um laudo for finalizado, nós o divulgaremos em todos os meios de comunicação. Ficamos à disposição para que qualquer meio midiático contrate peritos para essa análise. Não temos nada a esconder.*

Gostaríamos de apresentar um vídeo de Ana Luiza, que, mesmo internada, fez questão de gravá-lo para que apresentássemos a vocês.

Uma tela foi baixada na sala de entrevista, e um vídeo foi iniciado. Nele, na cama de um hospital, bastante abatida, a funcionária Ana Luiza dizia:

Eu me chamo Ana Luiza Fernandez Pillar. Meu nome foi indevida e covardemente utilizado para a divulgação de notícias caluniosas. Trabalho na SafeLife há quinze anos e essa empresa representa a minha vida. Recentemente, tive um problema de saúde e recebi o apoio de todos para me tratar. Somos todos uma família. Lamento muito ter sido usada de forma tão baixa.

Ao finalizar, a tela subiu e o CEO da SafeLife voltou a discursar.

Lamentamos por nossa funcionária e amiga Ana Luiza, que, mesmo convalescendo, foi covardemente atacada.

Por fim, a SafeLife reforça seu compromisso com a população mundial e lamenta que, mais uma vez, tenha sido vítima de informações caluniosas a seu respeito.

O nosso departamento jurídico já está tomando providências para identificar de quem partiram essas "fake news" para tomar as medidas cabíveis.

Responderemos agora às perguntas dos repórteres.

Seguiram interagindo com a imprensa. Márcio percebeu que haviam caído em uma armadilha. Quando encontrou Ana Luiza, ela não mencionou nada sobre problemas de saúde. Imaginou que ela se encontrava nas mãos da SafeLife, sendo ameaçada, e talvez nem estivesse em nenhum hospital. A SafeLife planejara tudo.

Ainda nem havia acabado a entrevista, e Carlos já ligou para ele.

— Márcio, acabaram com a gente. Caímos na armadilha deles. Acabou tudo. — Sua voz estava fraca, como se ele já tivesse reconhecido a derrota e estivesse sem forças para lutar.

— Podemos ser implicados de alguma forma, Carlos?

— Sim, vão rastrear de onde partiram as informações, chegarão na gente. A SafeLife vai nos processar por calúnia e danos morais. Vai ser pesado.

— Mas Giulia disse que fez gravações dela, documentos assinados. Isso deve valer de alguma forma...

— Ela cuidou de tudo sozinha. Vou falar com ela e saber como foi essa negociação. Precisamos nos encontrar para vermos como poderemos nos defender.

Assim que terminou a ligação com Carlos, o celular de Márcio voltou a tocar sem parar. Ele preferiu ignorar as ligações, menos a de André, que telefonava naquele momento. Ele sentiu um enorme peso na consciência e o atendeu. Ficou mudo no início, sem saber o que poderia dizer.

— Marcião? Você está aí?

— Nossa, André. O que que eu fiz para você, cara... — Sua voz carregava uma grande tristeza.

— Faz parte da profissão, Marcião. É o risco que corremos... Mas, se a Giulia fez o que disse que faria, acho que ainda estamos protegidos.

— E se ela não fez? O que pode acontecer com você? — Perguntou, preocupado.

— Aí eles cassam minha licença, não tem como. Devo ser impedido de atuar de novo na área.

— Mas você não pode dizer que a culpa foi da sua fonte? Que não foi sua?

— Acho que não iria mudar muito, Marcião. A responsabilidade é compartilhada. De qualquer forma, um midialista jamais revela suas fontes, lembra?

— Mas você não pode assumir isso sozinho, André. A culpa foi minha. Eu te dei o furo. Você tem que informar que fui eu.

— Marcião, escuta bem. Isso não vai acontecer. Eu vou cair, mas vou me levantar de novo. Na imprensa, isso acontece todos os dias. Você não pode se expor, porque se fizer isso você vai preso, cara. A coisa fica mais pesada. Eu não sou obrigado a fornecer minha fonte. Vou assumir a responsabilidade, mas não serei preso. Serei impedido de atuar, mas não preso.

Apesar de achar injusto, Márcio sabia que André estava certo. Se assumisse que a informação partira dele, iria ser processado e poderia ir para a prisão. Ele recebia de André mais uma demonstração da enorme amizade que tinham.

Na manhã do dia seguinte, já estavam no escritório para definir o que iriam fazer. Carlos havia dispensado quase todo o grupo. Em sua sala, ele, Márcio, Giulia e André estavam muito abatidos e apreensivos. André começou.

— Pessoal, não pretendo divulgar as fontes, então acho que não terão como chegar até vocês.

— Isso é ótimo — replicou Carlos. — Se não conseguirem chegar até nós, não terão como nos processar.

Giulia seguia arrasada. Não disfarçava. Ouvia tudo sem esboçar reação.

— Essa é uma boa notícia, Giulia — informou Márcio, tentando animá-la. — Pode ser que não consigam chegar até nós.

— A negociação que fiz não foi com aquela mulher que apareceu no vídeo. Era outra pessoa — revelou Giulia com um olhar distante.

— Mas eu conversei uns dias antes com ela e tenho certeza de que era a mesma mulher — disse Márcio. — André também confirmou ser a mesma mulher que mantinha contato há meses.

— De alguma forma, a SafeLife deve ter descoberto nossa intenção de negociar com ela e tirou Ana Luiza da jogada. Eu negociei com outra pessoa. Todos os arquivos que tenho, as gravações, documentos assinados, nada disso tem valor. Internaram a Ana Luiza verdadeira para tirá-la de circulação. — Giulia ficou em silêncio por um momento e, então, prosseguiu. — Tem uma coisa que não falei a vocês — disse ela, abaixando os olhos sem conseguir olhar para eles. — Quando fui negociar com a suposta Ana Luiza, ela me deu uma conta de um companheiro dela para que eu transferisse o dinheiro para lá.

— Como assim, Giulia? Você fez isso? — Perguntou Carlos, assustado.

— Ela me forçou, Carlos. Disse que não iria mais negociar, era uma artista. Percebeu que eu faria qualquer coisa. Me convenceu de que não poderia ser de outra forma. Ofereci em dinheiro, conta no exterior. Ela disse que não confiava em nada. Queria o dinheiro na conta do companheiro, porque na dela deixaria rastro. Agi sem pensar.

— E de quem é essa conta? Você checou as informações? — Questionou Márcio.

— Por que ela pediria o dinheiro em uma conta à qual não tivesse acesso? Que não fosse dela? Só se ela fosse louca. — Giulia tentou justificar.

— Você sabe de quem é a conta, Giulia? — Perguntou Carlos, preocupado e percebendo que ela evitava falar.

— Levantei ontem. É a conta de um juiz.

Todos arregalaram os olhos, espantados, e se encararam.

— Um juiz? Como assim? — Perguntou Carlos.

— Foi essa a minha reação no início. Vocês ainda não perceberam, não é? Ainda que eles não cheguem à fonte da informação, o propósito era me atacar e acabar com a TecSearch. Pesquisei sobre esse juiz, ele é um desafeto da SafeLife. É um profissional honesto que eles não conseguiram subornar. Abriram uma conta no nome dele e me fizeram depositar essa quantia. Daqui a pouco, farão uma denúncia contra mim e ele. Como dizem, mataram dois coelhos com uma cajadada só.

— Meu Deus! — Foi a única reação que Márcio conseguiu esboçar, enquanto Carlos se via sem palavras.

— Tenham certeza de que vocês não serão implicados de forma alguma. A luta contra esses canalhas continua. Vocês têm que continuar. Não podem desistir.

Como Giulia previra, à tarde foi expedida uma ordem de prisão contra ela. A origem era uma denúncia em que ela teria subornado um juiz para ajudá-la no processo contra a SafeLife. O juiz foi afastado de suas funções e iniciaram investigação pelo Conselho Nacional de Justiça.

A TecSearch emitiu nota informando que Giulia havia sido desligada da empresa e que agira por conta própria. Era uma grande derrota para todos.

27 SÃO PAULO, 5 DE JANEIRO DE 2028

Havia passado quase seis meses desde o desastroso caso da TecSearch. Giulia estava em prisão domiciliar, portando tornozeleira eletrônica enquanto aguardava julgamento.

Uma semana após a divulgação do caso de Ana Luiza, ela faleceu no hospital em que estava internada por complicações da "suposta" cirurgia a que fora submetida. Era mais uma queima de arquivo por parte da SafeLife.

O escritório de Carlos sofreu a perda de vários clientes, porque, mesmo que ele não tivesse sido implicado diretamente com as denúncias de suborno, seu escritório estava relacionado à TecSearch e aquilo pegou muito mal no meio jurídico.

André havia sido chamado para depor no processo que fora instaurado para apurar responsabilidades sobre a divulgação de notícias caluniosas contra a SafeLife, mas, como dissera a Márcio, nada revelou. Sua licença de midialista foi suspensa até a conclusão do processo. Ele continuou trabalhando como *freelancer*, utilizando um perfil com o nome de outra pessoa. Ele e Márcio conversavam com frequência.

A promotoria havia analisado todo o caso de Cezar e pediu a instauração de um processo, o qual foi aceito pelo juiz. O julgamento pela Justiça Comum estava marcado para dali a pouco mais de um mês.

Márcio mudou-se para Cuiabá e passou a trabalhar próximo de Cezar, a quem via quase todos os dias. Ele continuava preso na delegacia e sempre se mostrava bastante tranquilo e confiante na condução de Márcio. Com a iminência do julgamento, o caso voltou para os noticiários. As pessoas se aglomeravam em frente à delegacia onde Cezar estava, pedindo sua libertação, alegando que ele era inocente.

Márcio ainda se recusava a atender Adriana, ainda sentia que estava sendo seguido, e tomava cuidado até mesmo com o que falava ao celular, imaginando que ele poderia estar grampeado. Em três ocasiões, ligou de telefones fixos no aeroporto para o telefone fixo da casa dos pais de Adriana e conversou com ela. Disse para ela que tudo iria passar, mas que ainda teriam que permanecer afastados até que ele estivesse seguro de que nada aconteceria a ela. Apesar disso, ela insistia em continuar ligando para ele.

Márcio vestiu seu melhor terno e estava pronto para seguir em frente. Amigos e colegas lhe enviavam mensagens o tempo todo, a desejar-lhe sorte. Carlos havia ligado para ele no dia anterior e conversaram por horas. Ele o aconselhou com alguns truques que só a experiência traz e desejou sucesso, colocando-se à disposição para o que fosse necessário, tanto ele quanto a estrutura de seu escritório. Márcio agradeceu. No momento, pegava um táxi e ia em direção ao tribunal.

Lá chegando, mal conseguiu sair do carro; uma multidão o esperava. Repórteres posicionavam microfones em frente à sua boca, tirando-lhe o ar. Câmeras estavam por todos os lados, era assustador. Ele criou forças e atravessou o local com a ajuda de policiais que faziam a segurança. Subiu a escadaria da frente do tribunal, fechou os olhos por um momento e rezou antes de entrar, pedindo proteção. O barulho de pessoas falando ao mesmo tempo ensurdecia.

Devido à enorme publicidade do caso, o tribunal havia sido preparado como ele nunca vira em nenhum outro tribunal. Dirigiu-se à sala principal do júri, onde seria o julgamento. Entrou pela porta principal, localizada na parte de trás da sala. Havia um corredor e, em um plano acima dele, cadeiras para o público dispostas dos dois lados. Lembrava uma pequena galeria de teatro, onde ele seria um dos atores. Em frente ao público, havia duas mesas, uma de cada lado; uma era para o advogado de defesa — ele, no caso —, e outra para a promotoria, do lado oposto. À direita, uma estrutura montada com sete lugares ficava um pouco acima do nível das duas mesas. No final, em frente, voltada para todos, estava a tribuna, onde permaneceria o juiz.

Pela grande repercussão do caso, o espaço escolhido era uma sala tradicional com móveis antigos de madeira trabalhada. Era difícil encontrar salas de júri como aquela naqueles dias. Elas costumavam ser mais simples, algumas parecendo escritórios, só que um pouco maiores. Márcio havia chegado antes para ter tempo de se preparar, então sentou-se no local destinado à defesa.

Em seguida, compareceu o promotor, a quem Márcio cumprimentou demonstrando respeito. Próximo do horário determinado para o início, entrou o júri com seus sete representantes. O papel deles era decidir pela culpa ou pela inocência, preenchendo um papel com os dizeres SIM ou NÃO, que seriam contados ao final. Eles não podiam se comunicar com ninguém, nem entre si. Pouco antes do início, Cezar foi trazido escoltado por policiais e sentou-se ao lado de Márcio, que o cumprimentou com um forte aperto de mão. Cezar se aproximou do ouvido dele e disse baixinho:

— Hoje o sofrimento acaba. Obrigado por tudo.

Márcio sorriu e concordou.

Pontualmente no horário determinado, foi anunciada a entrada do juiz. Então todos se levantaram, enquanto ele seguiu até a tribuna e sentou-se, sendo seguido pelos demais. O juiz cumprimentou a todos e iniciou a sessão com a leitura do caso, que se revelou monótona, ainda que ele procurasse cumprir os protocolos da maneira mais célere possível. Deu início então às palavras da promotoria e da defesa.

Em seu discurso inicial, a promotoria se referia às evidências, enfatizando os elementos colhidos na cena do crime, como a análise do DNA e as digitais de Cezar, alegando serem irrefutáveis. Márcio elencou os absurdos daquele caso desde seu início, as fragilidades das supostas evidências e as manipulações promovidas pela Justiça Militar, que se apropriara daquele caso, sem ter competência para julgá-lo. Além disso, tratava Cezar como vítima, que cumpria prisão há oito anos sem ter qualquer culpa. O promotor fazia seu papel, mas, no fundo, sabia que uma vitória seria muito difícil e parecia conformado com isso.

O juiz então determinou que as testemunhas fossem ouvidas, dando início com as de acusação. A promotoria chamou um legista bastante renomado. Ele se sentou, se identificou e passou a responder às perguntas do promotor.

— Dr. Antônio, há quanto tempo o senhor trabalha como legista?

— Há pouco mais de vinte e sete anos — respondeu.

— O senhor teve acesso ao caso do réu?

— Sim, tive acesso.

— Nesses anos todos, o senhor já viu casos semelhantes ao dele?

— Muitas vezes.

— Com as provas materiais levantadas, confirmação do DNA do réu em material colhido no local do crime, assim como as impressões digitais, em sua análise, existe possibilidade de erro quanto à autoria do crime?

— Não há possibilidade de erro.

— Poderia ser creditada a outra pessoa a autoria desse crime, ainda que remotamente?

— Com o grau de evidências apresentadas, não existe possibilidade de a autoria do crime ser creditada a outra pessoa.

— Meritíssimo, a promotoria finalizou com a testemunha — declarou o promotor, se dirigindo ao juiz.

— A defesa deseja interrogar a testemunha? — Perguntou o magistrado.

— Sim, Meritíssimo — respondeu Márcio, levantando e se dirigindo ao legista.

— Dr. Antônio, o senhor tem informação de que esse caso foi inteiramente conduzido pela Justiça Militar?

— Sim, ouvi falar — respondeu o legista.

— Sabe também que todo o processo de perícia do local do crime, incluindo a coleta de material para análise, se deu por médicos militares sem qualificação técnica para isso?

— Não posso julgar a qualificação de um colega pelo simples fato de ele não ser um especialista. Não sei qual é a experiência dele.

Márcio esperava dele essa resposta, já que o legista era da parte contrária e tenderia a defendê-la.

— Correto, é perfeita a sua análise, mas, mesmo sem considerar a experiência de cada um, existem regras, protocolos a serem seguidos, correto?

— Sim, existem.

— No seu entendimento, todas as etapas da perícia do local do crime, bem como da coleta do material e análise dele, estão de acordo com o que é preconizado?

— Não saberia responder. Não analisei o processo buscando tantos detalhes assim — respondeu, tentando se esquivar a todo custo.

— Vou tentar ajudá-lo. O senhor localizou a análise de DNA no processo? Não me refiro ao resultado dela, mas a análise propriamente dita; onde foi realizada, quem assinou o laudo...

— Não me recordo.

— Ela não consta nos autos. Ela não existe. O senhor considera normal declarar nos autos que o material do DNA colhido no local confere com o do réu sem que se apresente no processo esse laudo para ser periciado, porque simplesmente ele **não existe**?

— Como disse, não analisei essas informações.

— Hipoteticamente, o senhor consideraria uma análise de DNA sem o exame e sem o laudo?

A promotoria protestou, mas o juiz, percebendo o número de vezes que o legista se esquivava, autorizou a resposta.

— Não, eu não consideraria.

— Sabendo que essa situação é exatamente a mesma do caso em questão, o senhor ainda afirmaria que não há nenhuma possibilidade de conferir a autoria do crime a outra pessoa?

— Não, diante dessas informações, que desconhecia, não posso afirmar tal coisa.

— Com relação à autópsia que foi realizada, o senhor considera que também foi feita de acordo com os protocolos? Pergunto isso porque não há fotos nem análise tecidual. Existem somente descrições. Isso é normal? Pode ser validado?

— Notei que existem irregularidades na autópsia, mas as informações foram complementadas com a análise de DNA, que é uma evidência mais forte — respondeu o legista.

— Se elas de fato existissem, correto? — Rebateu Márcio. — Ainda sobre a perícia, também não existem fotos da cena do crime. O processo inteiro se baseia em descrições. Não há nenhuma prova direta, só provas indiretas. Em se tratando de perícia, é possível validá-la nessas condições?

Márcio havia encurralado o legista. Ele não tinha mais como defender o processo, pois havia inúmeras irregularidades.

— Não, considero, sob essa análise, que existem muitas fragilidades nessa perícia — disse Dr. Antônio, olhando para o promotor como que a dizer que havia feito o possível.

— Sem mais perguntas, Meritíssimo.

— A testemunha está dispensada — anunciou o juiz. — A promotoria possui alguma outra testemunha?

O promotor havia também relacionado um parente distante da família, mas, diante do preparo de Márcio, receou se complicar ainda mais. Optou por dispensá-lo.

— A promotoria encerrou, Meritíssimo.

— A defesa deseja interrogar mais alguém?

— A defesa também finalizou, Meritíssimo.

O juiz então voltou-se para Cezar e requisitou:

— Convoco o réu para depor.

Márcio havia instruído Cezar sobre como deveria proceder, dizendo que ele não poderia se incriminar e que estava tranquilo quanto ao depoimento.

Cezar levantou-se e sentou-se ao lado do juiz, que passou a questioná-lo sobre alguns de seus dados para constar nos autos e, de imediato, passou instruções relacionadas ao direito dele como depoente. Ao final, iniciou seu interrogatório.

— Senhor Cezar, o senhor foi acusado, julgado e sentenciado em outro tribunal pelo crime que aqui foi descrito. A primeira pergunta que lhe faço é: o senhor reconhece a autoria desse crime? Em outras palavras, o senhor cometeu esse crime? — Cezar olhou para o juiz e, em seguida, fixou o olhar em Márcio, permanecendo estático. — Senhor Cezar? — Voltou a perguntar o juiz. Cezar então tornou a olhar para ele.

— Sim, Meritíssimo, eu reconheço a autoria desse crime.

O público presente não se conteve e iniciou uma balbúrdia no local. Márcio encarou Cezar com um olhar assustado e atônito, sem saber o que estava acontecendo. O próprio juiz revelava-se surpreso e imaginou que Cezar não havia entendido sua colocação. Pediu silêncio no local batendo com vigor seu martelo sobre a mesa e gritando ao microfone. Quando o ambiente se acalmou, voltou-se para o réu.

— Senhor Cezar, o senhor tem ciência da gravidade da sua revelação?

— Sim, Meritíssimo.

— Gostaria de reformular a pergunta para que não haja dúvida. Senhor Cezar, o senhor matou aquele homem?

— Sim, Meritíssimo. Sou o único responsável pelo assassinato.

Márcio ficou sem ação, mas teria que agir rápido. Pediu permissão para se aproximar do juiz. O juiz, também bastante surpreso com tudo aquilo, permitiu.

— Meritíssimo, meu cliente passou oito anos recluso, em condições sub-humanas. Ele não se encontra em condições de discernir nesse momento o que está falando. Ele não cometeu esse crime. — Márcio precisava pensar rápido, então buscou encontrar alguma fragilidade no caso e lembrou-se da arma que havia sido mencionada nos autos e que nunca fora localizada. Se Cezar era o autor, saberia onde ela estava. — Meritíssimo, por favor, pergunte se ele sabe onde está a arma utilizada no crime. Pergunte sobre detalhes do assassinato e confirmará que ele não sabe o que está fazendo. Por favor, Meritíssimo, eu lhe suplico.

O juiz pensou que Cezar poderia mesmo estar abalado pelo tempo todo em reclusão. Poderia ter sofrido algum tipo de lavagem cerebral, poderia ter sido torturado para reconhecer a autoria do crime, não sabia. Achou por bem questioná-lo sobre pontos que só o autor do crime saberia responder.

— Senhor Cezar, existe a descrição do uso de uma arma de fogo para render a vítima e que foi disparada na cena do crime. O senhor confirma essa versão?

— Sim, Meritíssimo. Utilizei uma arma calibre 38, que possuía na época, para render a vítima e fiz um disparo no local.

— E onde está essa arma? — Perguntou o juiz. — Até hoje, ela nunca foi localizada.

— Enterrei essa arma próximo à cena do crime.

Um tumulto voltou a ecoar no ambiente. Percebendo que havia fortes indícios de ser Cezar o autor do crime, o juiz resolveu seguir o interrogatório para que ele fornecesse maiores detalhes.

— Senhor Cezar, gostaria que o senhor descrevesse aquele dia desde o início.

Cezar passou então a discorrer sobre o caso com enormes detalhes. Muitos nem sequer constavam nos autos. Disse como entrou na casa, como rendeu a vítima e detalhou a forma e momento em que matou o capitão, tendo o cuidado de detalhar os golpes e sua reação. Faltava ao juiz saber a causa daquilo tudo e, ao final da detalhada descrição de Cezar, perguntou:

— Senhor Cezar, por que o senhor cometeu esse crime?

Cezar olhou para o chão e pausadamente passou a relatar suas razões.

— Eu conheci Aline, a filha do capitão. Ela era mais nova do que eu, mas vivia atrás de mim. Seu pai tinha fama de ser bastante violento, então tudo que fiz foi manter distância. Em uma dessas investidas, eu disse que nunca aceitaria ficar com ela. Nesse dia, ela saiu chorando de lá e disse que eu iria me arrepender daquilo. Pouco tempo depois, ela disse ao pai que eu havia tentado estuprá-la. Ele juntou duas outras pessoas, me encurralou próximo à minha casa e me levou a um galpão, onde me bateu até quase me matar. Disse que me mataria se eu voltasse a assediar sua filha. A partir daquele dia, eu não fui mais o mesmo. A vingança passou a ser minha razão de vida. Assim que me recuperei, planejei detalhes de como deveria agir.

O local, antes barulhento em alguns momentos do julgamento, ficou em silêncio. Não restavam dúvidas que Cezar havia cometido aquele crime, porém o juiz parecia ainda não estar convencido, então decidiu por suspender a sessão em busca de novas evidências, em especial a arma que Cezar havia dito que usara no crime e que seria a prova final. Determinou prisão provisória em um presídio, em vez de fazê-lo voltar à delegacia onde ele se encontrava até então.

Márcio estava consternado. Ele não entendia o porquê daquilo tudo. As coisas tomavam um rumo tão diferente do que imaginara que sequer poderia afirmar que Cezar era, de fato, inocente. Não sabia de mais nada. Observava Cezar saindo com os policiais enquanto olhava para ele parecendo querer se desculpar. *Por que ele fez isso?*, pensou.

Naquela noite, não se falava de outra coisa senão a reviravolta do caso. Pessoas debatiam na televisão e em redes sociais. Em poucas horas, Cezar havia passado de vítima a criminoso odiado. Todos perguntavam como teria tido coragem de cometer crime tão violento.

Márcio permaneceu em seu quarto de hotel, sentado, acompanhando as notícias, sem esboçar qualquer reação. Havia feito a escolha de mudar toda a sua vida por acreditar nele, por comprar sua inocência. *Como Cezar poderia ter feito aquilo com ele?*

No dia seguinte, a imprensa estava mobilizada para acompanhar os investigadores na busca da arma mencionada por Cezar em seu depoimento. Todos aguardavam a conclusão das buscas. Alguns ainda acreditavam que ele estava fora de si e era inocente. Márcio se esforçava para acreditar nisso, mas a maioria já o considerava culpado pelo crime. Ele permanecia em seu hotel.

Em algumas horas, os investigadores apareceram com um revólver calibre 38, no local exato onde Cezar informara. Colocaram-no em um plástico para poder periciá-lo. Não teriam mais digitais depois de tanto tempo, mas havia sangue nele e seria possível o cruzamento com uma análise de DNA da vítima. O juiz ainda aguardaria a perícia da arma encontrada, mas ordenou que as partes fossem comunicadas de que em dez dias o julgamento seria retomado.

Àquela altura, ninguém mais acreditava na inocência de Cezar; nem mesmo Márcio. Ele só não entendia o porquê de Cezar não ter lhe falado nada antes. Desde o início, ele havia dito que faria a defesa de qualquer forma, sendo ele culpado ou não. Quando pensava em tudo que tiveram que passar para chegar até ali... para quê? Pensou em Ulrich e no fato de ele ter morrido em vão. Por que Cezar faria isso?

Ele ainda não havia tido coragem para procurá-lo no presídio. Não estudava mais o caso, já havia desistido dele, pois nada faria diferença, ainda mais porque esse não era o desejo de Cezar, então tudo o que Márcio fizesse seria desfeito por ele.

Passava o tempo tentando descobrir onde tinha errado, como havia se permitido enganar tanto. Pela primeira vez, agradeceu o fato de seu pai não estar vivo para presenciar uma humilhação daquele tamanho, pensou. Tinha certeza de estar acabado no meio jurídico, risco esse que Márcio assumira desde o dia em que resolveu seguir com Ulrich, mas jamais imaginou um final tão trágico.

Pensou em todos que ele havia envolvido, na decepção que havia causado ao Dr. Carlos e a tantos outros envolvidos. Apesar de tudo, mesmo achando que Cezar havia traído sua confiança, desejava procurá-lo para ouvir o lado dele, saber o motivo de ter agido daquela maneira. De qualquer forma, ainda era seu advogado, e o julgamento não havia acabado.

Era um final de tarde triste e solitário. Lembrou-se dos finais de tarde maravilhosos da região que tantas vezes apreciara nos últimos tempos e imaginou quando eles voltariam a ocorrer. *Tomara que não demore*, pensou.

Por fim, o dia da retomada do julgamento chegou. Márcio se arrumou, se olhou no espelho e lembrou de toda a empolgação que sentira poucos dias atrás. Agora ele ia ao tribunal por não ter outra opção.

Chegou sem a mesma antecedência de outrora. Entrou na sala de júri principal e sentou-se no local destinado à defesa. Cezar ainda não havia chegado. Queria ele também não estar lá naquele momento, mas bem longe dali e de todos.

Como da outra vez, a sala foi sendo ocupada pelo público que, aos poucos, chegava. Alguns olhavam para ele e comentavam coisas entre si. Na sequência, entrou o júri e, logo após, os policiais trouxeram Cezar. Márcio evitou olhar para ele, não conseguia. Ele sentou-se ao seu lado, ambos calados, e Cezar deu dois leves toques com sua mão direita sobre a perna de Márcio como que a querer lhe transmitir força para seguir. Depois, todos se levantaram para a entrada do juiz, pois o julgamento seria retomado.

O juiz então chamou um perito judicial nomeado para o caso, fez as devidas apresentações e passou a perguntar sobre as novas evidências que obtiveram. Iniciou inquirindo sobre a suposta arma que teria sido usada no crime.

— Dr. Milton, a arma foi localizada no mesmo local apontado pelo réu?

— Sim, Meritíssimo.

— Poderia descrever a arma?

— É um revólver calibre 38, Meritíssimo.

— A arma foi periciada?

— Sim, Meritíssimo.

— Poderia informar o resultado da perícia?

— A arma estava municiada e faltava um dos projéteis. O projétil deflagrado encontrado na cena do crime foi também periciado e pertence à arma que foi localizada. Além disso, no cabo do revólver, encontramos material que parecia ser sangue, o que mais tarde foi confirmado. Foi possível fazer a identificação do DNA do material extraído do cabo da arma.

— De quem era o DNA do sangue encontrado no cabo da arma?

— O DNA encontrado na arma corresponde ao mesmo DNA do senhor Cezar Tavares.

Márcio reagiu fechando os olhos por alguns segundos e voltou a abri-los logo em seguida. Ainda que o DNA encontrado não fosse o da vítima, a presença do sangue de Cezar na arma por ele apontada como sendo a arma que teria disparado na cena do crime e enterrado próximo à casa onde ele fora cometido era a prova final que faltava para confirmar a veracidade de sua confissão.

A hipótese mais provável era que Cezar havia se ferido ao desferir os golpes de faca na vítima e deixado essas marcas de sangue no cabo do revólver no momento de sua ocultação. Após o depoimento do perito, o juiz deu seguimento às considerações finais da promotoria e da defesa para depois, acionar o júri para o veredito final. O promotor jamais imaginara uma reviravolta tão grande e aproveitou-se disso para fazer um discurso inflamado.

Márcio foi chamado no final. Ele não tinha como mudar a confissão de Cezar, e as evidências eram contundentes. A única estratégia que poderia usar era considerar que Cezar já havia sido julgado, condenado e já cumprira sua sentença. Estava preso há oito anos, ou seja, tinha cumprido um sexto da pena e teria direito a progressão do regime. Então ele iniciou.

— Senhores do júri, ao contrário do que possa parecer, não venho pedir aos senhores que simplesmente julguem meu cliente inocente. Não farei isso. Apenas peço para que os senhores analisem esse caso mais profundamente. Cezar já foi julgado, sentenciado e já cumpriu sua pena. Ele está sob detenção em regime fechado há oito anos. Com isso, mais de um sexto de sua pena se passou e, pela lei, poderá fazer progressão de regime. Se Cezar errou, e os senhores decidirão sobre isso, ele já acertou suas contas perante a sociedade. Uma pessoa não pode cumprir pena duas vezes pelo mesmo crime, senhores. É desumano, ilegal e imoral permitir isso. Nas mãos dos senhores do júri, está a possibilidade de se fazer justiça nesse caso. Se a dúvida pairar quanto à inocência dele, não restará dúvida quanto ao direito que ele tem agora de seguir sua vida em sociedade, como qualquer outra pessoa que tenha cumprido com sua sentença. Os senhores podem fazer justiça. Nunca houve em nossa história um caso semelhante. Nunca uma pessoa fora julgada por tribunais de competências diversas pelo mesmo crime. Então, senhores, estamos diante de um caso ímpar, que exige medidas de igual teor. Não deveríamos sequer estarmos diante dessa discussão. A rigor, nada disso deveria ser discutido porque fere princípios constitucionais básicos. Como julgar e condenar a mesma pessoa mais de uma vez pelo mesmo crime? Isso não existe aqui e não existe em nenhum lugar civilizado.

Era tudo que Márcio podia fazer. Nunca havia imaginado chegar onde chegou naquele julgamento. Achou desde o início que a causa estava ganha, o que fez com que ele negligenciasse outras possibilidades, e agora pagava por isso.

Era um plano desesperado, mas havia elementos nele que poderiam reverter o caso a favor de Cezar. Ao menos desejava que, se Cezar fosse condenado, a pena que ele já cumprira fosse descontada, e Márcio tentaria isso, sem dúvida. Era o correto e o que determinava a lei.

O juiz então cobrou do júri o veredito final. Após votarem, o representante se levantou e o magistrado perguntou:

— O júri chegou a um veredito?

— Sim, Meritíssimo.

— Poderia informar qual foi?

— Por sete votos a favor e nenhum voto contra, o júri considerou o réu culpado.

Fez-se no local um grande alvoroço de pessoas falando ao mesmo tempo. Márcio sentia sua cabeça girar e não conseguia focar em mais nada. O barulho entrava em sua cabeça e o atordoava ainda mais. O juiz voltou a pedir por silêncio no recinto para declarar a sentença e fixar a pena.

— Conforme vontade soberana do tribunal popular de júri, por decisão unânime, declaro o réu Cezar Tavares culpado por homicídio qualificado. Conforme determina o novo código penal do estado de Mato Grosso, de 11 de abril de 2025, determino que o réu seja condenado à pena máxima, que, neste estado, é a pena de morte por injeção letal. Encerro o julgamento.

Márcio não se conteve e chorou em meio a um grito uníssono de manifestação de surpresa e espanto de todos os presentes. Olhou para Cezar, que também chorava, demonstrando grande sofrimento em seu rosto, movido pela dor que causava a seu amigo. Ele então segurou com força a mão de Márcio, aproximou-se de seu ouvido e disse alto, tentando vencer o barulho do ambiente:

— Vá me ver, meu amigo, te esperarei. Me perdoe.

Os policiais vieram em seguida para buscá-lo e o levaram. Márcio permaneceu ali sentado, estático, observando a saída de todos até que não restasse mais ninguém, e só então saiu. Lá fora, já não havia mais movimento; a imprensa já tinha deixado o local bem como as pessoas que se aglomeraram em frente ao tribunal para acompanhar o julgamento. Márcio então resolveu caminhar, meio sem direção, para tentar entender o que tinha acontecido ali. Algumas pessoas o reconheciam na rua por onde caminhava e olhavam para ele com uma mistura de pena e consternação, mas não o abordavam, respeitando sua dor e privacidade. Ele caminhava ensimesmado e nem notava.

Pela sua cabeça, passavam tantas informações que ele nem conseguia colocá-las em ordem. Falava algumas coisas em voz baixa, somente para si, e repetia com frequência que seria sempre lembrado como o primeiro advogado da pena de morte no Brasil. Ele, que era sempre tão detalhista com relação aos seus casos, jamais contou com a possibilidade de Cezar ser condenado à pena máxima. A chance de vir a perder aquele julgamento era tão remota que ele não havia se preparado para aquele desfecho. Isso, acima de tudo, causava uma dor maior ainda, a de ter falhado, de não ter analisado todas as hipóteses, como era fundamental em qualquer processo para os bons advogados. Sentia-se menor e achava que talvez merecesse aquilo tudo por ter agido com tanta imprudência.

Caminhou absorto em seus pensamentos sem perceber por onde andava. Sem se dar conta, estava próximo ao cemitério onde Ulrich havia sido enterrado.

Foi até lá, entrou e perguntou a um funcionário onde se encontrava o túmulo de Ulrich, dirigindo-se ao local em seguida. Parou em frente à sua lápide e pôs-se a conversar com ele como se o general estivesse ali a ouvi-lo. Alternava momentos de tristeza e raiva, chorava e sorria ao lembrar dos bons momentos que passara ao lado dele e de Cezar. Jogava para fora tudo que o incomodava.

Ao sair de lá no final da tarde, estava mais leve. Agradeceu a Ulrich por sua ajuda, que tinha a certeza de ter recebido. Ergueu a cabeça e tentou não se culpar pelos acontecimentos. A vida teria que seguir.

Márcio estava de novo em seu hotel e evitava ligar a televisão ou procurar por notícias, porque não queria voltar a experimentar a dor que sentira no dia anterior. Estava decidido a colocar um ponto final naquele triste episódio de sua vida.

Lembrou das palavras de Cezar no final e achou que, apesar de tudo, deveria visitá-lo. Em seguida, se colocou no lugar dele e pensou em como eram menores os seus problemas, pensou na dor e na solidão de estar ali, esperando pela morte. Sentiu que Cezar precisava dele, e ele estaria ao lado do amigo até o final. Por conta disso, se arrumou e foi ao presídio onde ele estava. Apresentou-se como seu advogado e pediu para visitá-lo. Cezar estava isolado em uma cela preparada para ele.

Ao contrário dos outros presos, que recebiam visitas em um local comunitário, ele o receberia em sua cela. Era tudo muito novo. Nunca havia existido um caso de pena de morte no Brasil, então ainda não existiam estruturas adequadas para suportar essa nova realidade, e muito do que vinha sendo feito nos últimos dias era improvisado.

O local para o cumprimento da pena ainda seria montado, já que havia algumas exigências a serem cumpridas. Acharam que o melhor lugar para uma estrutura como essa era o próprio presídio, em um anexo que estava sendo construído para esse propósito. Isso dava a Cezar alguns dias a mais de vida, os quais Márcio duvidou que ele desejasse, mas aproveitaria o momento para estar mais perto do amigo e confortá-lo de alguma forma.

Foi orientado a acompanhar um dos guardas do presídio. Cezar estava isolado em uma pequena ala recém-desativada e que havia sido adaptada para recebê-lo em seus últimos dias. Os corredores de concreto, frios e úmidos, contrastavam com sua última prisão, na delegacia. Ao menos, procuraram criar uma cela confortável para ele, seguindo o costume de sempre acolher um homem em seus últimos dias de vida.

Márcio entrou e Cezar abriu um enorme sorriso, levantando-se para lhe dar um forte abraço. Ele aceitou, retribuiu o gesto e percebeu que, a partir dali, não carregava mais rancores nem nada. Havia reencontrado seu amigo e aproveitariam o tempo que lhes restava. Sentou-se de frente a ele e perguntou:

— E aí, como está o serviço de quarto? Melhor do que na outra hospedagem?

Cezar sorriu.

— Na última, o carcereiro era meu amigo, mas não posso reclamar. Estou sendo bem tratado — respondeu. — Que bom que você veio. Meu maior receio era não conseguir falar com você e pedir seu perdão por toda a dor que lhe causei.

— Cezar, preciso que você abra seu coração para mim e seja sincero. Por que agiu daquela forma? O que aconteceu? — Perguntou Márcio, sem disfarçar sua emoção.

— Não sei se você conseguirá entender minhas razões, mas elas existem. Eu fui torturado durante muitos anos e decidi que isso nunca mais aconteceria, ainda que custasse minha vida. Com a exposição desse caso, tive certeza de que, ainda que eu fosse libertado, jamais estaria livre. Não tardaria e iriam atrás de mim, me levariam para algum local sem você nem Ulrich por perto para me proteger. Você mesmo correria um enorme risco, pois precisariam te silenciar para que não me buscasse quando isso ocorresse. Eu não poderia deixar isso acontecer de forma alguma. A pena de morte era minha única alternativa.

— Mas você premeditou tudo isso? Por que não me disse? Poderíamos discutir as possibilidades. E Ulrich? Ele morreu para que você ganhasse a liberdade.

— Sofri muito e ainda sofro com a morte dele. Ele não poderia ter feito o que fez, não era nosso plano, nunca foi. Deveria aguardar a decisão da junta. E eu não poderia te dizer meus planos. Você jamais aceitaria minha decisão. É seu direito nunca mais me perdoar pelo que fiz, mas não tive alternativa, Márcio, não havia saída.

— E o crime, Cezar? Você cometeu aquele crime? Sempre acreditei que você era inocente. Agora, com tantas evidências que ajudou a levantar, já não sei mais. Em algum momento imaginou que eu não faria sua defesa se soubesse de toda a verdade? Matou aquele homem, Cezar? Olhe nos meus olhos e me responda.

Cezar obedeceu, pegou em suas mãos e respondeu:

— Meu amigo, lhe faço um juramento aqui e agora. Um dia, você saberá de toda a verdade. Todas as suas dúvidas serão esclarecidas, mas esse dia não é hoje nem amanhã. Por favor, não me peça para falar sobre isso agora.

Márcio ouviu as palavras de Cezar e não teve alternativa senão aceitar. Tentaria não mais abordar esse assunto, respeitaria sua vontade. Então, como nos velhos tempos, permaneceram ali tentando pensar em outras coisas. Era difícil para Márcio, mas ele se esforçava.

Decidiu visitar Cezar durante todos os dias até sua sentença, então acreditava que o tempo diluiria aquele sentimento e os aproximaria ainda mais. O carcereiro interrompeu os dois para trazer o almoço de Cezar. Ficava claro que a refeição não era a mesma servida no presídio. Apesar dos pratos, talheres e copo de plástico, o aspecto e o cheiro eram convidativos.

— O diretor mandou trazer de um restaurante aqui perto. Acho que você vai gostar — disse o carcereiro, apoiando a bandeja sobre a cama de Cezar.

Márcio achou curioso como todos o tratavam bem pelo fato de saber que estava condenado à pena de morte. Acreditou que o sentimento geral era de ser uma pena tão severa que nem o mais terrível ser humano a merecia, então tratavam de compensar de outra forma, abstraindo os crimes pelos quais havia sido condenado.

Márcio resolveu deixá-lo; voltaria no dia seguinte. Por perceber o tipo de tratamento que Cezar recebia, imaginou que conseguiria trazer alguns mimos de fora, então perguntou a ele se queria que trouxesse alguma coisa. Cezar disse que estava bem e, caso Márcio conseguisse, que levasse algum livro para ele se distrair à noite, que era o horário mais crítico, segundo ele. Os dois se despediram e Márcio se foi.

Como havia combinado de levar um livro para Cezar, resolveu que tentaria também levar uma boa garrafa de uísque para tomar com ele. Então tirou o resto do dia para descansar, pensar em outras coisas e comprar o que havia prometido.

No dia seguinte, ali estava ele de novo. Na imprensa, noticiavam que a provável data da execução de Cezar seria em dois dias, e Márcio procurava não pensar nisso.

Quando se apresentou como advogado de Cezar, foi informado de que aquele seria seu último dia autorizado para visitá-lo, já que no anterior à execução ele deveria ser preparado para o procedimento. A notícia foi um choque; Márcio ainda imaginava que teria algum tempo com o amigo. Aproveitou-se dessa condição e pediu aos guardas para liberarem a bebida e o livro. Eles conversaram entre si e decidiram fazer vista grossa, mas passaram o uísque para uma garrafa plástica por temerem suicídio, o que era comum nessas condições. Em seguida, Márcio entrou na cela de Cezar com o livro em uma das mãos e a garrafa pet na outra. Voltou-se para ele e disse:

— Você pode não acreditar, mas esse foi o melhor uísque que encontrei na cidade.

Cezar riu ao olhar para o que Márcio segurava.

— Bom, então vamos ao trabalho — retrucou, pegando a garrafa das mãos de Márcio e servindo a bebida em dois copos descartáveis que tinha consigo.

— Você já está sabendo? — Perguntou Márcio.

— Fique tranquilo, meu amigo, estou preparado, pode acreditar — respondeu Cezar, confirmando que estava a par do dia de sua execução. Estendeu o copo ao alto e se dirigiu a Márcio. — Um brinde à nossa saúde. — Ambos pararam para pensar na cena e caíram juntos na gargalhada. Permaneceram ali, bebendo e conversando.

Márcio pensava nos dias em que Ulrich fizera o mesmo com Cezar. Quantos momentos passaram juntos lá naquele quartel, tentando amenizar o sofrimento dele. Quando chegou o momento do almoço, o carcereiro entrou, mas desta vez com dois pratos. Piscou para Márcio e disse:

— Com os cumprimentos do diretor.

Seguiram conversando e rindo, procurando não pensar muito no que estava por vir. Um breve momento de silêncio se fez e Cezar questionou em tom mais sério:

— O que você vai fazer daqui adiante?

Aquela pergunta fez com que Márcio pensasse sobre algo que ainda não tinha resposta.

— Não sei. A única certeza que tenho é que não advogarei mais.

— Por causa do acontecido? Por ter perdido esse caso?

— Não. Já havia tomado essa decisão quando meu pai faleceu. Percebi que tudo o que fazia era para ele. Queria mais que tudo ser como ele era, seguir seus passos, perceber que ele se orgulhava de mim. Com a morte dele, notei que esse não era meu caminho. Ele mesmo não queria isso de mim, queria que eu fosse feliz com as minhas escolhas. Além disso, acho que sou um péssimo advogado. — Ambos riram da brincadeira. — Não tenho mais nada que me prenda aqui, sempre sonhei em abrir meus horizontes e vejo que essa é uma boa oportunidade para isso. Acho que pensarei um pouco menos em meus planos e vou deixar a vida me levar um pouco.

— Você é um bom homem, Márcio — disse Cezar, sem tentar disfarçar a emoção. — Tenho certeza de que seu pai teve muito orgulho de você e de suas escolhas. Você merece ser feliz e, acredite, ainda acontecerão muitas coisas boas em sua vida.

— Por que me escolheram, Cezar, você e Ulrich? O que os levou até mim? Quando te conheci você me disse que a escolha por mim teria sido sua.

— Você me apareceu, Márcio. Sei que é difícil entender, mas um dia acordei e sabia que você era a pessoa certa. — Era uma situação difícil de entender. Procurou mudar de assunto.

— Por que Ulrich decidiu seguir a carreira militar? — Perguntou Márcio, curioso.

— Ele não queria deixar a região onde havia crescido. Depois que se formou como médico, retornou e o melhor hospital da região era militar. Quase toda família tradicional da região tinha algum parente oficial. Ele acabou entrando para o Exército e não saiu mais. Acho que o temperamento rígido dele, aquele jeito europeu, nórdico, combinava com a vida militar que ele escolhera.

— Você fala de Ulrich como se ele fosse seu pai.

— Ele foi mais que um pai para mim. Tive pouco contato com meu pai verdadeiro, pois ele adoeceu quando eu era criança e faleceu pouco tempo depois. Fui criado pela minha mãe. Ela era uma mulher guerreira.

— Você tem irmãos?

— Tive dois irmãos e uma irmã, mas nunca mais soube de ninguém. Minha mãe também já faleceu. Não tenho família; nunca me casei e não tive filhos. Talvez esse seja meu único arrependimento. Queria poder ter uma nova família — relatou Cezar. Márcio ouvia e pensava que os desejos do amigo eram os dele também.

— Acho que aprendi muito com você e Ulrich. Vocês me ensinaram a olhar a vida de um outro jeito — disse e, em seguida, pegou seu copo e o de Cezar e os completou com o restante que havia na garrafa. — Você não está com medo, Cezar? — Perguntou, baixinho, olhando dentro de seus olhos.

— Você pode achar isso estranho, mas estou tranquilo; de verdade. Estou em paz. Acho que já esgotei toda a parcela de medo dessa vida.

Márcio pensava nas coisas que ele dizia, tentava imaginar toda a dor que sentira durante a vida.

— Lamento ter conhecido vocês tão tarde e por tão pouco tempo. Gostaria que pudéssemos conviver mais. Sentirei falta disso.

Cezar permaneceu calado, deu um novo gole em seu uísque e recostou-se em seu travesseiro apoiado na parede. Então, ele olhou para Márcio e disse:

— Você conhece a história do homem que queria tudo?

Márcio achou a pergunta estranha.

— Não, não conheço — respondeu. — O que aconteceu com ele?

— Ele conseguiu — replicou. Márcio imaginou ter perdido alguma parte, então Cezar, percebendo que ele não tinha entendido, continuou. — Temos que tomar cuidado com o que desejamos.

Os últimos copos de uísque haviam acabado e chegava a hora de Márcio ir embora. Não seria fácil. Cezar, percebendo sua resistência em ir, voltou a segurar-lhe as mãos.

— Fique tranquilo, meu amigo. Eu estou bem, não sofrerei.

Márcio não se conteve. Toda a força que guardara até aquele momento se desfez em um choro descontrolado. Cezar abraçou seu amigo e deixou que ele chorasse seu choro abafado em seu ombro. Não disse nada; não havia o que dizer. Aos poucos, Márcio foi se recobrando e se conformando. Precisava ir. Olhou em volta por todo o ambiente e, depois, para Cezar, como que a registrar uma última imagem dele ainda com vida. Não queria guardar a imagem de sua execução. Então, levantou-se e disse a ele:

— Obrigado pelo tempo que passamos juntos.

Cezar deu nele um último abraço e um beijo em seu rosto. Márcio saiu da cela sem olhar para trás. Precisava ser forte, porque sabia que o pior ainda estava por vir.

Era uma sexta-feira de fevereiro, o dia estava nublado, mas não chovia. Fazia calor, como era habitual para a região, porém menos do que o esperado para a época do ano. Todas as páginas de todos os canais de notícias no Brasil e vários internacionais tinham como manchete a inédita sentença da pena de morte que seria cumprida.

Desde sua promulgação, havia grandes discussões a respeito dos direitos humanos. Grupos de esquerda e de centro manifestavam-se contra a sentença, que era apoiada por extremistas. As discussões abrangiam todos os aspectos. Alguns canais de notícias explicavam os detalhes, com imagens de como seria realizada a execução; em outros, grupos discutiam se ela deveria ser considerada legal ou não. Só se falava nisso em todos os lugares. Pesquisas eram feitas nas ruas e na internet, buscando saber o posicionamento da população.

Os repórteres foram autorizados a acompanhar a execução do lado de fora do presídio onde ela aconteceria, o mesmo lugar onde Cezar estava. Montaram dentro dele uma estrutura com uma sala equipada como um quarto de hospital, com uma maca, monitores e bombas de infusão.

A sala era dividida por um grande vidro, atrás do qual ficavam vinte cadeiras dispostas em fileiras de cinco, destinadas a autoridades, advogado e família. O juiz responsável pelo julgamento também estaria presente para validar o cumprimento da pena. A imprensa não seria permitida no local, bem como não seria autorizado nenhum tipo de filmagem e fotos. Na sala de execução, como era chamado o local onde seria praticada a infusão letal, ainda ficariam dois médicos: um que faria a infusão de três substâncias venosas em sequência, e um segundo médico que era também um perito judicial, que atestaria o óbito.

O local seria aberto com antecedência de uma hora para que os convidados se acomodassem e, em seguida, iniciariam a infusão letal. Alguns policiais seriam distribuídos pelo local para garantir a segurança de todos.

Márcio chegou de carro dentro do horário recomendado e se infiltrou por entre o aglomerado de repórteres que bloqueava sua passagem a fim de tentar obter uma entrevista, o que, até aquele momento, ele ainda não havia concedido a ninguém. Posicionavam câmeras nos vidros do carro que alugara para ir até lá, impedindo sua visão. Os guardas do presídio, percebendo a situação, trataram de formar um cordão de isolamento para permitir a sua entrada.

Após entrar, foi conduzido até a sala de execução. Estava ansioso e respirava de forma ofegante. Achou que não suportaria. Já na sala, foi cumprimentado pelo juiz do julgamento, que teceu elogios a ele, tentando minimizar sua vexatória derrota. Ali também presentes, Márcio reconheceu o governador do Estado e o presidente, além de outras figuras famosas da política. Tinham-lhe reservado um lugar logo à frente.

Os espectadores conversavam entre si, tentando descobrir como deveria ser o procedimento, se seria, de fato, indolor. Alguns mencionavam a crueldade da execução pela cadeira elétrica, acreditando que a injeção era uma forma mais humanizada de executar alguém, como se isso existisse. Enquanto isso, Márcio olhava pelo vidro e via o quarto ainda vazio, como se fosse uma peça de teatro da qual ele fosse o público. Todos já estavam acomodados quando a porta lateral do quarto se abriu e, por ela, entraram dois médicos.

Na sala onde Márcio estava, um guarda se posicionava de pé ao fundo e parecia ter sido designado para explicar aos presentes o processo de execução. Ele esclareceu a função de cada médico presente. Disse também que o vidro que fazia a divisão entre os ambientes era à prova de som e espelhado pelo outro lado, impedindo a visão. A seguir, antes da entrada de Cezar, o guarda passou a descrever as etapas da infusão letal. Dizia ele que as injeções letais seriam aplicadas através de um cateter já inserido no condenado e que o processo era dividido em três fases. Na primeira, ocorria a infusão de um barbitúrico, responsável por induzir o condenado ao coma. Isso garantia que o processo fosse indolor. Na segunda fase, era feita a infusão de um relaxante que paralisava os pulmões e o diafragma, enquanto na terceira e última fase se dava a infusão de cloreto de potássio em doses elevadas, o que promovia a parada cardíaca.

Finalizada a explicação, Cezar foi trazido à sala de execução por três guardas. Deitaram-no sobre a cama e fixaram seus braços em dois suportes que saíam de sua lateral, de forma a imobilizá-lo. Fizeram o mesmo com suas pernas. A seguir, conectaram o equipamento de infusão em seu cateter, instalaram os sensores dos monitores e aguardaram ordens para efetuar a execução.

Márcio olhava para Cezar, sabendo que o amigo não podia vê-lo. Ele parecia calmo, aguardava o fim sem esboçar qualquer reação.

Àquela altura, na sala dos convidados, o silêncio era total. Dava para ouvir as respirações desconfortáveis. O guarda então aproximou-se do presidente e comentou algo em seu ouvido, o que Márcio não conseguiu entender. O presidente acenou a cabeça em sinal afirmativo. O guarda seguiu até a lateral esquerda da frente da sala, pegou um telefone e aguardou. Na sala de execução, um dos médicos atendeu o telefone do outro lado e o guarda disse, baixinho:

— Está autorizado.

Ele ainda permaneceu ali na frente, como se aguardasse alguma coisa.

O primeiro médico do outro lado acionou o equipamento da primeira infusão. Podia-se ver as batidas do coração de Cezar pelo monitor. Sua frequência cardíaca não se elevava. Ele parecia mesmo estar calmo. Aos poucos, seus olhos fecharam; parecia já estar sedado. A segunda infusão foi iniciada e o monitor passou a apresentar alterações.

O guarda então quebrou o silêncio para informar o início da segunda infusão e que as alterações que ele apresentava eram devidas a uma parada respiratória. Seu corpo parava de receber oxigênio de seus pulmões. Foi iniciada a terceira infusão, e o ritmo de seu coração foi alterando até uma súbita parada, percebida pela linha contínua e reta no monitor. Cezar havia morrido.

O segundo médico começou a examiná-lo, colocando o estetoscópio sobre o seu peito, checando o pulso, as pupilas, e então se afastou. O primeiro médico seguiu o mesmo protocolo. Em seguida, o segundo médico pegou o telefone, fazendo-o tocar na sala dos convidados. O guarda atendeu, dirigiu-se ao presidente e voltou a dizer algo baixinho em seu ouvido. Márcio não precisou escutar. Seu grande amigo tinha partido como era seu desejo. Márcio sentiu alívio por ver que, de fato, ele não parecia ter sofrido. Era seu único acalento.

Na sala de execução, após tudo finalizado, fecharam uma cortina cobrindo a visão de quem estava na área dos convidados. Todos os presentes foram ordenadamente se levantando em silêncio e saindo. Márcio foi um dos últimos a deixar o local.

Quando atravessou a porta de saída da sala, ouviu chamarem seu nome lá de dentro. Voltou. Um dos guardas trazia em sua mão um envelope. Ele o entregou a Márcio dizendo que era de Cezar. Quando ele abriu, não conseguiu segurar o choro de sofrimento. Cezar havia lhe deixado o colar com o pingente que ele tanto amava, presente de Ulrich. Márcio passou a sentir em suas mãos o toque dos relevos daquela peça tão especial. Então colocou ao redor de seu pescoço, prometendo a si jamais deixar de usá-lo.

Tudo o que queria agora era ir embora de lá e deixar tudo aquilo para trás, mas estava exausto. No dia seguinte, voltaria para São Paulo.

Márcio entrou em casa, tirou os sapatos e se deitou no sofá da sala colocando as mãos por trás da nuca. Contemplou o teto com seus olhos claros, tentando não pensar em nada. Não aguentava mais viver em um quarto de hotel. Tiraria aquele dia para descansar e arrumar suas coisas, depois pensaria no que fazer.

De repente, a campainha tocou. *Deve ser André*, pensou.

Caminhou devagar até a porta e, ao abri-la, lá estava ela: Adriana, com os olhos mareados.

— Eu sei que você quer que eu fique longe, juro que tentei. Mas não consigo — disse ela, chorando.

Eles então se abraçaram como costumavam fazer. Ela se lançou sobre ele, se pendurando em seu pescoço, tirando os pés do chão enquanto se beijavam apaixonadamente.

— Eu também tentei ficar longe para te proteger. Nunca mais vou deixar você ficar longe de mim, Adri — disse ele.

Ela colocou o dedo sobre a boca dele para que ele não dissesse nada e voltou a beijá-lo. Ela havia voltado para ficar. Com isso, eles aproveitaram para ficar deitados no sofá juntos, namorando, matando a saudade dos últimos meses longe um do outro. Ele contou sobre as coisas que haviam acontecido, a grande dor de perder Cezar e a força que André havia dado a ele durante o período em que ele ficou sozinho. Adriana disse que pensava nele o tempo todo e que se esforçava ao máximo para ficar distante, mas não conseguia. Recebeu o apoio de seus pais para suportar aqueles momentos difíceis, mas parecia que tudo isso, agora, era passado. Queriam seguir em frente, em uma nova vida.

A campainha tocou de novo. Márcio levantou-se para atender, e era André. Quando ele viu Adriana, correu para dar um abraço na amiga.

— Adri, meu Deus, como estou feliz por você estar aqui. Você veio me ver? — André não tinha jeito, não perdia a oportunidade para brincar.

— Ele já vai começar, Adri — comentou Márcio, fazendo ela rir.

Resolveram que deveriam comemorar. André quis levá-los até o Bora Bora para almoçar. Chegando lá, começaram a colocar os assuntos em dia. André ainda estava muito apreensivo com o lançamento do novo Hope, que estava programado para ocorrer em poucos dias.

Eles se sentiam impotentes. Todas as investidas contra a SafeLife haviam dado errado. A empresa era muito forte, e não viam como poderiam atrapalhar os planos dela.

— E você, André? Como ficou depois do caso de Ana Luiza? — Perguntou Adriana, pois era difícil ver André triste, mas ele tentava disfarçar dizendo que não se importava.

— Vida de midialista é assim. Vou me levantar em pouco tempo. Estou me virando.

Márcio olhou para Adriana como que a reconhecer o sofrimento dele, então procuraram mudar de assunto. Ao saírem de lá, combinaram de se encontrar mais tarde. Estavam juntos de novo e era isso o que importava para eles; tentar esquecer todo o sofrimento que passaram.

Quando voltaram ao apartamento, Adriana quis saber mais sobre o triste dia da morte de Ulrich, já que saíra de lá sem saber o que tinha acontecido. Márcio então contou para ela que Ulrich havia deixado um vídeo explicando tudo para ele e que a morte de todos não era acidental. Adriana ficou impressionada com a revelação e quis ver o vídeo do general. Márcio entrou no site, que não acessava desde a morte do amigo, introduziu o código e estranhou ao notar que a página havia mudado. Em vez dos arquivos aos quais outrora tinha acesso, apareceu na tela uma imagem que parecia reproduzir o pingente que Cezar havia lhe dado. Ele então tirou o colar e o mostrou para Adriana. Ficaram olhando para o objeto, tentando descobrir o que aquilo significava. Ele passou a correr o mouse pelas linhas da figura, que ficavam iluminadas quando tocadas pelo cursor. Perceberam que se tratava de um novo código e que o colar que recebera deveria ser a chave para o mistério.

Entraram na internet e buscaram por informações de rodas divididas em seis partes, mandalas e tudo mais relacionado àquela imagem, mas nada descobriram, nada que desse a menor pista do que ela representava. Pensaram em conversar mais tarde com André para ver se ele tinha alguma nova ideia.

Márcio quis falar de uma outra ideia que tivera para ela. Ele entrou no site de um aplicativo de midialistas. Era uma agência que ficava na mesma rua do apartamento deles. Disse que vinha pesquisando esse pessoal há algum tempo. Era uma galera mais jovem, que estava começando a ganhar bastante visibilidade no mercado.

— O que você acha? — Perguntou para ela.

— Sobre o que você está falando? — Respondeu, confusa.

— Ulrich me deixou uma fortuna que não sei nem como vou usar. Eu queria comprar a sociedade dessa agência e dar para o André. Me sinto responsável pelo que aconteceu com ele.

— Nossa, amor, que ideia!

— Em um desses dias, liguei para André e disse que o escritório pretendia contratar o serviço deles, para ver se ele conhecia. Falou que o pessoal era ótimo; só fez elogios. Quer dar um pulo lá comigo para conhecer?

Adriana concordou, animada. Caminharam pela rua entusiasmados com a proposta. André ficaria louco se eles conseguissem. Entraram na agência que ficava a poucas quadras dali. Era o escritório do aplicativo de midialistas, e suas instalações eram supermodernas e coloridas. Quando entraram, viram que os funcionários andavam bem à vontade, como se estivessem em casa. Todo o grupo era composto por jovens na faixa de, no máximo, trinta anos. Imaginou que, se André estivesse ali, ficaria louco só de pensar.

Márcio pediu para conversar com um dos donos do local. Todos olharam de forma estranha para eles, mas eram bastante informais, então, em pouco tempo, apareceu um dos donos.

— Posso ajudar? — Perguntou ele, olhando de forma estranha para o casal.

— Pode sim, meu nome é Márcio, você é...?

— Me chamo Flávio. Quer entrar? — Convidou, apontando para sua sala, que ficava no fundo do local. — Procura algo em especial? — Indagou após se sentar.

— Flávio, para ser sincero, procuro, sim. Gostaria de comprar sua empresa — respondeu Márcio, sem rodeios. Adriana riu sem querer da forma espontânea como ele havia falado.

Flávio também caiu na gargalhada.

— É algum tipo de pegadinha? — Perguntou, ainda rindo.

— Você conhece o André Esteves? — Rebateu Márcio.

Flávio ficou sério na mesma hora.

— Nossa! Quem não conhece o André? O cara é um monstro. O que fizeram com ele foi sacanagem das grossas.

— Então, eu sou um investidor interessado em recolocá-lo. Você gostaria de tê-lo como sócio?

Flávio ficou olhando para Márcio e Adriana sem dizer nada, ainda sem acreditar em tudo aquilo.

— É sério mesmo? Vocês não estão brincando?

— Olha, sou advogado. — Retirou da carteira seu cartão e o ofereceu para Flávio. — Além disso, André é um irmão para mim. Desejo investir aqui se você desejar tê-lo como sócio.

— Meu Deus. Ter André aqui conosco só pode ser um sonho.

— Gosto de jogar aberto — completou Márcio, sério. — Você sabe que ele está impedido de atuar como midialista, não sabe? Isso não impede em nada que ele seja sócio de uma empresa de mídia, nem que a gerencie. Ele só não pode assinar matérias.

— Eu sei, Márcio. Sei até mais do que você possa imaginar. Esse meio é muito pequeno. Somos três sócios aqui. Vou conversar com os outros dois. O André é um cara que qualquer um desejaria ter como sócio. Prometo que te darei uma resposta em breve.

Márcio se levantou e apertou a mão de Flávio, enquanto ele ainda o encarava com descrença. Quando saíram, os dois pareciam duas crianças. Adriana olhou para ele.

— Não acredito no que você fez! Meu Deus, foi o máximo — disse ela, animada.

Márcio ria da situação sem também acreditar como tinha abordado Flávio. Ele havia sido espontâneo. Nunca imaginou ser capaz de fazer o que havia feito.

Um vulto se aproxima de Márcio. Ele não tem medo. Assiste tudo tranquilamente, não deseja fugir. O vultou se aproxima mais e revela seu rosto. É Cezar. Ele está sorrindo para o amigo, sua expressão transmitindo calma, serenidade. Aproxima-se de Márcio e diz: "Adriana tem a solução".

Márcio desperta no meio da madrugada. Estava calmo, experimentando uma sensação de paz, felicidade. A imagem de Cezar parecia pôr fim a um longo período de sofrimento. Olhou para Adriana, que dormia ao seu lado, e pensou: *Qual solução?* Então voltou a dormir.

Quando acordaram pela manhã, ele contou o sonho a ela. Adriana ficou surpresa. Não tinha a menor ideia de como poderia ajudar, mas ficou curiosa. Eles se arrumaram para sair, mas Márcio disse que ficaria no apartamento para resolver alguns problemas e iria mais tarde. Ao sair, ela deu um abraço nele.

— Cuida dos cachorrinhos... — disse, em tom de brincadeira, como de costume.

— Cuida dos cachorrões — replicou ela, até que, de repente, parou olhando para ele sem ação.

— Aconteceu alguma coisa, Adri? — Perguntou, estranhando.

— Acho que sei qual é a solução a que Cezar se referiu...

Ela pegou a mão dele e o levou até a mesa da sala, onde estava o computador, e abriu um site de pesquisas europeu. Eram pesquisas conduzidas por veterinários que utilizavam o Hope em animais.

— Onde você quer chegar? — Perguntou Márcio.

— Essa é toda a base de minha pesquisa. O Hope funciona nos animais. Acontece que não existe registro da flora microbiana deles na base de dados do Hope.

— O que isso significa?

— Que qualquer animal que estiver com o Hope e atravessar o túnel de leitura irá acionar o alarme de contaminação. Os microrganismos dos animais e dos humanos são diferentes.

— Mas o que você pretende fazer com essa informação?

— Se implantarmos o Hope em vários animais ao mesmo tempo, iremos causar um caos no sistema da SafeLife. Isso poderá atrasar o lançamento do novo Hope.

— Mas isso teria que ser feito em vários países ao mesmo tempo, uma megaoperação. Como seria possível? — enquanto falava, lembrou de Victor e da Salus. — Sei de uma pessoa que poderia ajudar!

Márcio pegou na mão de Adriana e disse, ansioso:

— Vem comigo.

Caminharam pela rua em direção à galeria San Martin. Quando chegaram, seguiram até o restaurante de Lorenzo. Márcio bateu na porta e, poucos segundos depois, Lorenzo veio recebê-lo.

— Márcio, quanto tempo! Entra.

— Lorenzo, essa é Adriana, minha esposa — disse ele, fazendo-a sorrir por ter sido apresentada dessa forma, antes de entrarem e se sentarem.

— Então, o que te traz aqui?

— A Adriana é veterinária e trabalha na área de pesquisa. Ela teve uma ideia que pode dar certo, mas preciso saber de uma informação antes. Há algum tempo, me abordaram na rua e me ofereceram um Hope contrabandeado. Ele funciona mesmo?

Lorenzo respondeu, mesmo sem entender aonde Márcio queria chegar.

— Sim. Na verdade, são mercadorias roubadas. Mas eles são identificados pelos sensores algum tempo depois de serem ativados, e quem estiver usando um pode até ser preso. Só louco para comprar esses Hopes.

— Mas então eles têm que ser ativados? Quem faz isso?

— São programas piratas, parecidos com o site no qual acessamos as funções dele. Ninguém vai querer usar esses Hopes, Márcio. Isso dá cadeia...

— Sim, eu sei. A ideia dela é outra. Eles funcionam, correto? Possuem o *scanner* ativo e conseguem mapear microrganismos como o Hope normal?

— Eles são um Hope normal, só que são roubados. A única diferença é que a SafeLife, com o tempo, identifica esses registros, e eles passam a disparar um alarme. É um alarme com luz amarela, que informa que o Hope é clandestino. Se a fiscalização sanitária pega, leva na hora para a delegacia.

— Você ouviu falar dos testes com o Hope em cães? Queriam saber se funcionaria no intuito de criar um Hope veterinário.

— Sim, fiquei sabendo desses testes.

— Os Hopes implantados nos cães ativaram os alarmes de contaminação porque a flora de microrganismos dos cães é muito diferente da humana, que é a base de referência do Hope. Não é isso?

— Sim. Mas o que vocês pretendem?

— Se colocarmos o Hope escondido em alguns cães, será um caos total. Os alarmes tocarão o tempo todo. As pessoas serão levadas para a triagem de infecções e não vão ter nada. Ficarão loucos com isso e não descobrirão nada de cara.

— Sim, isso aconteceria — disse Lorenzo, pensativo —, mas, depois que descobrissem, iriam fazer alguma coisa para bloquear o escaneamento de cachorros. Eles analisam até o DNA. Não acha que vão filtrar as informações para bloquear esses ataques?

— Mas ganharíamos tempo. Eles seriam obrigados a adiar o lançamento do novo Hope até fazer todas essas adaptações. Além disso, a empresa ficaria fragilizada, geraria desconfiança em todos os usuários. Seria um golpe duro contra eles.

— Márcio — disse Lorenzo, sem deixar transparecer qualquer sinal em seu rosto —, é o plano mais absurdo que já ouvi na minha vida toda, mas adorei! — exclamou sorrindo, empolgado. — De qualquer forma, precisamos testar antes de colocar o plano em ação. Adriana, sua ideia é fantástica.

Para certificar-se de que o sensor funcionaria nos cães, Lorenzo contou o plano para Luciano, que ficou de arrumar um Hope clandestino. Em seguida, implantariam o sensor em um cachorro e o testariam.

Luciano apareceu na casa onde haviam feito a reunião clandestina e lá encontrou Márcio, Lorenzo e Adriana à sua espera. Vinha com um pequeno spitz alemão, que, por ser todo peludo, tornaria a procura por um sensor uma tarefa muito difícil.

— Tudo certo, Luciano? — Perguntou Márcio. — Trouxe a pistola para implantar também?

— Sim, está tudo certo. Esse aqui é o Floquinho, ele irá ficar famoso hoje. O Hope já foi ativado, então agora é só implantar e testar.

Pegaram o pequeno Floquinho, colocaram-no sobre uma mesa e dispararam a pistola com o Hope clandestino no dorso dele. O bichinho nem sentiu. Era como uma vacina. Após implantarem, notaram como o sensor sumia em meio ao vasto pelo. Seria muito difícil descobri-lo.

— Bom, tudo certo. Vamos testar — disse Márcio, ansioso. — Podemos fazer o seguinte: eu vou sozinho na frente e atravesso o túnel de leitura. Adriana, você vem com o Floquinho atrás. Se disparar o alarme, parecerá que foi algum erro. Ninguém será levado para o centro de triagem de infecções.

— Perfeito — disse Lorenzo. — Vamos escolher alguma rua que não tenha muito movimento.

Entraram no carro e seguiram para uma rua que Lorenzo conhecia e sabia que era tranquila. Ao chegarem, estacionaram ali perto e desceram com o Floquinho no colo. Se aproximaram de um túnel de leitura do Hope e perceberam que não havia ninguém ali, nem mesmo o fiscal sanitário. O local era perfeito.

Adriana segurou Floquinho pela coleira e atravessou o túnel logo atrás de Márcio. Floquinho correu por entre o túnel, disparando um ruidoso alarme com luzes vermelhas, que significavam contaminação. Ele correu assustado com todo aquele barulho, e Adriana foi atrás para pegá-lo.

Perceberam que um fiscal já se aproximava correndo, vindo de longe, então entraram no carro quase ao mesmo tempo e se foram. Gritavam como crianças. Márcio, que dirigia, batia no volante com força em uma mistura de raiva e felicidade. Adriana chorava de rir e estava emocionada por participar daquela aventura. Voltaram para a casa clandestina para definir como agiriam.

Logo que chegaram, balançavam Floquinho comemorando. Ele ficou assustado, sem entender nada, então voltaram a colocá-lo sobre a mesa e dispararam a pistola, desta vez sobre seu Hope, para retirá-lo, sem que ele esboçasse qualquer reação.

Sentaram-se ao redor da mesa de reuniões, deixando o cãozinho andando sobre ela enquanto pensavam no que fariam.

— E agora, Lorenzo? Vimos que dá certo. O que faremos?

— Bom, sei que, o que formos fazer, terá que ser feito em todos os lugares ao mesmo tempo. Caso contrário, eles perceberão e ativarão algum mecanismo para filtrar os Hopes dos cachorros.

— É verdade — concordou Luciano —, mas como vamos implantar esses Hopes?

Ficaram todos em silêncio pensando em alguma resposta. Adriana então teve uma ideia.

— Para colocar o Hope, foi como se estivéssemos vacinando o Floquinho. E se simulássemos uma campanha de vacinação? — Propôs ela. — Não precisamos colocar em muitos cachorros. Alguns já serão suficientes para causar um enorme transtorno.

— Mas precisamos fazer isso em várias grandes cidades ao mesmo tempo — lembrou Lorenzo. — Como vamos conseguir orquestrar uma operação dessas?

Luciano coçou a cabeça e disse:

— Vamos ter que conversar com o Victor. Ele vai ter que acionar o pessoal da Salus e recrutar gente em todos os locais.

De repente, Márcio ficou preocupado.

— Tenho medo de pôr tudo a perder de novo — disse ele. — Já quase acabei com a TecSearch, Giulia está presa... Victor não irá querer embarcar numa loucura dessas.

— A Giulia foi presa por imprudência da parte dela — comentou Lorenzo. — Aprendemos muito com nossos erros. Acho que temos um grande plano nas mãos, mas precisamos executá-lo com precisão, caso contrário, tudo dará errado. Mas necessitamos de alguém com a força de Victor. Ele tem que ser convencido.

— Eu falarei com ele — disse Luciano. — Ele me ouve muito.

Márcio assentiu e continuou seu plano.

— Não vamos perder tempo, Luciano. Preciso que você descubra com o pessoal que faz a pirataria do Hope onde eles arrumam essas cargas roubadas. Vamos precisar de muita coisa e em vários países.

Saíram de lá com uma missão. Pelo menos, voltavam a ter esperança para combater a SafeLife.

— Então, temos um negócio?

Flávio olhou para seus sócios sem acreditar no que estava acontecendo. Ergueu as sobrancelhas e perguntou a eles com a cabeça sem dizer nada. Os dois riram, sem jeito, e concordaram. Márcio continuou enquanto Adriana observava.

— A empresa é nova, a documentação que chequei está toda em ordem, então acho que não teremos problemas com passivos, mas colocarei um pessoal para analisar essas questões antes de finalizarmos. São procedimentos de rotina para a compra. Em seguida, redigirei o contrato de compra e venda. Toda a operação será feita em nome do André Esteves, ok?

— Sim, claro, sem problemas. Forneceremos tudo que for necessário — respondeu Flávio, antes dos outros. — Você deve gostar muito do André para fazer isso.

— André é meu irmão, de verdade. Ele vai ficar maluco quando souber.

— Ele não sabe de nada? — Perguntou Flávio, olhando para os seus sócios em seguida, como que a reprovar a atitude.

— Não, mas fique tranquilo. Há pouco tempo, disse para ele que precisava contratar uma agência de mídia para o escritório e dei o nome da empresa de vocês para ver a reação dele. Ele disse que o pessoal era o máximo, chegou até a citar seu nome, Flávio.

— É mesmo? — Perguntou Flávio, surpreso e lisonjeado. Os outros sócios sorriram na mesma hora. — Tinha medo de que ele não aprovasse. O André é o André... você sabe.

— O quê?! — Disse Márcio, brincando. — Ele adora o trabalho de vocês. Vai ficar maluco, estou te dizendo. Queria fazer uma surpresa para ele, vocês me ajudariam?

— Claro — concordou Flávio.

Márcio então passou a descrever os detalhes.

Saíram da reunião e não aguentavam a ansiedade. Enquanto caminhavam até o apartamento, Adriana ligou para André.

— Fala, André. Tudo certo? O Márcio está aqui do lado e perguntou se você não quer ir ao Bora Bora hoje à noite?

— Fala, Adri! Às 22h, ok?

— Tá ótimo. Te encontramos lá.

A excitação era tanta que chegaram ao bar antes de André. Ficaram ali bebendo umas batidas, curtindo a Playa Paraiso de Tulum, no México, a praia que estava sendo projetada naquela noite. Pouco depois, ele chegou.

— Fala, casal! — Exclamou, dando um abraço neles. André parecia um turista, vestindo uma camisa de manga curta floral, uma bermuda e chinelos. Márcio riu sozinho. *Não tem solução*, pensou. Adriana percebeu e sinalizou com os olhos para que ele não comentasse nada. — E aí? Qual é a boa? — Perguntou, sentando-se e já tomando da mão de Márcio a batida, sem cerimônia.

— Na mesma, André. Nenhuma novidade — disse Adriana.

Logo depois, chegaram os sócios da empresa com quem Márcio negociava a sociedade. Os três se sentaram à mesa sob o olhar de estranhamento de André. Márcio e Adriana os cumprimentaram.

— Fala, Flávio. Tudo certo, cara? André, acho que você o conhece de nome. Esse aqui é o Flávio, da empresa que te falei.

— Nossa, Flavião. E aí, cara, tudo certo? Eu acho o trabalho de vocês muito massa. Marcião me perguntou outro dia se eu conhecia. Vocês estão arrebentando.

Márcio olhou para André com brilho nos olhos enquanto os sócios da empresa procuravam disfarçar os sorrisos. Adriana não conseguiu segurar e colocou a mão sobre a boca enquanto ria da reação dele. André começou a desconfiar que algo estranho acontecia ali.

— Então, André, esses aqui são seus novos sócios! — Anunciou Márcio, sorrindo e esperando pela reação dele.

André ficou ali parado sem dizer nada. Não havia entendido. Flávio então disse:

— E aí, sócio, não vai comemorar?

— Cara, acho que vocês tomaram alguma coisa estranha. Que papo é esse de sócio?

— André, estamos finalizando alguns detalhes, mas já está tudo acertado — respondeu Márcio. — Você vai ser sócio da empresa deles. Partes iguais.

— Quem arrumou isso? — Perguntou André, arregalando os olhos.

— Eu e a Adri arrumamos — respondeu Márcio. — É nosso presente para você.

André se levantou, subiu no banco e deu um enorme grito abrindo os braços. Depois foi até Márcio e Adriana, deu um abraço nos dois, ao mesmo tempo, sem esperar que eles se levantassem, e abraçou os outros sócios em seguida.

— Casal! Vocês são demais! — Gritava ele. — Rodada pra todo mundo, por minha conta! Vamos comemorar!

André voltava a ser o André de sempre. Márcio se sentiu realizado; havia conseguido resolver um dos problemas que lhe tirava o sono há dias. Mas ainda havia outros...

38 — SÃO PAULO, 20 DE JULHO DE 2028

Victor mantinha-se sentado na extremidade da mesa da sala de reuniões da casa clandestina. Já fazia algum tempo que ele se mantinha em silêncio com o cotovelo apoiado no braço de sua cadeira enquanto a mão segurava o queixo, pensativo.

Os presentes na sala, entre eles Márcio, Adriana, Lorenzo e Luciano, além de alguns nomes importantes da Salus, aguardavam sua decisão. Ele balançou a cabeça, apoiou os dois braços sobre a mesa e, olhando para Márcio, disse:

— É um plano bastante ambicioso, Márcio. Analisei com todo meu pessoal e temos condições de executá-lo, porém, se errarmos, será nosso fim. Algumas pessoas de nosso grupo acreditam que poderíamos esperar por alguma oportunidade melhor, menos arriscada.

— Me preocupa a movimentação que a SafeLife vem fazendo — alertou Márcio. — Após a falha com a operação da TecSearch, eles sabem que ninguém mais terá coragem de questioná-los a respeito do Hope. Estão se aproveitando disso para colocar o novo Hope no mercado, que, como todos sabemos, tem funções adicionais. Parece que já tinham tudo planejado.

Victor fez uma breve pausa e perguntou a Lorenzo:

— Acredito que, entre nós, você seja o mais qualificado tecnicamente, Lorenzo. Você concorda com Márcio?

— Sou obrigado a concordar, Victor. Esse novo modelo que estão lançando é diferente. Não teremos mais qualquer possibilidade de acesso aos dados. Só Deus sabe o que ele é capaz de fazer. Estamos em um beco sem saída, como vocês dizem aqui.

— É uma decisão bastante difícil. Há muita coisa em jogo e acredito que todos devemos estar de acordo. Não pretendo tomar essa decisão sozinho. Aqui entre nós, algum de vocês considera que não devemos prosseguir?

Um dos presentes se manifestou.

— Olha, Victor, concordo que temos que agir. Acho que estamos todos de acordo quanto a isso. O problema é que essa operação deve ocorrer em muitos lugares ao mesmo tempo, ou seja, muitas pessoas estarão envolvidas. Me lembra um pouco o que aconteceu com a TecSearch, que foi descoberta, até com certa facilidade, pela SafeLife e, pior, contra-atacaram de forma muito efetiva. Qual a garantia que temos de que isso não ocorrerá de novo?

Victor olhou para Márcio esperando uma resposta.

— Só há uma maneira de evitarmos que a SafeLife saiba de tudo e acabe com o plano — disse. — Temos que ser rápidos e fragmentar as informações.

— Como assim? — Perguntou Victor.

— Não vamos revelar a todos o plano por inteiro. As pessoas aqui presentes são as únicas que possuem uma visão ampla do que pretendemos. As ordens serão transmitidas direto aos seus executores, sem que eles saibam para que elas servirão. Cada um fará sua parte, sem saber o que o outro está fazendo. Assim nos protegeremos.

Os presentes, até então calados, concordaram com a proposta de Márcio. Percebendo isso, Victor continuou.

— Bom, parece que temos um consenso. Alguém mais deseja manifestar alguma coisa? — Depois de um breve momento, ninguém se manifestou. — Então seguiremos com o plano. Como bem disse o Márcio, as informações estão restritas aos participantes desta reunião e assim devem permanecer. Ninguém poderá saber de nada. Nada sai desta sala.

Victor se levantou e apertou a mão de Márcio e Adriana, seguido pelos demais. Lorenzo parecia ainda mais animado e também o cumprimentou com vigor, dando um grande sorriso.

— Vai dar certo! — Exclamou ele. — Vai dar certo!

A preparação da operação foi feita com toda cautela. Ao contrário de Giulia, cuja ansiedade havia prejudicado tanto, Victor era detalhista e paciente. Marcaram a data da operação para o dia 15 de agosto de 2028 e deram a ela o nome de "Dia H", em homenagem ao "Dia D" da Segunda Guerra Mundial.

A primeira coisa que fizeram foi entrar em contato com grupos de contrabandistas responsáveis por roubos de carga do Hope e garantir a compra de tudo que eles conseguissem. Passaram a estocar os produtos em pequenos locais nos grandes centros.

Depois, usaram influenciadores digitais para estimular campanhas de vacinação de cães em várias partes do mundo. Adriana recrutou uma ONG que promovia cuidados veterinários para participar de uma grande vacinação gratuita, marcada para ocorrer pouco antes do "Dia H", em algumas das maiores cidades mundiais.

Estava tudo pronto. Agora era só esperar e torcer para nada dar errado.

Naquela semana, Márcio e Adriana definiram que, após a operação, se mudariam para a Itália. Não viam mais sentido em ficar no Brasil. Permaneceriam lá por algum tempo e depois escolheriam outro local. Definiram que viajariam no final de agosto, pouco tempo depois da conclusão da operação. Iriam de qualquer maneira, qualquer que fosse o resultado.

Carlos havia conseguido um grande cliente e estava bastante otimista com sua recuperação. Assim que traçou seus planos com Adriana, Márcio ligou para Carlos à noite e ficou horas rondando para dizer que não pretendia continuar no escritório. Carlos, a princípio, ficou muito decepcionado, mas, quando Márcio disse que pretendia morar na Itália, ofereceu a ele a possibilidade de trabalhar com consultoria para alguns clientes que tinha na Europa. A ideia pareceu agradar a Márcio, que ficou de pensar a respeito.

André ia de vento em popa como sócio da agência de mídia; havia se encontrado. Como o escritório era ao lado da casa de Márcio e Adriana, passava lá todos os dias para que almoçassem juntos. Ele os integrou ao grupo da empresa de tal forma que os dois já se sentiam como parte da equipe.

Quanto ao símbolo no site de Ulrich, nada havia sido descoberto ainda. Márcio e Adriana não tinham a menor ideia do que poderia ser.

O casal chegou na lanchonete de Miguel, exaltado com o que aconteceria naquele dia.

— Márcio e Adri, como é bom ver vocês dois juntos — disse ele. — Não faz mais isso com ele, Adri. Promete — pediu a ela, que sorriu e depois, brincando, passou a fitar Márcio, apertando os olhos, deixando claro que a culpa era dele.

Miguel foi buscar o pedido.

— Ansiosa? — Perguntou Márcio.

— Você não faz ideia — respondeu ela, com um sorriso malicioso.

Miguel voltou à mesa e olhou para Márcio por um instante.

— Nunca havia reparado nesse seu cordão. Ele é novo?

— Ganhei de um grande amigo.

— Lindo. Minha mãe tinha um igual, não desgrudava dele nem por um minuto.

Márcio e Adriana olharam surpresos um para o outro.

— Sua mãe? — Perguntou Márcio.

— Sim, ela era uma dessas católicas fervorosas. Vi muitas vezes ela rezando com ele nas mãos.

— Mas era igual a esse? Tem certeza? — Márcio tirou o cordão para que Miguel pudesse olhar melhor.

— Sim, tinha esse mesmo formato.

— Você sabe o que ele significa? — Perguntou Adriana.

— Nunca soube. Acredito que seja algum símbolo cristão. Minha mãe era cristã. Só sei disso.

Em seguida, devolveu o colar a Márcio e saiu.

— Vi que tem um antiquário aqui perto — disse Adriana. — Vamos sair daqui e passar lá para ver se ele nos ajuda?

— Acho ótimo, saindo daqui passamos lá.

Saíram da lanchonete de Miguel e foram direto ao antiquário. Assim que entraram, um senhor encurvado, com os cabelos brancos e óculos de leitura apoiados na ponta do nariz, os atendeu. A loja cheirava a mofo e era pouco iluminada. Tinha milhares de pequenas peças espalhadas por todos os lados. Animais empalhados, brinquedos antigos, peças de porcelana, uma infinidade de chaves; parecia que existia um pouco de tudo ali. Márcio estendeu seu cordão ao velhinho para que ele pudesse olhar melhor.

— Ganhei esse cordão de um amigo e não sei nada sobre ele — disse Márcio.

O homem colocou a peça atrás de uma forte lupa, iluminada por uma intensa luz branca. Examinava cada detalhe.

— Peça muito rara — disse ele —, deve ser dos primeiros séculos, talvez do século I ou II d.C.

Continuou observando.

— Os primeiros cristãos adotavam esse tipo de imagem.

— E o que ela representa? — Perguntou Márcio.

— Essa peça, em especial, vem de Ephesus.

Mostrou a Márcio uma pequena inscrição na lateral, com algo escrito em grego.

— É um símbolo cristão de *ICTUS.*

— *ICTUS*? — Perguntou Márcio, surpreso.

— Sim. Se você sobrepuser todas as letras de *ICTUS* em grego, irá formar essa imagem. Algumas peças têm um peixe no centro delas. O símbolo cristão.

Márcio e Adriana ficaram emocionados com o significado daquela revelação, não tinha como esconder. *Como poderiam imaginar?*

Agradeceram ao velhinho e seguiram para o apartamento deles. Não teriam tempo de investigar o cordão. A operação do Dia H iria começar. Seguiram para o restaurante de Lorenzo para acompanhar a ação.

Chegaram ao restaurante de Lorenzo, e Luciano já estava lá desde manhã. Não conseguia disfarçar a agonia.

No dia anterior ao Dia H, Márcio e Adriana juntaram-se aos dois e saíram cedo para circular pelo bairro. Queriam estar ali, vendo de camarote tudo o que acontecia.

As ONGs recrutadas por Adriana, que haviam se tornado parceiras no programa do Dia Mundial de Vacinação dos Cães, fizeram uma divulgação impecável da campanha entre seus seguidores. A iniciativa tinha o patrocínio de algumas grandes empresas, mas quem estava por trás de tudo era Victor e a Salus.

Instalaram algumas tendas de vacinação distribuídas pelas ruas de várias grandes cidades, em vários países. Adriana infiltrou nessas campanhas o pessoal recrutado pela Salus, que tinha por objetivo implantar nos cachorros os Hopes pirateados durante o processo, sem levantar suspeitas. No bairro de Márcio, havia uma dessas tendas. Logo cedo, as pessoas começaram a levar seus cães.

Eles observavam de longe para conferir se tudo estava sendo bem executado. Márcio e Adriana olhavam animados para Lorenzo, que sorria com enorme satisfação, demonstrando estar confiante de que tudo daria certo.

O dia todo havia transcorrido sem nenhuma intercorrência. Os Hopes haviam sido implantados, aproveitando as campanhas de vacinação nas várias cidades do mundo, sem despertar qualquer suspeita.

As ativações do Hope ocorreriam em uma hora. Após ativados, qualquer cachorro que passasse pelos sensores de leitura, em qualquer lugar, ativaria o sistema de alarme de contaminação.

Márcio, Lorenzo, Luciano e Adriana não se desgrudavam um minuto desde que haviam convencido Victor sobre o plano contra a SafeLife. Naquela manhã, fizeram do restaurante de Lorenzo seu QG. Deixaram uma televisão ligada e o restaurante fechado para não serem incomodados.

Lorenzo não escondia seu nervosismo; levantava-se para fazer algumas *tapas* e depois voltava sem nada. Não conseguia nem cozinhar, tal era seu grau de inquietude. Luciano era mais frio e parecia controlar melhor suas emoções.

A hora que haviam determinado para a ativação dos Hopes piratas, por fim, chegou. Márcio disse a eles para assistirem na rua às movimentações. Queria presenciar tudo ao vivo e não pela televisão, afinal, aquele dia seria lembrado durante muito tempo. Os amigos concordaram na mesma hora.

Ficaram então os quatro parados em pé em frente à galeria aguardando para ver se algo acontecia. De repente, ouviram um dos conhecidos barulhos do alarme de contaminação bastante longe deles. Parecia estar a algumas quadras abaixo de onde se encontravam. Algumas pessoas viravam o pescoço, tentando descobrir de onde vinha. Logo após, outro alarme disparou, dessa vez mais perto. Agora as pessoas ficaram mais interessadas e pararam de caminhar. Pouco tempo depois, outro alarme e outro... Muitos começaram a buscar abrigo nas lojas e nos restaurantes, preocupados com o que estava acontecendo. Ligavam para parentes e amigos.

Carros da fiscalização sanitária passavam com as sirenes ligadas, correndo como loucos. Ninguém sabia o que se passava, com exceção de Márcio e seus amigos, que seguravam a vontade de rir como nunca. As lágrimas chegavam a correr pelos olhos tal esforço que faziam para se conter. Começava o caos.

Correram para o restaurante para ver as notícias. Ao entrarem, os repórteres estavam desesperados. As ocorrências foram identificadas em várias partes do mundo. Imaginavam que era um surto mundial de infecção, falavam de uma guerra biológica. Os governantes orientavam que as pessoas retornassem para suas casas, e alguns países decretaram toque de recolher imediato.

Em pouco tempo, não se via mais ninguém nas ruas. Estavam desertas. Todo o comércio havia fechado. Carros não circulavam. As cenas lembravam os tempos de guerra, durante os breves períodos que antecediam os bombardeiros alemães contra a Inglaterra na Segunda Guerra Mundial. Era assustador.

Todos os cientistas foram acionados para tentar identificar a causa do caos que havia se instalado. Não tardaram a descobrir que era uma manobra terrorista contra a SafeLife. Já apareciam na mídia alguns cães cujos donos perceberam que estavam com sensores instalados. De qualquer forma, era uma enorme fragilidade para a SafeLife permitir que isso acontecesse. As ações da empresa começaram a despencar na Bolsa de Valores.

O plano estava funcionando do jeito como eles haviam imaginado. Alguns executivos da SafeLife foram convocados para explicar como fariam para o sistema identificar que eram cães. De outra forma, qualquer cachorro em que fosse implantado o Hope causaria enorme transtorno.

Aos poucos, as pessoas começaram a voltar às ruas. Os fiscais sanitários já orientavam aos donos de cães que passassem por fora dos túneis de leitura do Hope, mas isso pouco adiantava, porque quase todos os lugares tinham esses sensores. Se fossem entrar em seus edifícios, pegar elevadores, enfim, lá estavam eles. Encontravam-se perdidos, sem saber o que dizer às pessoas que se aglomeravam próximo a eles cobrando alguma medida efetiva para controlar aquele ataque.

À noite, alguns países exigiram que a SafeLife desligasse os leitores do Hope até que providências reais e efetivas fossem adotadas. Márcio e Adriana abraçaram os amigos e, juntos, começaram a pular, com os olhos arregalados, enquanto gritavam como crianças a plenos pulmões tentando expulsar toda a raiva que guardavam. Estavam fazendo justiça contra aquela empresa que havia feito tanto mal a tanta gente.

À noite, Ethan Gainz aparecia na televisão para dar a notícia que todos queriam ouvir. A SafeLife havia decidido adiar o lançamento do novo Hope. Era uma vitória sem precedentes. Para melhorar, ainda decidiram manter os Hopes desativados até que pudessem promover ajustes no sistema.

A parte triste da história veio logo depois. Os governos exigiram que as medidas de isolamento e o uso de máscaras fossem de novo adotados como forma de prevenção às endemias. Há muitos anos essas medidas haviam sido abandonadas.

41 — SÃO PAULO, 16 DE AGOSTO DE 2028

Perceber os olhares tristes das pessoas escondendo parte do rosto por trás de máscaras há tanto tempo abandonadas machucava. Era um caminhar triste e silencioso pelas ruas. Evitavam falar no assunto. As lojas e os restaurantes criavam barreiras de distanciamento, o mundo voltava a se isolar. Todos passaram a se recolher em suas casas com medo, como haviam feito no passado.

Adriana e Márcio acordaram mais cedo e abriram o *laptop* na página do site de Ulrich para tentar desvendar o mistério. Pesquisaram na internet "Ephesus" e "os primeiros cristãos", como havia informado o dono do antiquário. Encontraram a referência que ele havia feito sobre a sobreposição da palavra em grego. Iriam tentar usar esse código.

ΙΧΘΥΣ

Entraram na imagem e com o *mouse* escreveram *ICTUS* letra a letra seguindo o alfabeto grego. Quando chegaram na última letra, Adriana deu a mão fria de emoção para que Márcio segurasse. Em um único movimento ele concluiu. A página abriu revelando um mapa, com um ponto que piscava em seu centro, na cidade de Dublin. Observavam o movimento do ponto que se movimentava com a velocidade de uma pessoa caminhando. Entenderam que alguém deveria estar com algum localizador e o objetivo era que eles deveriam encontrar essa pessoa.

Mais abaixo na tela, existia uma pasta na qual eles clicaram. A página abriu uma série de arquivos numerados de pessoas mantidas em cárcere privado da mesma forma como ocorria com Cezar quando seus dados ainda constavam no site. Todos eram numerados como se fossem pacientes: pac 12, pac 3, pac 7... Márcio clicou sobre um dos arquivos, que exibia os dados do preso mantido como cobaia. Aparecia o local onde eram mantidos com seus nomes e dados clínicos, mas o que mais chamava a atenção era que todos pareciam ter o mesmo tipo de mutação em seus sistemas imunológicos que tinha Cezar. Eram os arquivos que Ulrich havia roubado da SafeLife e que eles buscavam a todo preço. Márcio entendeu que esses doze pacientes eram a razão de seus pesadelos. Por alguma razão, ele estava conectado com o sofrimento deles.

Naquela tarde, Adriana e Márcio acertaram que deveriam ir atrás do alvo, como chamaram o ponto que piscava na tela, em Dublin; além disso, desejavam libertar aquelas pessoas.

Definiram que o melhor a fazer antes de viajar seria entregar um arquivo com os dados de todos os presos para que André divulgasse em todas as mídias. Teriam o cuidado de antes excluir dos dados qualquer informação relacionada à mutação que eles possuíam. Informariam o local onde estavam e seus dados pessoais, o que seria suficiente para que eles pudessem ser libertados. Decidiram, ainda, que Victor precisava ser informado sobre isso. Poderiam precisar da ajuda da corporação dele em qualquer momento. Pediriam para André, para que informasse Lorenzo e Luciano sobre a descoberta. Eles se encarregariam de transmitir as informações para Victor.

Adriana fechou os olhos por um instante e os manteve assim, deixando uma leve brisa tocar a pele clara e sedosa de seu rosto. Márcio a observava e percebia nela, em cada pequeno gesto, como ela estava feliz. Ela abriu os olhos e sorriu para ele graciosamente. Seus olhos sorriram com ela. Estendeu seu braço por sobre a mesa do pequeno restaurante ao ar livre e segurou com carinho a mão dele. Márcio colocou sua outra mão sobre a dela e olhou-a de um jeito que ela logo reconheceu, sem que ele precisasse dizer nada.

— Você precisa mesmo ir? — Perguntou Adriana, com os olhos úmidos.

— Eu preciso descobrir quem Cezar queria que eu encontrasse.

— Mas por que eu não posso ir? Eu fico no hotel. Tenho medo de que você vá sozinho.

— Eu nunca te colocaria em risco, Adri, nunca. Essa é uma missão que devo cumprir sozinho, mas Cezar jamais me exporia ao perigo.

— Mas se ele não faria isso, por que não posso ir?

— As coisas podem sair do controle em algum momento. Já aconteceu antes, pode acontecer de novo.

— Mas, Márcio, e se acontecer alguma coisa com você? Não seria bom eu estar lá para te ajudar, te socorrer?

— Esse é um risco que devo correr sozinho. Te ligarei todos os dias para dizer como estou. Você saberá onde estou. Se eu não ligar, é porque algo aconteceu. Mas tudo vai dar certo, tenho certeza.

À tarde, Márcio saiu da casa que haviam alugado até encontrar algum lugar melhor. Foi com Adriana até o aeroporto, onde pegaria um avião até Dublin ainda naquela noite. Chegaria somente na madrugada do dia seguinte. Imaginou que ficaria lá por poucos dias, então não deixou nada agendado para a volta. Prometeu conversar com Adriana todos os dias, para deixá-la a par de tudo que ocorria por lá, para tranquilizá-la.

Quando se despediu dela, deu-lhe um demorado beijo. Não queria deixá-la, mas precisava.

— Eu volto logo. Fique tranquila — disse ele.

— Tome cuidado, Márcio. Não quero te perder de novo...

Phil caminhava apressado por entre luxuosas salas da mansão no bairro de Hampstead, em Londres. Bateu na porta sem aguardar por autorização e, ao entr,ar no escritório, deparou-se com Ethan Gainz falando alto ao celular andando de um lado ao outro, sem reparar sua presença. Postou-se em pé ao lado da porta de entrada, enquanto aguardava ser notado.

— Mas como você não soube nada antes? Para que eu estou te pagando, Thomas? — Disse Ethan irritado. Ao perceber a presença de Phil, tapou o celular com uma das mãos e dirigiu-se a ele. — O que foi, Phil? — Perguntou sem paciência.

— Desculpe, Sr. Ethan, não queria incomodar. Acabaram de anunciar que fecharam o espaço aéreo de toda a região em torno de Hampstead.

Ethan, de forma grosseira, sinalizou para que ele deixasse a sala, então voltou a falar com o comissário de polícia de Londres, Thomas.

— Você ouviu isso, Thomas? Fecharam o espaço aéreo em torno de Hampstead. Já havia mandado preparar o helicóptero. Como que eu saio daqui agora?

— Não podemos perder a calma, Ethan. Eles sabem que você é muito influente e tem amigos estratégicos, então, descentralizaram a operação para te prender. Tem muita gente envolvida, é quase impossível prever todos os passos. Eu nem fui informado que o espaço aéreo seria fechado.

— Você ao menos sabe quando a operação será deflagrada?

— As forças policiais estão prontas para invadir sua casa e te prender a qualquer momento e aguardam somente a comunicação de que os pacientes foram localizados, seguindo as orientações do arquivo que receberam. Temos que ser rápidos. Me deixaram responsável por isolar as saídas de sua residência, para que você não consiga fugir. Vamos fazer o seguinte, preste bastante atenção...

— Fala logo, Thomas. Arruma um jeito de me tirar dessa merda.

— Calma, Ethan! Deixei a saída para Luton livre, sem fiscalizações. Pegue seu carro agora e siga para lá. Em Luton o espaço aéreo está aberto e você precisa ir direto ao aeroporto. Converse com seu chefe de segurança para que ele deixe uma aeronave pronta para você deixar o pais.

— Mas, se a casa está cercada, não irão me parar quando eu sair daqui?

— Dei ordens expressas de somente te parar quando tivermos o mandado de prisão. Por isso você precisa correr. Com o mandado expedido, não posso mais ajudar.

— Está certo, Thomas. Fique disponível, posso te ligar a qualquer momento.

— Eu tentarei, Ethan, mas também estou sendo vigiado. Tive que fazer um esforço enorme agora para conseguir conversar com você sem levantar suspeitas.

Ethan desligou o celular e na mesma hora ligou para Derick, seu chefe de segurança.

— Derick, mudanças de plano. Não dá para sair daqui de helicóptero. Falei com o Thomas agora e ele vai deixar a saída para Luton livre até o aeroporto. Temos que sair agora e preciso que você providencie uma aeronave para deixarmos o país.

— Não se preocupe com a aeronave, temos operação em Luton, vou avisar agora para deixar tudo em ordem. O comboio de carros está pronto para sair. Estou te aguardando.

Ethan pegou uma pequena mala dentro de um cofre e correu até o subsolo para encontrar Derick. Chegando lá, encontrou quatro Land Rovers blindadas pretas, preparadas para seguir. Derick entrou no terceiro carro com Ethan e orientou os demais seguranças que seguissem nos outros carros, e partiram. Saíram da garagem em frente à rua privada da mansão rumo aos suntuosos portões de ferro que se abriam naquele instante. Quando o primeiro carro saía, um policial se posicionou a sua frente, levantando o braço em sinal de parada. O comboio de carros permaneceu estático, até que um oficial superior se aproximou do policial e disse algo em seu ouvido. Iniciou-se uma discussão entre eles. Parecia que o policial não concordava com as ordens que havia recebido e, de maneira agressiva, deu dois fortes tapas no capô do primeiro carro, liberando sua saída.

Quando o carro de Ethan passava, o mesmo policial bateu no vidro onde ele estava, sendo repreendido pelo superior. O plano de fuga parecia dar certo. Os carros seguiram sentido Luton, um aeroporto situado 56 km ao noroeste de Londres. O trânsito estava livre, apesar do horário. Atravessariam a Hendon Way para depois alcançar a autoestrada M1. O comboio seguiu pela Hermitage Lane, chamando a atenção das pessoas que caminhavam pela redondeza. Quando se aproximaram da Cricklewood Lane, uma multidão ocupou toda a rua, aparecendo como que do nada, bloqueando a passagem dos veículos, portando cartazes contra a SafeLife.

— O que está acontecendo? — Perguntou Ethan com os olhos arregalados.

— Parece uma manifestação dos excluídos sanitários — respondeu Derick.

Ethan pegou seu celular e ligou para Thomas:

— Thomas, fomos parados por uma manifestação. Você não sabia que estava tendo uma manifestação aqui perto da Cricklewood?

— Não havia nada, Ethan. O caminho estava livre. Me certifiquei disso. Não tem como pegar outro caminho?

— Tem como sair daqui? — Perguntou Ethan para Derick, enquanto Thomas aguardava na linha.

— Não dá para voltar. Só se sairmos atropelando todo mundo — respondeu Derick.

— Não dá para sair, Thomas, só se meter o carro em cima de todo mundo — disse Ethan voltando a falar ao celular.

— Faça isso então, Ethan! Você não tem saída! — Orientou Thomas, no exato momento em que os manifestantes jogaram tinta sobre os vidros de todos os carros, impedindo sua visão.

— Thomas, você precisa mandar a polícia para cá agora. Jogaram tinta no vidro dos carros. Estamos presos aqui.

— Meu Deus! — Disse Thomas surpreso. — Vou fazer isso agora! — disse, desligando o celular apressado.

Derick, então, colocou as mãos sobre o ombro do motorista, aproximando-se dele.

— Acelera o carro em direção à pista no sentido contrário, vamos sair daqui de qualquer jeito!

— Como assim, acelera o carro? — Perguntou o motorista.

— Acelera essa merda já. Você quer morrer? — Disse ele puxando uma pistola e apontando para a cabeça do rapaz.

O motorista virou a direção do carro, sem enxergar o que havia à frente, e acelerou com tudo. Dentro do carro, ouvia-se o barulho de pessoas atropeladas, jogadas por sobre o capô do veículo, até que colidiram com força no outro carro do comboio, à frente deles, impossibilitando prosseguir com a fuga.

Do lado de fora, os manifestantes pegaram longas e grossas correntes e passaram em torno dos veículos dos seguranças, colocando ao final uma tranca. No carro de Ethan, o poderoso empresário estava desesperado. Ao lado dele, Derick pegou seu celular e ligou para o outro carro:

— Nicholas, oriente para que todos saiam dos carros e abram caminho atirando nos manifestantes.

— Eles bloquearam a abertura das portas Derick! Não conseguimos sair, colocaram correntes em torno dos carros e os vidros desses blindados não abrem.

Ethan tentava desesperado ligar para Thomas quando um *cocktail molotov* foi jogado sobre o capô da Land Rover. As chamas se espalharam rapidamente.

— Derick, precisamos sair — gritou Ethan. O motorista não esperou pela decisão deles e abriu a porta do carro levantando as mãos para que fosse poupado. Derick e Ethan foram retirados do carro à força.

— Victor, estamos com o Ethan — disse alguém do outro lado da linha sem se identificar. — O que faremos com ele?

— Se o liberarmos, ainda que seja preso, não será condenado e sabemos disso. Em pouco tempo estará livre para voltar a cometer as atrocidades às quais está acostumado. Providencie um julgamento isento para ele.

— Isento? Não existe isenção e você sabe disso... ninguém é isento.

— Então, ao que tudo indica, o destino dele já foi selado — respondeu, desligando o celular ao final.

Márcio chegou de madrugada em Dublin após uma viagem demorada, com direito a uma escala. Havia reservado um hotel no centro, próximo ao local onde parecia ser a residência do "alvo". Tirou algumas horas para descansar. Assim que se revigorou, não quis perder mais tempo, então, ao levantar-se, ligou seu *laptop* e entrou no site de Ulrich, buscando pelo local onde o "alvo" estava. Parecia ficar a poucos metros dali.

Ele tomou café e foi até a rua. Era um local movimentado, cheio de turistas, fechado aos carros e, nas calçadas, havia várias mesas de restaurantes e bares. Márcio, em seguida, sentou-se em uma mesa externa de um desses locais e ficou ali com o *laptop* ligado, analisando o ponto que piscava na tela.

Em um momento, parecia estar quase do seu lado. Ele então passou a observar à sua volta, buscando por um possível suspeito. Olhava de um lado a outro. De repente, notou alguém conhecido passar próximo a ele, sem notar sua presença. A princípio não teve certeza, mas quando o homem virou, Márcio o reconheceu de imediato.

Era o rapaz que o seguia em São Paulo. Márcio se levantou na mesma hora e correu atrás dele, gritando. Agarrou-o pelo braço e quis iniciar uma briga enquanto ele tentava se explicar.

— Calma, Márcio, sou seu amigo! — Exclamou o rapaz, tentando acalmá-lo, sob o olhar assustado de algumas pessoas que passavam por ali.

— Como assim? Quem é você? — Questionou Márcio, ainda furioso.

— Meu nome é Mateus. Precisamos conversar, vamos nos sentar, por favor.

Márcio o levou até a mesa onde estava antes e, em seguida, sentaram-se.

— Sei que você tem muitas dúvidas. Cezar queria que você me encontrasse, por isso estou com esse localizador em meu celular — informou o rapaz, tentando acalmar Márcio.

— Mas quem é você afinal? Qual é sua relação com Cezar?

— Sou o filho de Ulrich.

Márcio arregalou os olhos. Ele lembrava muito o general.

— Mas Ulrich me disse que não tinha contato com o filho.

— Você o conheceu. Acha que ele faria isso? Acha que não teria contato com o único filho? Ele queria me proteger. Não queria que alguém soubesse que eu sou filho dele.

— E por que você me seguia? Por que não me disse que era filho dele naquele momento?

— Antes de morrer, Ulrich me deu ordens expressas para te proteger. Me disse para não te contatar, senão seria descoberto. Sabia que a SafeLife tentaria alguma coisa contra você.

Márcio parou por um instante, olhou para Mateus e lembrou-se de algo:

— Foi você que deu um esbarrão que derrubou um homem perto da minha casa, não foi?

— Sim, fui eu mesmo. Aquele homem era contratado da SafeLife e acho que planejava um atentado contra você naquele exato momento.

Márcio se recordou da cena e, sem dúvida, o homem vinha em sua direção, encarando-o sem parar.

— E, Ulrich, você desconfiava que ele pudesse se matar daquela forma? Ele deu alguma pista de que não estava bem?

— Ninguém desconfiava, Márcio. Foi uma surpresa. Perdi o chão quando soube. Ele me procurou uns dias antes da festa de despedida para passarmos o dia. Foi nosso último momento juntos. Pior de tudo é que ele parecia feliz. Não sei se ele quis demonstrar que estava bem para aproveitar ao máximo aqueles últimos momentos, mas fato é que não suspeitei de nada — respondeu Mateus inconformado.

— Eu sinto muito pela sua perda. Seu pai era um grande homem — consolou Márcio.

Mateus, sem conseguir esconder a emoção, balançou de leve a cabeça concordando. Márcio não conseguia deixar de olhar para ele e ver Ulrich em cada pequeno gesto.

— Por que você me fez vir até aqui, Mateus? Qual é o propósito?

— Tenho algo para lhe mostrar. Precisava que você estivesse aqui para isso. — Levantou-se num pulo, surpreendendo Márcio. — Vamos? Preciso que me acompanhe.

— Agora? — Indagou Márcio, sem esperar por aquilo.

— Sim, agora. Vamos?

Mateus seguiu na frente, determinando a direção para Márcio, que tentava acompanhá-lo mantendo-se ao seu lado. Conversavam sobre algumas coisas, até que Márcio perdeu completamente o senso de direção. Em determinado momento, Mateus entrou em uma espécie de vila, com uma pequena praça em seu centro, e caminhou em direção a uma casa antiga.

Entraram por uma porta lateral que dava para uma escada, e Mateus tomou a dianteira. Subiram dois lances até chegarem a uma porta pesada, toda trabalhada, que parecia separar a escada do que deveria ser um sótão. Eles entraram sem bater. O sol entrava por uma janela de frente à porta, e por um instante, a forte luminosidade ofuscou a vista de ambos. Márcio então percebeu a sombra de alguém que estava sentado em uma mesa, de costas para eles.

— Pedro? Chegamos — anunciou Mateus.

O homem se virou lentamente, abrindo um sorriso. Márcio olhou para ele sem esboçar reação, até que seus joelhos fraquejaram e ele simulou uma queda, sendo amparado por Mateus, que estava ao seu lado.

— Márcio? Sou eu mesmo, meu amigo — disse Pedro a ele, se aproximando devagar.

— Meus Deus! Cezar, é você? — Exclamou Márcio, levantando a mão e tocando de leve o rosto de Pedro. — É você? Eu vi você morrer! Meu Deus!

— Sente-se, meu amigo — convidou Pedro.

— Mas Mateus te chamou de Pedro. Você não é o Cezar? O que está acontecendo aqui?

— Vamos conversar, meu amigo. Te explicarei tudo. — Sentaram-se todos na pequena sala do sótão. — Meu nome verdadeiro é Pedro, Márcio. — Então pediu para Mateus trazer água para eles e continuou. —

Fique calmo, vou te contar como tudo começou. — Ele aguardou Márcio se reestabelecer e passou a narrar toda a história:

— Meu nome verdadeiro é Pedro Rodrigues. Meu caminho cruzou com o de Ulrich há muitos anos. — Pedro falava devagar para não assustar Márcio. — Ulrich era um médico recém-formado, tinha acabado de entrar no Exército e ainda era um aspirante. Tinha muitos projetos e ideais em sua cabeça, queria ganhar o mundo. Eu estava em uma festa no interior de Mato Grosso, uma dessas festas de fazenda. Tinha uns vinte e poucos anos. Ulrich tinha a mesma idade, também estava na mesma festa com uns amigos, e todos haviam bebido.

A essa altura, Márcio parecia assustado, sem entender como aquilo era possível. Pedro percebeu o espanto dele. Fez uma breve pausa, fechou os olhos e levantou uma das mãos como a lhe pedir paciência. Então continuou.

— Naquela época, éramos todos imaturos, inconsequentes e, por um motivo fútil, um dos amigos de Ulrich achou que eu estava paquerando a mesma garota que ele, então iniciamos uma briga. Fui atacado por ele e seus outros amigos. Ulrich tentou me proteger, mas eles o seguraram. Apanhei muito e fiquei muito ferido naquela briga.

Pedro falava de um jeito que parecia estar revivendo aqueles momentos. Parou por um momento, tomou um gole de água e, sob o olhar ainda incrédulo e assustado de Márcio, prosseguiu.

— O único bom hospital por perto era o hospital militar em que Ulrich havia iniciado suas atividades há pouco tempo. Sua família sempre foi muito respeitada na cidade, então, mesmo eu não sendo militar, ele me levou para lá para cuidar de mim. Era onde eu teria os melhores recursos. Todos os seus amigos eram filhos de fazendeiros ou políticos da região, eram poderosos, então o caso foi abafado. Ao chegar ao hospital, passou a cuidar de mim com tudo o que ele sabia. Tinha uma excelente formação médica, era muito estudioso, então deu seu máximo, mas meu estado era muito grave. Havia sofrido lesões abdominais, sangrava muito e Ulrich não sabia se poderia me ajudar. Um cirurgião veio de outro hospital para ajudar com o caso e, juntos, eles tentaram me salvar. — Fez uma breve pausa e olhou para Mateus, como que anunciando que repartiria coisas que ambos conheciam bem. Continuou. — Ulrich mais tarde me contou que, naquela primeira noite, eu não resisti e apresentei uma parada cardíaca. Conseguiram reverter após algum tempo de manobras, mas isso passou a ocorrer a noite toda. Contaram naquela noite cinco paradas cardíacas. Tiveram certeza de que eu não sobreviveria. No dia seguinte, eu ainda permanecia em estado extremamente grave. O médico que acompanhava Ulrich decidiu que, se eu apresentasse nova parada, não fariam nova reanimação. Ainda pela manhã, aconteceu mais uma vez e me deixaram ir. Ficaram ali olhando para mim, um jovem na faixa dos seus vinte e poucos anos, ir embora por motivo tão estúpido, mas não haviam conseguido me ajudar, apesar de tentarem ao máximo.

— E o que fizeram então? — Perguntou Márcio.

— Desligaram todos os monitores para finalizar o protocolo de óbito, quando eu passei espontaneamente a esboçar reação. Ulrich me disse que, no início, acharam que era algum reflexo *post mortem*, mas perceberam que eu passei a apresentar sinais vitais. Haviam-se passado cinquenta minutos. Era um milagre.

— Meu Deus, como isso é possível? — Indagou Márcio, emocionado.

Pedro sorriu para ele e disse:

— Gostaria de ter todas as respostas, Márcio, mas muitas coisas ainda são um mistério para mim. — Então continuou. — Voltaram a religar todos os aparelhos e a reestabelecer o tratamento. Faziam exames diários, cuidavam de mim, mas meu caso ainda era muito grave. Então notaram que minha recuperação passou a apresentar um comportamento bem diferente do que estavam acostumados a ver. Primeiro perceberam que meu processo de cicatrização era muito rápido e eficiente; depois, que minha produção de sangue estava acima do normal. Os exames foram se normalizando com uma velocidade excepcional. Perceberam estar diante de um caso único.

Pedro olhou para Márcio e fez uma breve pausa ao perceber que ele pensava em alguma coisa.

— Por isso tinham tanto interesse no seu caso. A SafeLife sabia disso, de toda a história? — Questionou Márcio.

— Não, Ulrich nunca contou toda a história. Imaginavam que eu possuía uma mutação em meu sistema imunológico, nada além disso. — Pedro então continuou seu relato. — O diretor da unidade foi chamado e declarou total confidência para meu caso até que entendessem melhor o que acontecia. Outros colegas médicos foram trazidos e ninguém conseguia compreender a causa de minha recuperação. O diretor determinou então que pequenos ensaios fossem realizados comigo para observar a reação do meu corpo. Passaram a provocar pequenos ferimentos ou pequenas lesões enquanto observavam a resposta do meu organismo. Nesse momento, eu já estava acordado e desperto, então os médicos conversavam comigo e pediam minha autorização para analisar melhor o meu caso. Eu não sabia como negar no início, então concordei. Depois de um determinado tempo, fizeram uma reunião para definir o que fariam. Por ser um assunto tão sigiloso, criaram um grupo secreto, que mais tarde seria chamado de Grupo dos Vinte e Cinco, mas, naquele momento, contava com doze membros.

— Então esse foi o real motivo de terem criado o Grupo dos Vinte e Cinco! — Exclamou Márcio, entendendo melhor os fatos.

— Sim, definiram que eu não poderia ser libertado, que eu deveria ser estudado e ninguém poderia deixar aquela informação sair de lá, sob risco de ser eliminado. Ulrich era um dos membros daquele primeiro grupo e aceitou as imposições. Precisavam do suporte de pessoas estratégicas para algumas operações, então envolveram membros da alta cúpula do Exército e membros do tribunal de justiça.

— Mas você não tinha família, Pedro? Alguém que fosse te procurar, buscar informações, alguma coisa?

— Eu fui declarado morto, Márcio. Comunicaram aos meus familiares e providenciaram o corpo de um indigente para o enterro com caixão fechado. Então construíram no quartel uma ala para pesquisas, e lá me deixaram preso. Me submeteram a inúmeros testes, como uma cobaia, o tempo todo, durante mais de quarenta anos.

Os olhos de Pedro se encheram de lágrimas, enquanto ele tentava controlar a dor de sua lembrança.

— Em duas ocasiões, tentei me matar, mas meu corpo se recuperava das lesões. Eu não conseguia. Com o tempo, perceberam que, naquela primeira noite que eu fora internado e tivera as cinco paradas, alguma coisa ocorreu, como se houvesse algo que estivesse inativo até aquele momento e de repente acordou. Como um câncer que aparece do nada, de um dia para outro, só que, em vez de matar a célula, ele a regenerava. Eu desenvolvi um processo de cura a partir daquela data. Meus tecidos passaram a envelhecer de forma muito mais lenta. Atualmente, eu tenho praticamente a mesma aparência dos vinte e poucos anos que tinha há quatro décadas.

— E como o Grupo dos Vinte e Cinco conseguia te esconder ali, sem que outras pessoas notassem que você era diferente, que não envelhecia?

— Eles pensaram em tudo. Sabiam que muitas pessoas passavam pelo quartel o tempo todo e que não conseguiriam manter o sigilo de meu caso por muito tempo, ou seja, tinham que arrumar um motivo para eu estar lá. Aí entraram os membros do tribunal de justiça. Eles buscavam por crimes insolúveis envolvendo algum militar, então criavam formas de me transformar no autor daqueles crimes. Pensavam em detalhes, nas provas, nas perícias, nas pessoas; tudo era criado. Todo o processo era falso. Porém, pelo fato de eu quase não envelhecer, tinham que conceber um novo processo a cada dez anos, com novas vítimas, novo crime, novas provas, senão as datas não bateriam com a idade que eu demonstrava apresentar. A cada década, criavam também uma nova identidade para mim. Eu já tive muitos nomes. Já fui muitas pessoas diferentes.

— Por isso constava todo um processo com o nome de Cezar Tavares — observou Márcio, conectando as informações que recebia de Pedro.

— Exato. Um dos membros dos Vinte e Cinco teve a ideia de que os nomes fossem os dos pracinhas brasileiros já mortos da Segunda Guerra, pois ficaria mais fácil. Cezar foi meu último nome. Com o tempo, fui me aproximando de Ulrich e ficamos amigos. A amizade virou admiração. Diria que envelhecemos juntos, mas só ele envelheceu, enquanto eu permaneci o mesmo. Um senhor de vinte e poucos anos. Ulrich passou então a me defender das experiências que queriam fazer comigo. Ele sempre foi muito respeitado lá dentro, especialmente pelo seu conhecimento técnico. Isso era tudo que eles precisavam, de um cientista entre eles, e ele sempre foi muito bom nisso.

— Ulrich me disse que sua promoção no Exército não era benquista por muitos militares. Não gostavam dele, mas havia se tornado necessário — disse Márcio, se recordando da conversa que tivera com o general.

— Ele sempre foi um grande médico, um cientista — complementou Pedro. — Com muito cuidado e paciência, Ulrich conseguiu, pouco a pouco, afastar os outros médicos do grupo até se tornar o único responsável pelo departamento de pesquisa, que naquela altura se resumia a mim. Quando veio a pandemia, as coisas pioraram. O grupo enxergou em mim uma oportunidade única de descobrir a cura para o vírus, já que meu corpo reagia a todas as lesões, incluindo as infecções. Minha vida virou um inferno. Fui infectado inúmeras vezes, e Ulrich não podia fazer nada. Se fizesse, corria o risco de ser afastado do centro de pesquisas e, por conseguinte, perderia acesso a mim. Foi uma fase muito difícil. Foi a época em que eu mais sofri nesses quarenta anos que convivemos. Ulrich também quase não suportou, sendo obrigado a participar das torturas a que me submetia dia após dia. Após cada experiência, ele vinha me procurar para pedir meu perdão, mas eu sabia que ele não podia fazer nada e tentava consolá-lo.

— Ulrich, de fato, sofria muito por causa disso. Ele não conseguia esquecer e não se perdoava — comentou Márcio.

Pedro concordou com a cabeça e prosseguiu.

— Então ele decidiu que iria me tirar dali. Conversou comigo e juntos elaboramos nosso plano. Fizemos muitas mudanças com o passar dos anos, até encontrarmos a oportunidade perfeita. Quando oficializaram a pena de morte em Mato Grosso, soubemos que aquele era o momento. Ulrich combinou comigo que entraria com um pedido à junta militar para que o caso fosse anulado e que, passada essa etapa, outro processo fosse aberto na Justiça Comum. Ele sabia que a junta militar jamais julgaria, mas me deixou acreditar que era possível. Já tinha definido àquela altura que existia somente uma solução. Acabar com o Grupo dos Vinte e Cinco de forma que ninguém mais soubesse da minha existência. E teria que ser de uma única vez, caso contrário despertaria a desconfiança dos demais. O resto da história do Grupo você já sabe.

— Mas e o julgamento? Como você sabia de tudo aquilo? Por que você assumiu a culpa pelo crime?

— Eu precisava ser condenado à pena de morte. Não poderíamos correr o risco de eu ter outro tipo de condenação. O crime era perfeito para isso, mas não poderia existir a menor dúvida quanto à sua autoria. Ulrich levantou todos os dados do crime e os entregou a mim para que eu pudesse estudá-los em detalhes. Eu sabia da posição de cada golpe e sabia tudo sobre a vítima. Para complementar, Ulrich pegou uma arma e plantou a prova em um local próximo à cena do crime, com a presença do meu sangue, e substituiu nas provas do processo o projétil original disparado por um projétil disparado da arma que ele arrumou, de forma a permitir cruzar as informações.

— Então, o tempo todo, você sabia que precisava ser condenado à pena de morte? Por que não me disse isso?

— Quando te conheceu, Ulrich me disse que sabia que você era o escolhido. Ele te via como um filho, te admirava muito. Sabia que um dia você saberia de toda a história e deveria nos perdoar por isso, mas ele não quis que você soubesse. Achou que isso colocaria tudo em risco.

— E vocês sabiam se o plano daria certo? Se o seu corpo reagiria às drogas que usariam em sua execução?

— Ulrich dizia que daria certo. Ele tinha muita segurança disso, mas ainda tínhamos um problema. Com a minha morte, quem iria se responsabilizar por trocar meu corpo por outro para ser cremado em meu lugar? Então Ulrich recrutou Mateus para essa função. — Pedro sorriu para o rapaz, que escutava a tudo, emocionado e calado. — Conheço Mateus há muitos anos, desde que ainda era criança. Ulrich contava de mim para ele e dele para mim. Mesmo distantes, crescemos como que irmãos. Em seguida, Ulrich criou para mim uma nova identidade, com todo o suporte que tinha para tal. Então eu fui executado como Cezar e sai de lá como outra pessoa. Ele sabia que eu não seria mais procurado por ninguém, já que para todos eu estaria morto. No Exército, não haveria mais ninguém a me perseguir porque minha história morreu junto com os Vinte e Cinco. Ulrich morreu por mim; ele me entregou o que ainda restava de sua vida. Nunca suportou ter sido obrigado a participar das experiências que fizeram comigo.

Márcio chorava, emocionado com tudo aquilo. Então Pedro pegou uma de suas mãos e disse:

— Ele tinha um grande peso na consciência por ter envolvido sem ter te consultado, Márcio. Sabia que não tinha esse direito, mas te conhecer mudou a vida dele. Quis compensá-lo de alguma forma, deixando o que te deixou, mas gostaria que você continuasse a luta dele. O que você fez com a SafeLife demonstrou muita coragem de sua parte. Você é um guerreiro, Márcio.

A história de Pedro levou Márcio aos prantos. Ao final, ele abraçou seu grande amigo sem entender como aquilo era possível, mas não importava. A felicidade de saber que ele estava vivo superava qualquer outra coisa. Cezar então olhou para Márcio e percebeu que ele usava o cordão que ele lhe havia dado no dia de sua execução.

— Vejo que você está usando o cordão que te dei. Fico feliz por isso — comentou Cezar.

— Eu nunca mais o tirei, desde que recebi. Nunca entendi por que tanto mistério relacionado a ele, mas acredito que ele te pertença — disse Márcio retirando o cordão e estendendo a Pedro.

— Ele é seu! — Respondeu o amigo, segurando a mão de Márcio e empurrando de volta em sua direção. — Ele te trouxe até aqui.

— Como isso chegou até você? — Perguntou Márcio, curioso.

— É uma longa história... — Respondeu Pedro. — Após alguns anos preso, comecei a ter uns sonhos recorrentes. Aquilo me deixava angustiado. Uma manhã, acordei e escrevi na parede da cela a palavra *ICTUS*, como você a viu. Mas eu não sabia nada sobre ela. Ela surgiu em meu sonho e não fazia sentido para mim. Quando Ulrich me visitou naquele dia, perguntou o que aquilo significava, então contei a ele o que estava acontecendo. Ele ficou intrigado e passou a pesquisar a fundo tudo sobre ela. Trouxe alguns livros que falavam a respeito dos primeiros cristãos e foi onde aprendi a história que lhe contei. Em uma dessas pesquisas, ele descobriu as ruínas de "Ephesus", na Turquia. Ficou tão impressionado que decidiu viajar até lá para conhecer. Quando retornou, me deu esse cordão. Disse que havia encontrado em um antiquário de lá, e que o dono não queria se desfazer dele por nada no mundo. Ele insistiu até conseguir comprar. Disse o vendedor que essa peça datava do início do cristianismo. Tem umas inscrições em torno dela que nunca descobrimos o que significa.

— Mas se foi um presente de Ulrich, ainda mais com todo esse significado, não posso ficar com ele mesmo — afirmou Márcio.

— Eu usei esse cordão por muitos anos, e ele me acompanhou, sem dúvida. Sei que ainda não sabemos quase nada sobre ele, mas, pouco antes de Ulrich morrer, conversamos sobre isso e decidimos que ele deveria ser seu. Ulrich sabia que ele não era um cordão qualquer e acreditava que ele te guiaria até nós no momento correto; foi o que aconteceu.

Márcio passou a observar o pingente com carinho. Era uma peça, de fato, especial em todos os sentidos. Então voltou a colocá-lo, lembrando de Ulrich, e sorriu para Pedro em agradecimento. Ficaram em silêncio por algum tempo.

— E agora, Pedro? O que farei? — Perguntou Márcio, imaginando que Pedro tinha algum plano para ele.

— Você já fez, Márcio.

— Como assim? O que eu fiz?

— Você será o responsável pela libertação dos outros presos. Temos uma missão para ajudar a todos.

Como Pedro poderia prever?, pensou Márcio. Eram tantas informações que ele desistiu de tentar explicar. Bastaria aceitar.

Ficaram ali, como nos tempos de sua prisão no quartel. Quando anoiteceu, Mateus levou Márcio até o hotel e combinaram de se encontrar no dia seguinte. Pedro voltou a abraçar seu amigo e se despediu dele, pedindo-lhe desculpas por tê-lo feito sofrer tanto. Quando Márcio saía, Pedro voltou-se para ele e disse:

— Traga Adriana.

No dia seguinte, todas as mídias dividiam a atenção entre a morte de Ethan Gainz e a libertação dos pacientes que se encontravam em cárcere privado pela SafeLife. Ethan foi localizado no centro de uma praça em Londres, sentado em um banco. Havia sido assassinado com um tiro na cabeça.

Os doze pacientes libertados foram encaminhados para hospitais, para receber tratamento adequado. Os que estavam em melhores condições clínicas, foram liberados após serem interrogados pelas autoridades responsáveis.

Márcio combinou de se encontrar com Pedro e Mateus no mesmo restaurante onde se encontraram no dia anterior. Estava ansioso; vestiu a primeira coisa que encontrou, desceu até a rua e sentou-se à mesma mesa de antes. Algum tempo depois, o filho de Ulrich apareceu. Ele sentou-se de frente a Márcio. Estava feliz em vê-lo.

— Onde está Pedro?

— Ele pediu desculpas, mas precisou viajar urgente.

— Por qual motivo? — Perguntou Márcio.

— Pedro foi encontrar alguns amigos.

Márcio notou que Mateus observava o cordão que Ulrich havia dado a Pedro e que agora era dele.

— Esse cordão é muito especial — disse segurando o pingente. — Queria devolver a Pedro...

— O fato de eles definirem que ele seria seu, revela a enorme gratidão que tiveram por tudo o que você fez — reconheceu Mateus.

Márcio acenou a cabeça concordando e passou a olhar para Mateus, que admirava o horizonte. Por um instante, enxergou Ulrich mais jovem, sentado ali na frente dele. Sentiu saudade do general e lamentou não ter tido a oportunidade de conhecê-lo melhor.

Voltou para o hotel e ligou para Adriana. Disse que estava bem e que tinha novidades. Pediu para que ela pegasse um voo até Dublin e que era seguro vir.

Márcio recebeu Adriana no aeroporto e, assim que ela o viu, correu aliviada em sua direção. Ele deixou as malas dela no hotel e resolveu levá-la para conhecer a cidade. Não disse nada, não queria assustá-la. Deixou que ela aproveitasse aquele momento.

Decidiram ligar para André, que, diante da importância das informações que revelara, ganhou de volta sua licença para trabalhar. Ele agradeceu a Márcio por isso e prometeu que se encontrariam em breve em algum país da Europa.

Pararam em um *pub* e sentaram-se em uma mesa de canto no ambiente barulhento. Pela primeira vez em muito tempo, não tinham mais medo. Podiam ficar ali quanto tempo quisessem.

Márcio tentou aos poucos preparar Adriana para o choque que ela teria em breve, mas tinha poucas expectativas de que conseguiria. Caminhou com ela pela cidade estranha para ambos. Estava muito frio. Faziam planos, falavam de coisas que passaram juntos. Combinaram que não ficariam mais do que um ano em cada lugar. Pretendiam conhecer tudo.

Caminharam até o sol se pôr, então voltaram para o hotel. Logo na entrada, a calçada era iluminada por lanternas de velas dos dois lados, abrindo passagem em um tapete vermelho. As lanternas continuavam dentro do hall, revelando um ambiente sofisticado, diferente do que imaginou quando reservou o lugar; imaginava algo mais simples. Subiram ao quarto, e ela se arrumou de uma forma especial para ele. Desceram ao restaurante do hotel, onde passaram o resto da noite bebendo vinho e comemorando. Márcio sabia que o dia seguinte seria inusitado. Temia pela reação de Adriana.

Acordaram tarde após uma noite memorável. Ficaram no quarto conversando, sentados no parapeito de uma janela com vista para a cidade iluminada. Adriana ainda não percebia o motivo de estar ali com ele. Márcio não comentou nada do que tinha acontecido, apesar da curiosidade dela. Disse que falariam sobre isso no dia seguinte e ela aceitou. Desceram para tomar café no restaurante charmoso do hotel, sem pressa.

Quando terminaram, Márcio olhou para ela e disse:

— Preciso que você esteja preparada para o que encontrará agora. Não tenha medo.

— Nossa, amor, falando desse jeito você está me assustando!

Ele, então, pegou a mão dela e seguiu adiante pelas ruas de Dublin a guiá-la. Seguiu até a vila que Mateus havia mostrado. Subiu o pequeno prédio pela escada estreita até o sótão e deparou-se com a pesada porta. Olhou para Adriana, que respirava ofegante com os olhos arregalados. Dava para notar o coração pulsando em seu pescoço, então abriu a porta. A sala estava cheia. Pedro encontrava-se sentado, cercado por alguns dos presos que estavam em cativeiro e que agora estavam livres. Comemoravam a libertação deles. Quando viu Adriana, Pedro levantou-se e veio na direção dela, sem que ela soubesse quem ele era. Parou em sua frente, com um sorriso sereno, como sempre fazia. Márcio então disse:

— Adriana, esse é Pedro.

Ela ficou confusa, sem saber quem ele era. Pedro, então, estendeu a mão a ela e disse:

— Acho que você me conhece como Cezar. Muito prazer, Adriana, eu estava te esperando.

Ela ainda continuou sem entender. Olhou para Márcio, para que ele pudesse explicar quem era aquele homem e as outras pessoas.

— Esse é Cezar, Adriana. O Cezar que eu defendi.

— Como assim? — Perguntou ela, encarando Márcio.

— Venha, Adriana, temos muito o que conversar — disse Pedro, segurando na mão dela.

Adriana e Márcio acordaram pela manhã no hotel em Dublin. Passaram toda a tarde do dia anterior com Pedro e seus amigos. Adriana oscilou momentos de confusão e euforia, mas com o tempo, assim como Márcio em sua primeira vez, aceitou sem pretender explicar. Tantas coisas aconteceram nos últimos meses sem que ela pudesse explicar que acabou aceitando a nova realidade, ainda que fosse tão fantástica. Ao final, revelou uma estranha conexão com Pedro, como se o conhecesse há um longo tempo.

Combinaram que, pela manhã, Pedro iria visitá-los no hotel.

Após o café, caminharam pela rua do hotel e escolheram uma das mesas ao ar livre para aguardar Pedro. Em pouco tempo, puderam avistá-lo descendo a rua de forma tranquila, sempre com um sorriso no rosto. Ele os viu também e caminhou na direção do casal.

— Olá, Márcio — cumprimentou, dando um abraço carinhoso no amigo. Então olhou de um jeito especial para Adriana.

— Olá, Adriana, como você está? — Deu um abraço nela. — Vim me despedir de vocês; eu e meus amigos temos uma longa jornada pela frente.

— Como assim? — Perguntou Márcio, curioso.

— A humanidade está doente, Márcio. O homem brincou de ser Deus e agora precisa muito de nossa ajuda.

— Mas, Pedro, com a morte de Ethan Gainz, não seria possível reativar o Hope da forma como ele foi concebido, retirando dele todo e qualquer dispositivo de espionagem?

— Quantas pessoas poderiam pagar por ele, Márcio? Você acha que eles teriam interesse em proteger a população miserável da África, ou mesmo da América, da Ásia? Além disso, a ganância do homem sempre faz com que ele coloque interesses pessoais à frente de tudo. Em pouco tempo, alguém teria a ideia de voltar a espionar as pessoas.

— Mas como vocês pretendem ajudar as pessoas?

— Nós carregamos a cura dentro de nós. Vamos nos espalhar por toda parte do mundo e compartilhar essa cura com todos. Nosso objetivo é oferecê-la à humanidade e dar uma nova oportunidade a todos. Iremos para todos os cantos. Ninguém será esquecido.

Márcio e Adriana olhavam para ele, encantados.

— Não vamos mais te ver, Pedro? — Perguntou Adriana, triste.

— Claro que vão. Ano que vem voltarei para ver minha afilhada, Gabriela.

Adriana deixou escapar um choro contido de um sofrimento antigo, que evitava pensar.

— Não posso ter filhos, Pedro — disse ela, emocionada, mexendo em uma ferida que não desejava.

Pedro segurou em sua mão e olhou para ela, sem se abalar.

— Ano que vem voltarei para ver minha afilhada. Aproveitem a vida. Vocês são especiais e merecem.

Ele se levantou da mesma forma como chegou. Beijou os olhos molhados de Adriana e a face de Márcio e caminhou por entre a multidão, sendo observado pelos dois em silêncio.

No dia anterior Adriana deixou o hotel onde estava com Márcio e foi para outro encontrar seus pais. André, então, chegou para fazer companhia ao amigo. A data do casamento foi decidida sem rodeios em uma única noite. Não queriam marcar nada com muita antecedência porque já haviam passado por essa experiência antes e tiveram que cancelar devido à doença de Lúcio. Não tinham por que esperar mais, afinal era o que desejavam.

Escolheram uma pequena capela em Nice, na França, para onde viajaram antes e onde tiraram a foto que Adriana havia dado de presente a Márcio e que ficava em destaque na sala do apartamento deles em São Paulo. Meio que por instinto sabiam que se casariam ali.

Optaram por uma cerimônia simples. Chamaram apenas os pais dela e André. Após a cerimônia, pretendiam ficar ainda mais uma semana em Nice, em lua de mel.

Apesar da simplicidade do plano, Adriana há uma semana não falava de outra coisa, estava apreensiva. Pensava nos detalhes, se tudo estaria do jeito que ela imaginara, se os pais chegariam a tempo... uma infinidade de preocupações que naquela altura já não faziam mais sentido. Conversou com sua mãe quase todos os dias do último mês, escolhendo o vestido que usaria.

O carro encostou à frente da capela para que Adriana descesse com seu pai. A porta estava fechada, aguardando que ela se posicionasse para entrar. De dentro da capela ela ouvia um arranjo de cordas que tocava um de seus adágios preferidos. Então, a porta se abriu. O vitral ao fundo iluminava todo o ambiente com seus tons coloridos, quando Adriana percebeu que André havia lhe feito uma surpresa. Ele havia chamado as pessoas que haviam sido importantes para eles nos últimos meses e de que tanto gostavam. Conforme caminhava pela curta nave ia reconhecendo os rostos de cada um. Ao final, sentados lado a lado, Lorenzo e Luciano. À frente deles, Dr. Carlos não escondia sua emoção por estar ali. Victor também estava lá, assim como as sócias de Adriana e os sócios da empresa de André que acabaram por se tornar seus amigos também, e até Luís, o delegado que conviveu com Márcio durante todo os meses em que esteve em Cuiabá e que tanto lhe ajudou, havia ido. Era como se passasse um filme em sua cabeça, lembrando de todas as dificuldades, e agora colhiam os frutos. À frente, aguardando por ela, Márcio e André, que sorria, percebendo sua surpresa.

Providenciaram um padre português para celebrar a união. A capela tinha duas fileiras de flores dispostas ao longo de sua nave. Imagens barrocas dispostas em sua lateral se mesclavam aos afrescos em seu teto, dando ao local um cenário de filme.

Adriana foi entregue a Márcio por seu pai, que deu nele um abraço, então iniciaram a cerimônia.

André ainda tinha preparado mais uma surpresa. Com os pais de Adriana, reservaram uma longa mesa em um jardim no alto de uma colina em um sítio perto de onde estavam. Todos se dirigiram para lá para que pudessem comemorar juntos aquele dia tão especial.

Comemoram durante toda a tarde, até o sol se pôr, rindo das aventuras, aliviados por poderem estar ali, sãos e salvos. Em um momento, Márcio cutucou de leve Adriana. Ao longe um vulto se mantinha a distância, observando tudo. Perceberam que era Pedro. Não faltava mais ninguém.

Adriana estava sentada na varanda de sua casa na região de Chania, em Creta. Haviam decidido se mudar para lá há alguns meses, conforme o plano original de não ficar mais do que um ano no mesmo local. Antes, estiveram em Florença, na Itália, e também moraram por uns meses no Porto, em Portugal.

O sol refletia sobre o mar de um azul profundo e transparente, permitindo ver as formações do fundo do oceano. O branco das casas contrastava com aquela explosão de cores, que preenchia os olhos. Márcio usava uma bermuda branca e estava sem camisa, enquanto ensaiava plantar alguma coisa em seu jardim. Deixavam o som ligado, invadindo todos os cantos da casa. A música, vez ou outra, se misturava com os pequenos gritos de Gabriela, que ficava aninhada no colo de Adriana quase o tempo todo, pendurada para lá e para cá. Recebiam novos amigos com frequência em sua casa. Pessoas de várias nacionalidades haviam feito a mesma opção que eles, então era interessante perceber o choque de culturas. Os brasileiros eram queridos em toda parte, tinham o sangue quente latino, que contrastava com a frieza do europeu.

O piano de uma canção antiga de Crystal Gayle, com o som aveludado de sua voz, tocava enquanto Adriana dançava com Gabriela, quando pelas escadas alguém subia. Foi se aproximando até perceberem que era Pedro. Adriana não conteve a emoção ao vê-lo e deu um grito espontâneo.

— Pedro!

Márcio interrompeu o que fazia e os dois correram em direção a ele. Adriana segurou Gabriela em uma das mãos e passou o outro braço ao redor do pescoço dele, encostando a cabeça em seu peito.

— Meu Deus! Você veio!

Ele sorria. Tinha um aspecto sofrido e estava mais magro.

— Não falei que eu viria? Vim ver minha afilhada.

Nesse momento, Adriana não suportou e chorou enquanto estendia a menina com sua brancura de pele e seus finos fios de cabelo, que refletiam a luz com reflexos dourados. Pedro tomou a menina em seus braços e, com as duas mãos, a elevou acima de sua cabeça. Gabriela olhava para ele, curiosa, estendendo seus pequenos bracinhos para tocar seu rosto. Ele trouxe a menina para perto de seu corpo e disse baixinho em seu ouvido:

— Você é muito especial, Gabriela.

Márcio se juntou a eles e deu um abraço no amigo, sentindo saudades. Quando entraram, Adriana correu para a cozinha para testar suas novas habilidades gastronômicas.

— O que você tem feito, Pedro? — Perguntou Márcio.

— Eu e meus amigos terminamos nossa missão.

A pandemia nesse último ano, inexplicavelmente, havia sido controlada em todos os cantos do mundo. As novas gerações já nasciam com uma capacidade imunológica de combater o vírus e, curas eram relatadas em todo lugar sem que a ciência conseguisse explicar. O mundo estava, por fim, livre do vírus. As máscaras e os isolamentos foram abandonados e a felicidade voltava à casa das pessoas.

— E o que você pretende fazer agora?

Adriana voltou para a sala para ouvir o que ele diria.

— Vim me despedir de vocês, meus grandes amigos. Chegou a hora de eu descansar.

— Como assim, Pedro? — Perguntou Adriana.

— Já conclui minha missão, Adriana. Agora todos podem seguir com suas vidas.

Quando Adriana esboçou um sentimento de dor, Pedro se aproximou dela e lhe deu um abraço. Ela e Márcio não aceitaram de início, mas depois cederam diante do sofrimento estampado no rosto de Pedro.

Sentaram-se então em silêncio à mesa, com uma sensação de um aperto no peito, que foi cedendo pouco a pouco com as histórias de Pedro, acompanhadas pelo seu sorriso sereno, que invadiu lentamente o ambiente, trazendo uma enorme sensação de paz e uma inexplicável felicidade. Permaneceram por longas horas bebendo, comendo e rindo das coisas que se lembravam, assistidos por Gabriela. Sabiam que não *tinham* muito tempo, mas fariam aquele dia valer a pena.

Esta obra foi composta em Cambria 11 pt e impressa em
papel Pólen soft 80 g/m^2 pela gráfica Paym.

* 9 7 8 6 5 5 6 2 5 1 5 0 9 *

MAN - #0230 - 230726 - C0 - 234/156/14 - PB - 9786556251509 - Matt Lamination